KB171225

범우비평판 한국문학 31-❶

임노월 편

춘희(외)

책임편집 박정수

국립중앙도서관 출판시도서목록(CIP)

춘희(외) / 임노월 지음 ; 박정수 책임편집. -- 파주 :
범우, 2005

p. ; cm. -- (범우비평판 한국문학 ; 31-1 - 임노월 편)

ISBN 89-91167-21-7 04810 : ₩10000
ISBN 89-954861-0-4(세트)

810.81-KDC4
895.708-DDC21 CIP2005002536

발간사

한민족 정신사의 복원

—범우비평판 한국문학을 펴내며

한국 근현대 문학은 100여 년에 걸쳐 시간의 지층을 두껍게 쌓아왔다. 이 퇴적층은 '역사'라는 이름으로 과거화 되면서도, '현재'라는 이름으로 끊임없이 재해석되고 있다. 세기가 바뀌면서 우리는 이제 과거에 대한 성찰을 통해 현재를 보다 냉철하게 평가하며 미래의 전망을 수립해야 될 전환기를 맞고 있다. 20세기 한국 근현대 문학을 총체적으로 정리하는 작업은 바로 21세기의 문학적 진로 모색을 위한 텃밭 고르기일뿐 결코 과거로의 문학적 회귀를 위함은 아니다.

20세기 한국 근현대 문학은 '근대성의 충격'에 대응했던 '민족정신의 힘'을 증언하고 있다. 한민족 반만 년의 역사에서 20세기는 광학적인 속도감으로 전통사회가 해체되었던 시기였다. 이러한 문화적 격변과 전통적 가치체계의 변동양상을 20세기 한국 근현대 문학은 고스란히 증언하고 있다.

'범우비평판 한국문학'은 '민족 정신사의 복원'이라는 측면에서 망각된 것들을 애써 소환하는 힘겨운 작업을 자청하면서 출발했다. 따라서 '범우비평판 한국문학'은 그간 서구적 가치의 잣대로 외면 당한 채 매몰된 문인들과 작품들을 광범위하게 다시 복원시켰다. 이를 통해 언어 예술로서 문학이 민족 정신의 응결체이며, '정신의 위기'로 일컬어지는 민족사의 왜곡상을 성찰할 수 있는 전망대임을 확인하고자 한다.

'범우비평판 한국문학'은 이러한 취지를 잘 살릴 수 있도록 다음과 같은 편집 방향으로 기획되었다.

첫째, 문학의 개념을 민족 정신사의 총체적 반영으로 확대하였다. 지난 1세기 동안 한국 근현대 문학은 서구 기교주의와 출판상업주의의 영향으로 그 개념이 점점 왜소화되어 왔다. '범우비평판 한국문학'은 기존의 협의의 문학 개념에 따른 접근법을 과감히 탈피하여 정치·경제·사상까지 포괄함으로써 '20세기 문학·사상선집'의 형태로 기획되었다. 이를 위해 시·소설·희곡·평론뿐만 아니라, 수필·사상·기행문·실록 수기, 역사·담론·정치평론·아동문학·시나리오·가요·유행가까지 포함시켰다.

둘째, 소설·시 등 특정 장르 중심으로 편찬해 왔던 기존의 '문학전집' 편찬 관성을 과감히 탈피하여 작가 중심의 편집형태를 취했다. 작가별 고유 번호를 부여하여 해당 작가가 쓴 모든 장르의 글을 게재하며, 한 권 분량의 출판에 그치는 것이 아니라 작가별 시리즈 출판이 가능케 하였다. 특히 자료적 가치를 살려 그간 문학사에서 누락된 작품 및 최신 발굴작 등을 대폭 포함시킬 수 있도록 고려했다. 기획 과정에서 그간 한번도 다뤄지지 않은 문인들을 다수 포함시켰으며, 지금까지 배제되어 왔던 문인들에 대해서는 전집발간을 계속 추진할 것이다. 이를 통해 20세기 모든 문학을 포괄하는 총자료집이 될 수 있도록 기획했다.

셋째, 학계의 대표적인 문학 연구자들을 책임 편집자로 위촉하여 이들 책임편집자가 작가·작품론을 집필함으로써 비평판 문학선집의 신뢰성을 확보했다. 전문 문학연구자의 작가·작품론에는 개별 작가의 정신세계를 더욱 구체적으로 살펴볼 수 있는 한국 문학연구의 성과가 집약돼 있다. 세심하게 집필된 비평문은 작가의 생애·작품세계·문학사적 의의를 포함하고 있으며, 부록으로 검증된 작가연보·작품연구·기존 연구 목록까지 포함하고 있다.

넷째, 한국 문학연구에 혼선을 초래했던 판본 미확정 문제를 해결하기 위해 최선의 노력을 기울였다. 특히 일제 강점기 작품의 경우 현대어로 출판되는 과정에서 작품의 원형이 훼손된 경우가 너무나 많았다. 이번 기획은 작품의 원본에 입각한 판본 확정에 특별한 노력을 기울여 근현대 문학 정본으로서의 역할을 다했다.

신뢰성 있는 선집 출간을 위해 작품 선정 및 판본 확정은 해당 작가에 대한 연구 실적이 풍부한 권위있는 책임편집자가 맡고, 원본 입력 및 교열은 박사 과정급 이상의 전문연구자가 맡아 전문성과 책임성을 강화하였다. 또한 원문의 맛을 최대한 살리기 위해 엄밀한 대조 교열작업에서 맞춤법 이외에는 고치지 않는 것을 원칙으로 했다. 이번 한국문학 출판으로 일반 독자들과 연구자들은 정확한 판본에 입각한 텍스트를 읽을 수 있게 되리라고 확신한다.

'범우비평판 한국문학'은 근대 개화기부터 현대까지 전체를 망라하는 명실상부한 한국의 대표문학 전집 출간을 목표로 한다. 따라서 권수의 제한 없이 장기적이면서도 지속적으로 출간될 것이며, 이러한 출판 취지에 걸맞는 문인들이 새롭게 발굴되면 계속적으로 출판에 반영할 것이다. 작고 문인들의 유족과 문학 연구자들의 도움과 제보가 지속되기를 희망한다.

2004년 4월

범우비평판 한국문학 편집위원회 임헌영·오창은

일러두기

1. 지금까지 확인된 임노월의 모든 작품을 모았다.
2. 작품들은 발표 원전을 저본으로 삼아 원전 확정에 주력하였다. 원전이 잘못되었다고 판단한 부분은 바로 잡았다. 그러나 독자들의 편의를 위해 따로 밝히지는 않았다.
3. 원문을 가능한 살리되, 독자들이 읽기 쉽도록 맞춤법과 표기 방법은 바꿀 수 있는 데까지 바꿨다. 상용되는 한자는 한글로 바꾸고, 꼭 필요한 경우는 병기하였다.
4. 독서에 필요한 만큼 역주를 달았다.
5. 발표 연도와 게재지는 글 뒤에 밝혀 놓았다.
6. 독자적인 연구 논문이 없어서 싣지 않았다.

임노월 편 | 차례

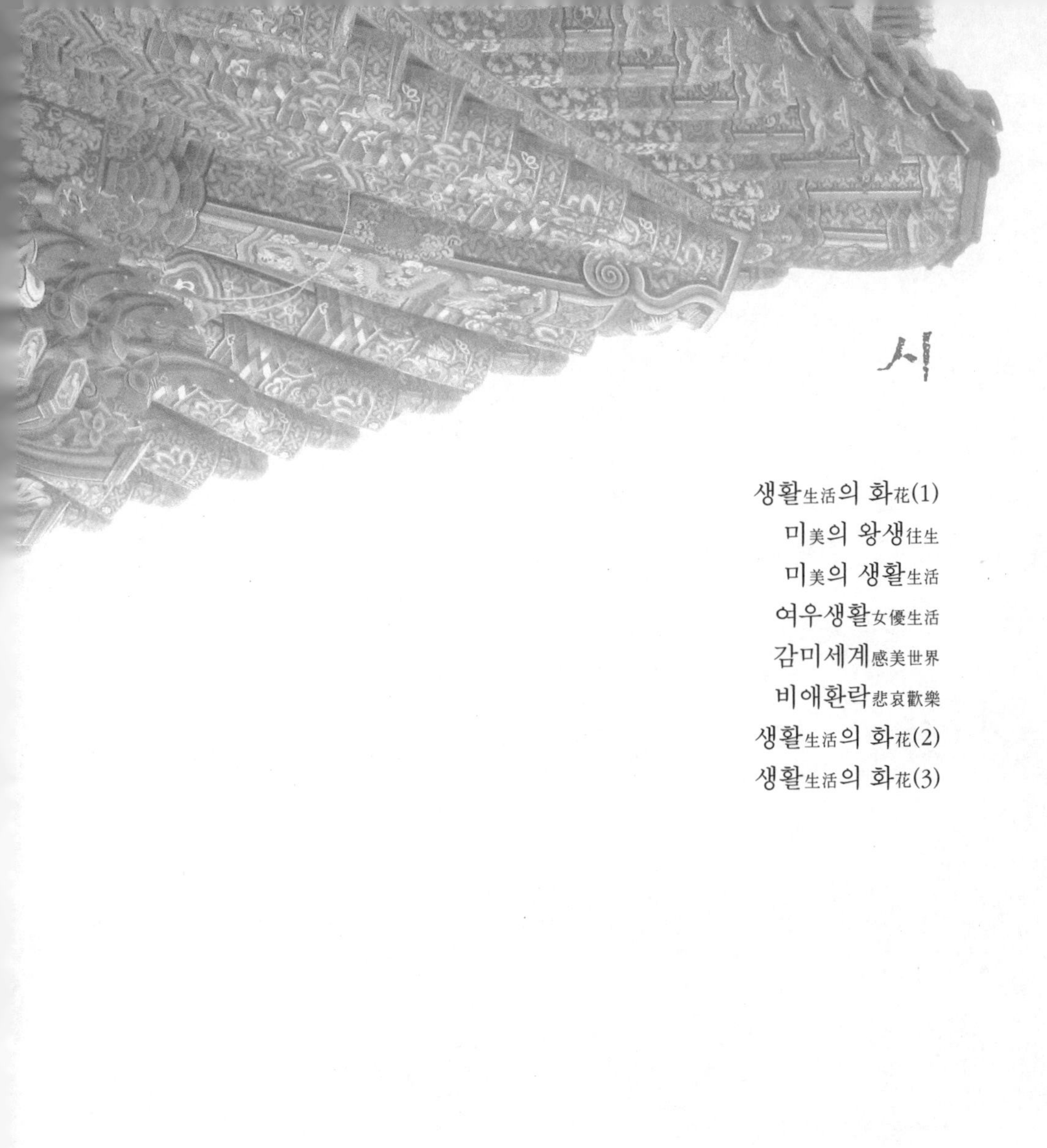

시

생활의 화(1)

색채를 구하려

친구야
도수묵도稻穗默禱* 하는 중추中秋에
황금파黃金波는 도처에 표박漂迫하고
엷은 가을날은 지평선에 누웠을 때
동천東天으로 달이 솟고
서천西天은 홍장미紅薔微가 피겠구나
서늘한 바람이 논 이랑을 건널 때
황금 물결은 또 동요動搖가 되고
소용小用에 미미泥泥한 물소리
충성蟲聲의 애송哀誦하는 소리가 다
추석秋夕을 조용히 말할 때
아! 너는 동경적憧憬的 정서에 느끼었지
추기秋氣는 청량淸凉하고
만산萬山은 금장錦帳** 이 될 때
녹성鹿聲 조성鳥聲을
홍엽紅葉 청태靑苔에서 들으며
석양의 붉은 하늘을
무한제애無限際涯에서 볼 때

* 벼이삭이 묵묵히 기도한다.
** 비단 장막.

아! 정열의 맥박은 몹시도 파동波動
서늘한 초하初夏에
황백합黃百合은 뜰에 만개漫開하고
황금사黃金砂같은 위능채委陵菜*는
무한 해변에 재미있게 피었구나
아! 황색은 환락의 극치에

초추初秋 야반夜半에 월희月姬가 청의靑衣를 입고
무한천애無限天涯에 솟아오를 때
아! 갈등에 쌓였던 모든 현실이
청靑빛 속에서 곤하게 잠들고
생물 자연은 다
신비神秘와 안위安慰와 비애悲哀에 싸였을 때
감격의 극치는 침정沈靜이 아닌가

산산한 팔월천八月天 남산南山 비타리에
드문~ 핀 고경枯梗**의 추상미抽象美는
청춘의 연애를 상징한가 보냐
이른 봄 뜰에 피는 등화藤花의 복욱馥郁***이
얼마나 자연미自然美의 극치인가
아! 녹색의 왕국王國 넓은 야변野邊에
백접白蝶을 벗하고 사는 근화堇花****의 교련嬌憐이
얼마나 탄미적嘆美的인가

---

* '딱지꽃' 의 다른 이름. 노란 꽃잎이 양지꽃처럼 생겼다.
** 마른 가시나무.
*** 향기가 진동한다.
**** 제비꽃.

삼월 동풍에
고초苦草가 파릇 파릇 잎을 돋고
양류楊柳가 녹의綠衣를 입을 때
아! 청춘의 민감과 정서는
나를 뇌쇄하고 탐닉케 하노라

색채의 위대함이여
섬농纖濃*하고 선연鮮娟한 꽃도
신비한 청공青空도
자연생물의 모든 미美도 윤곽도 다
색채의 창조가 아닌가
만일에 그 색채가 없다면
우리는 어떻게 미美를 향락할고
색채는 우주미宇宙美의 건설에

—《매일신보》(1920년 2월 18일).

* 섬세하고 농후하다.

미의 왕생

K, 네 세계는 항상
행복과 희망과 동경憧憬과 애수哀愁에 있다
아! 자규子規는 유계柳系에서 노래하며
도화桃花는 맥랑麥浪에서 웃네
구름은 백장미같이 피어있고
방초芳草와 녹음綠陰은 뜰에 장막을 쳤네
아! 너의 세계는 행복이여

조안朝顔이 아침 날을 엿보고
채송화가 백일몽白日夢을 기다릴 때
새는 깃에서 나와 무한천공無限天空에
구름은 꿈에서 깨어 천애天涯로 떠갈 때
너는 희망에 싸여 있구나

석양 일천一天에 황금괴黃金塊가 둥둥 떠 있고
막막한 지평선에
우우芋芋한 풍초豐草가 문득 누워 있을 때
새는 날아서 깃으로 돌아가고
해는 저물어 봉두峰頭로 넘어갈 때
아! 너는 동경憧憬에 느끼었지

황접黃蝶은 번번히 다옥茶屋 지붕을 넘고

남산南山의 지초芝草는 거진 푸르렀을 때
태화苔花는 여기저기 피어있고
할미꽃은 언덕 비탈에 누웠을 때
아! 정열의 심장은 몹시 두근거려

보름달 산산한 밤에
모든 현실은 푸른 빛 속에서
잠들고 고요할 때
홍마석紅磨石의 별은 아루만득 거리고
사음絲陰은 달빛에 파사婆娑*할 때
너는 원인遠人을 사모하여 애수에 느껴

미美의 소유자 K야
너는 모든 것을 지배할 권權이 있다
사랑도 정열도 행복도 다
아! 미美는 경탄 중에도 큰 신비요
신비 중에 큰 매력일러라

—《매일신보》(1920년 2월 19일).

* 너울너울 춤추는 모양.

미의 생활

사랑과 소유

어디든지 그 예例는 많다
오랜 물건은 헌 것을 의미함이여
귀貴하다 하는 뜻은 새것이 될 뿐
소유는 새것의 분묘墳墓여
사랑도 오래면 헌 것이 된다
고의古衣가 때묻는 것 같이
새 의복이 아름다운 것도
의롱衣籠에 있는 까닭이지
아! 소유는 사랑의 분묘여
사랑도 번민이 없으면
벌써 사랑이 아니다
애인과 통사정通事情함은 호기심을 잃어
자연의 신비도 침묵함이여
사랑의 항구성은 시적詩的 회상에 한함
그러나 사랑의 생명은
미美와 선善보다도 더 크다
다만 소유가
사랑의 자유성自由性을 무시함이여

—《매일신보》(1920년 2월 20일).

미의 생활

영혼의 비밀

우주는 영靈의 존재여 진리의 존재여
아! 고인古人의 전설傳說도
철인哲人의 진리도
명인明人의 풍성諷誠도
열녀烈女의 정열情熱도
종교의 신비인 신의 존재도 다
영靈의 불멸不滅을 의미함이여

피녀彼女는 죽었구나 그래도
피녀의 미美와 애愛는
내 뇌리에 잠겨 있구나
아! 피녀는 정신과 객관으로 살고
그 고동鼓動하던 정열의 맥박과
환락에 느끼던 희열의 표정은
생리적과 주관적으로 멸망하였다

아! 사死의 신비의 불사의不思議여
아! 영혼의 존재여
영혼의 신비와 불멸은
영원 무한은

시간 공간을 초월한 의미가 아닌가
아! 영혼은 불멸이여

피녀는 인생을 사직하였는가
그래도 피녀는 역시
우주 간에 존재되었다
전설과 혹은 미와 사랑 속에
아! 영의 비밀이여

—《매일신보》(1920년 2월 21일).

여우 생활

피녀彼女의 사는 곳은 피녀의 세계는
장미薔薇와 파초芭蕉 그늘 아래로다
피녀의 그 이슬방울 같은 눈은
정열에 타는 근화菫花*의 향하香霏** 같고
그 교염嬌艶한 타입은
우아한 백합일러라
피녀의 세계는 언제든지
꿈 세계였다 아! 꿈은
모든 제한과 구속을 초월하였다
아! 피녀의 세계는 자유여
피녀는 파초 그늘 아래서 바라보이는
장미와 백합을 탄미嘆美하였다 그러고
공상空想이란 경지에 고상翶翔***하여
백합의 의복을 입고 멀리 멀리
인간의 오예汚穢를 벗어났다
피녀가 방긋이 웃을 때에는
고통에 쌓인 미운 생활에도
환락의 남풍이 꽃을 피우고
피녀가 슬피 울 때는

---

* 제비꽃.
** 향기 나는 물방울.
*** 날아오르다.

무정한 이기주의자에게도
동정의 눈물 종자種子를 심을 수가 있고
피녀가 대시인大詩人의 꿈을 실현할 때는
죽었던 로미오와 줄리엣을
애수와 비애 속에서 살릴 수가 있어
피녀가 사는 세계는
신비에 대한 영원무한이며
무형無形의 표현이며
무한한 미美와 애愛의 양식이로다
피녀의 세계는 극락이여

—《매일신보》(1920년 2월 22일).

감미세계

산 높고 물 맑은 내 세계는
기묘할사 영조靈鳥의 노래
경탄할사 기어奇漁의 댄스에
요요嶢嶢한 산山 창창蒼蒼한 공空 진진蓁蓁한 삼림森林
다 탄미嘆美의 세계일러라
아! 수촌水村 성곽에 거居하는 오생吾生은
반생半生에 자연을 벗하여 산야에 경耕해
중하仲夏는 서늘한 녹음에서
몸은 도화桃花 유수流水에서
겨울은 따뜻한 양陽에서
혹은 명창정궤明窓淨几에서 독서하고
혹은 성현聖賢의 도道를 듣다가
오생吾生은 영원히
행복하여라
저 솜같은 백운白雲을 볼 때에
묘연杳然*한 창천蒼天이 한없이
높고 그윽한 것을 볼 때에
무르익은 녹음의 그림자를 볼 때에
나는 경탄과 신비에 탐닉하였다
아! 새는 조용히 날아서

* 아득히 먼 모양.

구름은 소담하게 피어서
계수溪水는 한결같이 흘러서
나 사는 세계를 늘 미화美化하노라
아! 새야 구름아
너는 나에게 친구요 애인일러라
모록耄碌*한 노인이 될 때까지
나를 버리지 말아라

—《매일신보》(1920년 2월 23일).

* 늙고 용렬한.

감미세계

광야의 고독

황량하고 적막한 이 넓은 뜰에
갈달아 나는 누구를 믿고 살아
동에서 서로 돌아가는 기러기며
허공과 허공에서 표박漂迫하는 구름은
다 자기 갈 데로 가건마는
오직 너 하나만 추운 것을 무릅쓰고
건너편 호수 위에 떠 있구나
그대도 나를 버리지 못하여
오냐 나는 모든 비애 속에서
설움에 속기면서도
으스스한 갈소리를 들으면서도
얼닌얼닌하는 갈꽃을 보면서
아주 고독에 못 견뎌 하면서도
그래도 네가 나를 사랑하느냐 하고
스스로 위로를 얻는다.

아! 네 세계는 이같이
암흑暗黑하여 환락歡樂이 없다.
그러나 갈달아 나는
비통과 적막 가운데서도

색채色彩와 환락 얻으려 한다
처참凄慘[*]과 비극 가운데서도
무슨 큰 의미를 발견하려한다
비애와 느낌 가운데서도
위안을 찾고자 할란다
아! 갈달아
나의 이 갈앙渴仰이 동경憧憬을
동정同情을 해 다오

—《매일신보》(1920년 2월 24일).

* 쓸쓸하고 애처롭다.

감미세계

공포와 회의에서

어둔 밤 깊은 산중에
분묘墳墓와 유곡幽谷은 왜 두려운가
진진蓁蓁한 번림繁林은 왜 두려운가
아! 기백년幾百年 전에 죽어서
백골도 남지 않은 분묘가
나를 해하려 하는가
영원토록 침묵한 유곡과 삼림이
나를 욕하려 하는가?
나는 무슨 죄가 있는가?
나는 자연을 사랑하는 한 사람이다
아, 자연아! 공포심을 벗어나서
나로 하여금 환락에 들어가게 해다오
그리고 유현幽玄과 경탄驚嘆 가운데에서
마음대로 뛰놀게 해 다오
아! 만일에 공포심이 없었다면
나는 얼마나 그 묘연막연渺然漠然한 정서에서
영원무한을 명상瞑想하며
무한한 미美와 지智에 대하여
얼마나 흥분하였으랴
아! 그래도 공포심이

나를 위압하는가?
그러면 공포는 인생의
큰 비밀이 아닌가?
그 비밀의 본체는 무엇인가?
죄악인가 혹은 악령인가?
아! 죄악과 악령은
왜 나를 괴롭게 하는고
참회만 하면 죄는 멸망하지 않을까?

—《매일신보》(1920년 2월 26일).

비애환락

친구야
환락은 찰나요 비애는 항구恒久일러라
환락은 허식虛飾이요
비애는 진실인 줄을 알았다
오냐 환락은 아무 흔적이 없되
비애는 동정과 정열의 종자種子가 있다
환락은 피상적이요 무경륜無經綸하되
비애는 반드시
이타적 도덕적 동정同情이 있구나
친구야
삼월 동풍에 도화桃花도
조안朝顔에 맺힌 이슬도 아니
처처萋萋한 초당草塘도
미풍에 흔들리는 어린 풀도
과거와 현재도
동경과 탄미嘆美도 다
비애의 상징이 아닌가
그러고 비애 속에서야
자기 자아를 알 수가 있지 않은가
애수哀愁에 느끼는 어린 벗아
너의 눈은 아침 날 뜰 이슬같이
너의 목소리는 샘물 소리같이

네 얼굴은 만개한 장미의 윤곽같이
아! 보는 나는 스러질까 겁나
아! 듣는 나는 얼까 겁이 나
친구야
밤은 깊어 인적은 고요하구나
서로 포옹하고 비애에 느끼자
그러고 애수 가운데서 이별하자
아! 나는 너를 보내고
이 적막한 산천에서
누구를 안으며 키스하겠니
아! 꿈은 포로가 될는지 몰라
친구야
소아小兒가 지상막地上幕을 뜰 때 으아! 함도
청춘이 모록耄碌하여 노인이 되는 것도
다 비애를 의미함이 아닐까?
어린 벗아
청춘과 환락은 비애의 종자일러라
환락에 넘치는 희열의 표정도
소년 전대前代에 물결치는 관능도
정욕과 유혹도 다
비애의 종자가 아닌가
백합의 아름다운 것도
종혁鍾革의 사랑스러운 것도
야국野菊의 알뜰한 것도 다!
조락凋落의 비애를 더함이 아니냐
친구야

환락이 우리에게
무엇을 천명해 주는가
형식적 천박한 변태심리의 충동인가
혹은 냉정한 육욕적肉慾的 충동뿐인가
친구야 비애는
인생의 큰 비밀을 천명해 주지 않는가
자아의 존재와 영혼의 잠재潛在도 다!
비애의 체덕切德이 아닌가

—《매일신보》(1920년 2월 27일).

비애환락

여인旅人아
달은 청공青空에 솟아오르고
사음絲陰은 지상에 파사婆娑하는구나
우리는 이렇게 산보할 때에도
보석상寶石商의 장식裝飾을 보지 않고
천애天涯의 유묘幽渺한 청광清光의 한정寒情*을 탄미嘆美하며
병목竝木에 얼닌얼닌하는 그림을 보자
아! 비애는 이같이
우주의 실재며 인생의 비밀이다
친구야
나는 저 풀밭도 지나서
높은 산 깊은 골짝도 넘어서
가물가물하는 지평선을 바라보면서
한없는 제애際涯에 유거幽去를 의식하면서
그래도 인간에 오예汚穢가 있을까 해서
반산蹣跚**히 또 앞을 향하여 나가다가
만일에 유취幽趣와 안정安靜에 끼운
비애향悲哀鄕이 있거든 나는 나는
거기서 비애의 순례자巡禮者 되고자

* 원본 훼손으로 정확히 보이지 않음.
** 비틀거리는 모양.

백합 그늘에서

소녀 같은 백접白蝶은 편편翩翩히도 날아서
명주 같은 한 구름은 등등 떠서
장차 어디로 가려는가
아! 한아嫺雅한 여인旅人들아
백합이 모란향慕蘭香을 토吐하며
너희를 고대하건마는
어린 벗들은 아직까지 모르는가
아! 백합아 네 얼굴은
은경銀鏡에 비치는 달같이
무한제애無限際涯에서 사는 백구白鳩같이
결백하고 신성하리라
아! 너는 청정한 처녀보다도
더 우아하여라
너의 미美는 사랑의 비밀보다도
신의 신비한 것보다도 더 큰
네 몸은
가을 바람 그림자보다도 더 맑고
파초芭蕉 그늘보다도 더 깨끗하여라 (미완未完)

—《매일신보》(1920년 2월 28일).

비애환락

유수幽愁

비오는 소리 바람 부는 소리
처량한 이 깊은 밤에
네가 아무리 소리를 지른들
설혹 저는 여기 있어요 한들
내리는 비 소리에 잠 깨고는
너는 나의 얼굴을 볼 양으로
또는 내 목소리를 들을 양으로
비 오는 시월달 어둔 밤이라
아! 이 어둔 밤중에
친구야 어디서 방황하는고

고독에 못 견디는 이 애수哀愁를
회한에 괴로워하는 이 느낌을
누가 동정하고 위로하여 주랴
나는 비애와 애수 가운데서
다만 서로 사랑하고 믿은 벗아
만일에 꿈의 포로가 된다 하면
나는 꿈에서 너를 포옹하겠건만

—《매일신보》(1920년 3월 2일).

생활의 화(2)

미美의 폐허를 애석하여

생각하면 옛적
로마는 색채와 환락에 싸였을 때
사랑의 감주甘酒를 통음痛飮하며
아! 내 전반생前半生은 행복해 하고
공석公席에서 절규한 페트로니우스*여
최후의 운명은 마치
애석愛惜한 석양이 색채 있는 꿈같이
너를 뿌리쳤다
아! 지상에 천국을 건설한 네 최후
비장할사 미美의 폐허여
그래도 너희들의 최후는 다
굳센 예술의 표현이 아닌가?

아! 애욕과 열정을
색채와 미美를 찬미한
클레오파트라여
너는 환락에 넘치는 현실에서
예술의 세례를 받지 않았는가

—《매일신보》(1920년 3월 9일).

* 고대 로마의 문인. 네로의 의심으로 자살할 때 혈관을 절개한 후 친구들과 이야기하다 잠자듯이 죽음.

생활의 화

매혹할 색채에 집착하면서
춘몽春夢같은 낙원을 동경하며
장미 백합을 사랑하면서
비애와 애통에 느낀 자가
다 여등汝等이 아닌가?
그리고 미의 종교를 가르친 자가
청춘을 탄미嘆美한 자
생을 구가謳歌한 자가
악현실惡現實을 미화美化한 자가
무서운 사死를 시화詩化한 자가
비애를 색채화色彩化한 자가
다 여등汝等이 아닌가?

애원哀願

여보세요
불행한 시인詩人의 애원을
열정에 타는 눈물을
아! 이 간절한 마음을
당신은 몰라요 그리고
제 사랑이 뜰의 근화槿花 같은 것을
제 마음이 백국白菊 같은 것을

당신은 이해할 수가 없어요
아! 내 사랑이 만일
당신의 하얀 가슴 모퉁이라도 살게 된다면 원이 없어요
어린 시인님
그것 다 무슨 수작이오
당신은 그런 생각 다 그만 두고는
시詩나 지어요 네 시나
여보 제가 장미와 백합을
보고 몹시 사랑하던 때
벌써 옛적이외다

—《매일신보》(1920년 3월 10일).

생활의 화

아! 저는 모든 것을 사랑 못해요
당신만 꼭 사랑하기 때문에
사랑에 주려 하는 이 불행한 시인을
좀 사랑 못할까요?
아! 저는 벌써 몇 천 년 전부터
당신을 사랑하여 왔소이다
내 모든 욕구도 전존재도 다
당신에게 있어요
시인도 다
그런 정신없는 말 하나요
천년 전에는 나지도 않았어요
저는 지금 열 일곱 살이랍니다.
여보 당신은
각간各間의 백합보다도
뜰의 연초戀草보다도
청공靑空의 별꽃보다도 더
당신이 이쁘건마는 그리고
나는 당신을 사랑하건마는
아 당신은 나의 존재를
하원河源*의 역석礫石**보다도

---

* 황하黃河의 수원水源.
** 조약돌.

황량한 뜰의 잡초보다도
중하게 여기지 않는구려
아! 시인님
청공의 별꽃보다도
각간의 백합보다도
제가 정말 이뻐요? 네!
자! 이리 오세요
어린 시인님 네!
아 이 목검目瞼*으로 흐르는
열정의 증류수를
귀녀貴女는 이해하셨어요?
옳아요 당신은
내 이 무미無美한 생활에서
믿지 못할 인정人情에서
불안스러운 시간에서
나를 건져 그리고
당신 품에 안으려 하지요
시인님
저를 위하여 노래를 부르세요 네!
슬픈 노래를
그리고 이야기도 하세요 네!
아주 서러운 말을
삼음森陰 월희月姬에게도 하세요 네!
외롭고 불쌍한 월희여

---

* 눈꺼풀.

먼 세계에 동생도 없고
부모도 없는 불쌍한 월희여
울지 마라 내 연인戀人이 너를 사랑한다.

—《매일신보》(1920년 3월 13일).

생활의 화(3)

어린 벗에게

나의 이 애가哀歌를
누구에게 들려줄까요 네!
밤은 검고 인적은 고요한데
고엽枯葉은 울고 바람은 탄식하는데
달은 흑운黑雲에게 부로俘虜*가 되고
나무 그늘은 공간에 키였는데
아! 이 애가를
누구에게 들려줄까요 네!
내가 원하는 사람은 꼭 한 사람
오양五洋 육주六洲에 꼭 한 사람
그리고 내 시를 애독할 꼭 한 사람
아! 그는 누구일까요 네!
내 기억의 주인공은 누구인가요
그이의 성명姓名은 무엇인가요
아! 밤은 깊어 인적은 고요한데
나의 이 애가를 누구에게 들려줄까요 네!

---

* 포로.

청춘의 미美

아! 이 청춘을 길게 늘이고 싶어요
맑고 흰 청춘을
아! 엘레지 같은 청춘의 비애를
소춘小春의 색조色調같은 청춘을
길게 길게 늘이고 싶어요
청정하고 무한한 소년시대를
부끄럼 많고 응석 많은 소년시대를
아! 누가 청춘을 가리켜
미숙하고 천박하다 할까?
나라를 위해 피를 흘릴 자도
불쌍한 사람을 위하여 울 자도
미래의 희망과 행복을 가진 자도
오냐 자유를 부르짖는 자도
다 청춘이 아닌가?
청춘아 포부와 자신을 가지고
우리의 천재를 발휘하자

소년시대를 회고하고

저물어 가는 창문에 기대어
지나는 과거를 돌아보고 웁니다
소년시대의 어린 생각은
색채 있는 꿈같이
동경 많은 공상 같이

저를 무심히 웃기었지요
그리고 어마님은 저를 안고
애야 꽃구경 시킬테니
키스하자 하던 것을……
기타其他 아침별이 제 눈을 간질거리며
어서 어서 깨라 하던 것과
새벽 새가 화단에 몰래 들어와
뾰족뾰족 나오던 엄*을 다 먹기 때문
그래서 저는 으아 하고 울던 것
봄꿈에 명정酩酊**해서 오줌을 싸고
얼굴빛이 익은 살구 같이 붉던 것도
다 제 과거였습니다요
아! 이 부끄럼 많은 과거를
자랑한다고 욕하지 마세요 네!

—《매일신보》(1920년 3월 19일).

---

* 새싹.
** 술취한 듯하다.

생활의 화

과거를 잃어버리고

친구야
언젠가 내 서정시를
네 가슴 바다에 진수進水시킨 일이 있다
마는 무정하게도
너는 상륙上陸을 불허不許하였지?
그리고 나를 염치없는 사람이라고
아! 만일 네가 경후竟厚하게
상륙을 허許하고 그리고
내 서정시를 보았다면
아마 너는 몹시 느끼었겠지마는
그리고 나를 사랑했겠지마는
아! 과거는 가버렸다
친구야 나는 또다시
참 아름다운 시를 지으려 하되
정말 열정 있는 시를 지으려 하되
아! 동경에 느끼던 내 정서는
정열에 타던 내 관능은
그만 싸늘하게 재가 되었다

부활復活

시인님이시여
당신의 그 하얀 손으로
다시 세계 역사를 쓸 때
만일 회한悔恨과 애통哀痛에서
아파하는 자가 있다 하면
그리고 정열과 실연失戀에서
죽은 사람이 있다 하면
아! 불쌍히 여겨요 네!
그리고 시인님에게 제 과거
장미엽薔薇葉에 싸인 제 깨끗한 과거가
만일 진흙 구덩이에 파묻혀 있으면
향수로 깨끗하게 씻어 주세요 네!
그리고 상아 칼로 염려 없이
동였던 줄을 끊으세요
그리고 한번만 꼭 다시
제 과거를 부활하여 주시오
그러면 지금이라도
당신을 사랑할 수가 있어요
아주 열정으로

—《매일신보》(1920년 3월 20일).

생활의 화

애화哀話

아부님
애기는 어데를 갔어요?
가을 구름은
맑은 대공大空을 흘러가는데
가을 잎은
그림자와 함께 멀리 나는데
애석愛惜한 석양은
서러운 꿈 같이 봉두峰頭로 넘어가는데
그리고 황혼 그림자는
이리 저리 방황하는데
아직도 애기는 돌아오지 않아요
아부님
암공暗空에는 기백만幾百萬의 별이
잔치 집 초롱같이 달려 있지마는
그리고 은경銀鏡같은 달에는
기러기 떼가 비치었지마는
아! 애기는 보이지를 않아요
대체 어디를 갔을까요 네
그래요 바다 물결은 사납다 해요
더구나 바람은 뜰로 진군한대요

애기는 정定코 적군에게 부로俘盧가 되어
그리고 울고 있을 터이지요
아! 정의正義의 달과 별은 왜
보고만 있어요?
네 아부님

비애悲哀의 위안

옳아요 저는 불행한 시인입니다
늘 슬퍼만 하고 있는 시인이
항상 울고만 있는 이 시인이
그래도 무엇을 가지고
위안을 얻을까 해서
늘 시와 소설을 짓습니다
독자여 제 시는 다 애가哀歌입니다
그리고 제 소설은 다 비극이야요
독자여 애통하는 자는 복이 있나니
천국이 저희 것이 될 것이요
죽어 가는 자는 복이 있나니
저희가 삶을 얻을 것이요
최후의 애가를 읽고
슬퍼하는 자는 복이 있나니
저희가 위안을 얻을 것이지요

—《매일신보》(1920년 3월 21일).

소설

춘희春姬
위선자僞善者
예술가의 둔세遁世
지옥찬미地獄讚美
악마의 사랑
악몽
처염悽艶

춘희

1

'비애의 물결은 공간적 시간적으로 인생이란 대하大河에 부질없이 흐른다. 태고 기만幾萬년 전부터 이 난파에 부딪히지 않은 사람이 어디 있으며 기억만幾億萬의 전통적 우리 생명이 이를 위하여 얼마나 괴로웠는가. 미美를 탐구하는 자, 자유自由한 탄원하는 자가 다 이에 희생이 되었구나'

'아! 현실의 폭풍이 비애의 물결이 칠 적마다 우리의 생은 얼마나 위험하였으며 아팠는가. 나는 일찍이 전설이나 소설을 읽을 때에 작중作中에 표현된 인생의 색채라든지 정조情調에 동경하는 감정보다도 더 현실의 악속惡束을 두려워하며 비애가 우리를 둘러싸고 있는 것을 안다. 이러한 생각을 할 때에 춘희春姬도 전설이나 혹은 비통한 소설에 사는 한 사람이 아닌가?' 병선炳鮮은 자기 방 책상머리에 홀로 앉아 생각하며 또 느낀다. 그는 다시 바로 누구와 대화를 하는 듯이

'아 불쌍한 춘희여, 박명한 처녀여! 나는 할 수 있는 대로 너의 그 맑고 깨끗한 마음을 세상에 널리 일으켜 사랑에 눈 먼 자로 하여금 뜨게 하고 아주 밉고 더러운 생애를 보내고 있는 자에게는 새롭게 하고 호기

심에 떠서 허위의 생활을 보내고 있는 자에게는 신성한 길로 나가게 하리라. 아! 사랑스럽고 착하고 정열에 싸인 처녀여! 나의 예술은 인간의 미를 다 끌어다가 너를 더 어여쁘게 하며 인생의 정情을 다 당겨다가 너를 더 정계情界에 광열케 할란다. 나는 마치 한없는 미美와 지智와 또 영원과 무한에 흥분하는 석가釋迦나 야소耶蘇나, 아니 미美와 애愛를 창조하는 베토벤이나 밀레와 같이 세상 사람으로 하여금 사랑의 실재성과 무한과 신비에 대한 의식을 깨닫게 할란다. 아! 열정과 이성의 처녀여.'

춘희는 경성 고등여학교도 불과 1개월 후면 졸업할 터인 고로 자기의 장래를 어떻게 할는지 여러 가지 사색에 괴로워한다. 물론 자기는 예정한 바와 같이 경성 여자 미술학교에 입학할 터이다.

'아! 병선 씨는 어떻게 생각할는지' 하고 춘희는 민감에 느낀 듯 얼굴을 붉히며 환상곡幻想曲에 탐하는 과부와 같이 눈은 감았고 입은 반쯤 열었다. 마치 흐르는 사비수 물가에 맑고 희게 핀 백합의 섬미纖美한 꽃봉우리같이 또는 홍장미紅薔薇의 부끄러움 같이.

'옳다! 내가 미술이니 문학이니 음악이니 하는 것도 종국에는 다 누구를 위함이리요. 병선 씨를 위함이 아닐까? 내가 장차 유명한 여류가女流家 혹은 음악가가 되려는 것도 필경은 병선 씨에게 자랑하려함이 아닌가? 세상 사람이 다 내 그림을 보고 흉을 받더라도 병선 씨 혼자만 걸작이라고 해 주면 그만이다. 그 위에 또 무엇을 바라리요. 나의 전목적 전존재가 다 여기 있구나. 옳다. 나는 유명한 여류가 되리라. 나는 천재天才도 있다. 오냐. 나는 유명한 예술가가 되겠지. 무한한 미美의 향락자享樂者도 되겠지. 아니, 나는 신비의 음미자吟味者도 될테야. 내가 훌륭한 예술가가 된다 하면 온 세상 사람이 다 나를 높이며 혹은 춘희 씨 개인전람회라 하고 거기는 신사紳士며 숙녀淑女며 영양令嬢들이 많이 와서 저 그림은 풍자화라든지 이 그림은 성화聖畵라든지 또는 나체화를 보고는 너무 음탕하다든지 훼예毁譽 포폄褒貶이 자자할 터이지. 이때에 병선 씨는 어떻게 생각할고? 물론 내 그림이면 더 재미있게 보고 칭찬해 주렸다. 그때에 나는 비로소 방글방글 웃으며 에, 병선 씨 하고…… 저 그림은 사랑의 여신을 의미하였고요 또 이 그림은 청춘의 미를 의미한 것이지요 하고 아주 적은 소리로 아무도 들리지 않게 일러 주리라. 병선 씨는 그 적에야 그 윤곽이며 가는 선이며 색채가 다 신神과 미美에 대한 심볼인 줄을 알리라. 아니 나는 아무 말도 아니 하는 것이 옳다. 그 적에 병선 씨는 그림의 뜻을 알지 못하여 얼마나 고심할고? 나는 모른 척하고 비평을 재촉하리라…….'

춘희는 이러한 모든 공상에 느끼며 자기의 장래는 매우 유망하다 하고 미소를 띄운다. 마치 봄만 알고 가을이나 겨울을 모르는 나비가 꽃봉오리 위에서 백일몽을 보는 것 같이.

2

오늘은 졸업일이다. 춘희는 아침 일찍이 일어나 뜰에 나갔다. 화단에 심은 꽃 종자가 어느덧 고개를 반쯤 들고 가늘게 뿌린 이슬을 먹고 있다. 거기도 무슨 생명이 있는 듯이 파릿파릿한 잎이 뽀족…… 방금 솟아 나오는 듯하다. 옳지, 여기도 대 자연의 영원한 생명이 숨겨 있으렷다. 그리고 생生에 대한 욕구가 있을 터이지. 그 욕구는 장차 점점 커져 아름다운 꽃이 되어 자기의 생을 색채 있게 할 터이지. 그리고 우리에게 사랑과 미의 정조情調가 어떻다 하는 것을 암시할 터이지. 우리는 그 가운데서 넉넉히 미美도 향락할 수가 있고 사랑의 지적 취미도 음미할 수가 있구나. 이렇게 우리는 자연 가운데서 영원한 생명과 무한한 미를 인식할 수가 있는데 무슨 연고로 미술이니 음악이니 하고 자연을 거짓 조작하려 하는고. 그림 한 폭보다도 장미꽃 한 송이가 더 곱고 생명이 있으며 음악 한 곡조보다도 사비수 맑은 물소리며 버들가지 위에 우는 자규子規의 노래가 더 쾌감을 주지 않는가? 확실히 예술은 자연을 위조하여 우리의 오관五官을 속이려 함이라. 그러면 모든 예술은 다 부자연不自然인가? 아니, 자연은 진리인가? 또는 완전한가? 아니다. 자연 가운데서 우리가 밉고(醜) 더러운 점을 발견하는 것은 필시 자연이 불완전하기 때문이다.

이러한 점으로 보아서 예술의 목적은 불완전한 자연이나 또는 사회를 교정矯正 균조均調하려 함이 아닌가?

춘희는 한참동안 명상에 느끼다가 어머니의 "춘희야, 춘희야" 하고 부르시는 소리를 듣고 방으로 들어갔다.

"춘희야, 벌써 여덟 시다. 여덟 시야. 그래 오늘 독창할 것은 잘 연습했니? 오늘은 잘 해야만 된다. 그래야 네 아버님도 기뻐하지" 하고 춘희의 어머니는 자기 딸의 어여쁜 태도며 천재 있는 것을 여러 사람에게 자랑코자 힘써 춘희에게 다짐한다.

"아니, 어머님 춘희는 졸업생 일동을 대표하여 연설도 한대요" 하고 춘희의 오빠 경호景浩는 한층 더 춘희의 자랑을 한다. "아이구, 춘희야 연설도 또 하니? 잘해라, 잘해. 그것이 다 자식이 되어서는 그리 하여야만 부모께 영광이다. 자 밥 먹고 학교에 가거라."

춘희는 묵묵히 대답도 아니 하고 혼자 감개무량한 생각을 하는 듯이 눈만 깜박 하고 있다.

아홉 시가 되자 학교에서는 모이라는 종을 친다. 한 30분 있으니 늙은 부모며 또는 신사에 부인네들이 많이 모여든다.

식장에 모여들자 교장은 졸업생 일동에게 훈계를 주고 부형父兄에게 인사말을 한 후 졸업생 일동을 대표하여 춘희가 연단에 올라섰다. 만당滿堂은 고요하다. 춘희는 한 마디 두 마디에 다 깊은 의미로 자기들이 졸업 후에는 어떠한 길로 나갈 것과 또는 신사회新社會에 나가서 자기네들도 남자와 같이 노력해 보겠다는 말로 간단히 끝을 마쳤다. 졸업식 기타 모든 예식이 지난 후 춘희가 또 연단에 올라서 독창을 부르게 되었다. 만당의 시선은 다 춘희에게만 모였다. 춘희는 얼굴을 붉히며 연단에 올라서 우아하고 은근한 목소리로 노래를 불렀다. 그 가늘고도 미묘한 매력적 음성이야 누구나 감동치 않으랴. 만당은 황홀한 듯이 취한 듯이 춘희만 보게 되었다. 그 하얀 이며 볼록한 볼이며 이슬방울 같은 눈이며 상아같이 흰 손이며 또 가늘고 은근한 매력적 목소리에 청중은 황홀하였다. 맨 마지막 끝 절節에……

천만년 전부터
알았던 벗이여
천만년 후까지
영원히 만나세
모교를 떠나서
서로 헤어질 때
우리는 또다시
어디서 만날꼬

하는 곡절은 만당에 이상한 감흥과 느낌을 주었다.

3

때는 벌써 따뜻한 늦은 봄이었다. 낙화落花는 낭자狼藉하고 엄은 파릿파릿 돋을 때에 인생도 이를 좇아 모든 정서가 농후하여진다. 더구나 성性의 차별과 인생의 의미를 알게 된 춘희의 데리케트*는 항상 새로운

* delicate, 민감.

인생의 색채와 정조에 공명하게 되었다. 즉 부모나 형제의 사랑 가지고는 만족할 수가 없게 되었다. 이럴수록 춘희는 병선이를 더 그리워하고 사랑하게 된다.

오늘은 일기도 따뜻하고 바람도 없음으로 청량리 근처로 춘희와 병선이와 경호 삼인三人이 산보를 가게 되었다.

삼인은 가벼운 의복을 입고 동대문 향 전차를 탔다. 동대문을 지나서 낙산洛山의 고성지古城趾*와 남산의 취색翠色을 바라보게 될 때에 춘희는 비장한 역사적 감정이 묵연默然히 남을 금치 못하였다. 아! 옛적 어른들은 저렇게 성을 쌓고 우리 자손을 위하여 생명을 버리면서도 적군과 싸움을 하셨겠지. 우리를 평안히 안아주는 삼천리 강토를 위하여 피와 땀을 흘리셨겠지. 그리고 우리의 것을 뺏기지 않으려고 얼마나 애를 썼으랴. 생각만 해도 감사한 일이다.

춘희는 일편으로 비애 환락에 싸여서 나간다. 춘희는 마치 인간을 떠나서, 아니 인정도 사회도 다 떠나서 이전에 읽던 전설이나 소설책에 씌어 있는 이야기 왕국에 가는 것 같이 생각이 되었다. 오빠도 병선이도 다 함께.

전차는 청량리 종점에 이르렀다. 세 사람은 전차를 내려 아주 한아閒雅하고 요적寥寂한 곳만 찾아 들어간다. 그 막막한 지평선과 한없이 고요한 청천靑天을 바라보면서 세 사람은 묵묵히 애곡哀曲에 느끼는 수심愁心 가운데서 혹은 공상空想에 혹은 환락에서 어린 풀을 밟으면서 다옥茶屋 지붕을 넘어가는 백접白蝶의 뒤를 따르면서 산로山路를 넘으면서 나간다. 새는 높이 떠서 구름은 둥둥 떠서 세 사람의 뒤를 따른다. "아! 자연은 다 우리 벗이로구나. 새도 구름도 나비도 기타 모든 자연이 다……" 하고 춘희는 혼자 감흥이 많은 듯이 먼 산 그림자를 바라보면서 산 넘

* 성이 있던 빈 터.

어 강 건너 먼 세계로 가는 흰 구름을 환송하면서 나간다. 사랑하는 병선이며 오빠와 함께…….

병선은 춘희의 그 어여쁜 자태며 천진난만한 모양을 보고 '참 매력 많은 여자인걸. 아름다운 여성인 걸. 조선에서는 재조才操라든지 지식으로도 제 일류로군……' 하고 춘희를 한번 더 본다. 동시에 두 눈이 마주쳤다. 춘희의 그 열정 있는 눈에는 찬란한 시詩보다도 더 자기 내심의 비밀을 알려주는 데는 웅변이고 진리이다. 눈이란 것은 어떠한 경우에서든지 거짓을 꾸밀 수가 없구나. 별別로 병선이와 춘희는 이렇게 묵묵히 아무 말 없이 있을 때에도 표정과 표정 사이에 눈과 눈 사이에 천언만어千言萬語를 할 수가 있었다.

병선은 한없는 공간에 흰 구름의 떼를 쳐다보며 한없는 제애際涯에 창천蒼天의 정숙靜肅을 볼 때에 이상히 흥분하는 태도로 주먹을 쥐며 아! 대자연의 비밀은 정숙이로구나. 그는 영원한 정숙이로구나. 우리의 지식이며 도덕은 다 정숙에 대한 우리 의식의 의문이며 오착誤錯이겠지. 만일에 이 정숙이 깨뜨려지는 때에는 우리 상식도 도덕도 다 파멸이 될 터이지. 아! 저 정숙의 본체는 무엇인가? 만일 우리가 저 정숙이란 뒷그림자에 숨어 있는 경구警句를 읽는다 하면 세상 사람은 얼마나 놀라며 우리에게 상식과 도덕이 무슨 근거가 없고 가치가 없음을 알 터이지. 아니, 우리의 상식이며 도덕이 얼마나 우리 생활을 행복케 하는가. 아니다. 상식과 도덕은 다 우리의 원시적이요 절대적인 의지를 속박하고 괴롭게 함에 불과한 물건이 아니냐. 내가 춘희 씨를 사랑하는 것이 상식과 도덕에는 불가不可라 한다. 아니 내가 춘희 씨를 사랑하는 것이 왜 나빠? 나의 처妻를 사랑하는 이외에 춘희 씨를 사랑하는 것이 그리 죄악인가? 사랑이 만일 절대 신성하다고만 하면 내 처나 춘희 씨를 사랑하는 외에 온 천하 사람을 사랑한들 무엇이 죄가 되리요? 이 사람들은 나를 가리켜 이중생활을 한다 비난을 할 터이지. 그러나 인생은 선천적으로 물질, 정신의 양 작용이 있기 때문에 누구나 다 이중생활을 보내고 있지 않나! 그러면 내 생활이 이중인들 삼중인들 무엇이 나쁘랴! 옳다. 나는 춘희 씨에게 사정을 다 말하리라. 그리고 춘희 씨의 용서를 빌리라. 춘희 씨는 물론 지식 있는 여자니까 나의 진심을 이해할 터이지. 만일 그러나 춘희 씨가 나의 사랑을 배척하면 어떻게 할고? 나는 그 때에 춘희 씨 발 앞에 엎드려 치마를 당기며 "아, 춘희 씨! 나의 전존재는 다 당신의 사랑에 매였소이다" 하고 울리라… 병선이는 이러한 공상에 싸여서 나간다. 미안未安과 공포와 참회 속에서.

4

병선은 자기 자아의 전부를 춘희에게 바치지 않을 수가 없게 되었다. 즉 자기 처와 춘희 둘 중 한 사람만 사랑하여만 되게 되었다. 병선이와 춘희 간의 사랑으로 말하면 아무리 날카로운 칼을 가지고라도 베지 못하게 되었다. 병선이도 춘희를 사랑하기 전보다는 자기 처를 덜 사랑하게 되었다. 즉, 자기 처에 대한 사랑은 의무적義務的에 불과하게 되었다. 병선이는 호기심, 공명심功名心이 많은 청년으로 방금 조선 청년계에 제일류로 자처自處하는 웅변가이다. 청년들은 그이의 경구驚句며 섬심纖審한 기지機智에 심취하고 있다.

병선의 생각은 만일 자기가 사랑하던 처와 이혼하고 춘희와 결혼한다 하면 온 사회에서 공격하며 배척하여 죽일 놈 살릴 놈 하고 야단일 터이다. 동시에 자기를 앙모仰慕하던 청년도 또 자기의 학비를 보내주던 어른도 에, 고약한 놈 하고 미워하며 욕할 터이다. 그리고 사랑하던 친구들도 다 자기를 버릴 것이며 제일, 학비에 군졸窘拙하리라.

아! 이 일을 어떻게 처리하면 좋을고…… 하고 병선은 권련을 피어들고 한참 동안 번민에 싸였다. 무르익는 6월의 천기天氣는 이상하게도 답답하게 뭉쳐 있다. 병선은 담배 한 모금을 후 하고 쉬며 창문을 열었다. 담배 연기는 한참 동안이나 헤어지지 않고 떼를 지며 창 밖으로 나간다. 뜰에는 흰나비가 더위에 못 견뎌 하는 듯이 힘없이 날며 그늘 사이로 지나가며 다알리아는 커다란 꽃을 이고 기운 없이 반쯤 누워 있다. 그리고 거의 말라 가는 채송화는 "물 한 잔 주세요" 하고 애원하는 듯이 미풍에 꽃 이파리가 떨고 있다.

"아! 이 일을 어쩌면 좋을까?" 하고 또 한숨을 내 쉰다. 암만 해도 내 처와 이혼하는 것은 너무나 비인도非人道의 행동이다. 아! 조화옹은 우리에게 왜 한 사람만 사랑하게 하고 일남一男이 이녀二女나 삼녀三女를 사랑하게 못하였는가? 즉 두 사람을 똑같이 일시에 사랑할 상상력을 주시지 않았는가? 이 때에 병선은 자기 처와 춘희를 가공적架空的으로 자동 인형같이 만들어 놓고 비교하기 시작하였다.

"자 어떤 사람이 더 예쁘며 더 열정이며 학식이 있는고? 아니, 춘희가 물론 낫지. 춘희는 참 아름다운 여성이야. 그 비범非凡의 천재, 학식, 미모, 매력은 누가 보든지 놀랄 걸……" 하고 춘희를 생각하며 있을 때에 돌연 처의 얼굴이 나타나며 수심이 만면滿面하여 두 손을 읍하며 "아! 하나님 언제나 그린 님을 만나 꽃 떨어지고 물 흐르는 도원桃園에서 풀 뜯고 그늘 있는 세계에서 반가이 만나 서로 즐기겠습니까?" 하고 눈물을 흘린다. 그의 얼굴은 마치 성화聖畵에서 보던 마리아 같이 거룩하다.

병선이는 그 적에야 "아! 내가 잘못했다. 사랑하는 내 처야, 얼마나 나를 그리웠는가? 집에서 모든 고생을 하고 있는 것이 다 나를 위함이 아니냐. 아니, 아니, 이혼은 죄악이요 인생의 큰 비극이다. 만일 춘희의 사랑이 나와 내 처의 사랑을 방해한다 하면 나는 그 적에 대담히 춘희와 관계를 끊으리라……" 하고 잡념과 번민에 싸여 어쩔 줄을 알지 못하고 있을 때에 돌연 춘희의 얼굴이 나타나며 "네! 병선 씨 제 전 생애는 다 병선 씨에게…" 하며 방글방글 웃는다. 그 까만 머리털이 이마에 흩어져 내리는 것과 샛별 같은 눈과 앵속罌粟* 같은 입과 왼 볼의 조그마한 흑자黑子**가 다 마력적魔力的이 아닌가? 춘희는 또 한번 더 "에, 병선 씨 저는 이 넓은 세계에 당신 하나만 믿고 사나이다" 하고 방긋이 웃을 때에 병선이가 여전히 묵묵히 있는 모양을 보고 "아! 병선 씨 저는 당신 하나만 꼭 사랑할랍니다. 제가 장차 무엇을 하려는 것도, 아니, 제가 지금까지 살아있는 것도 다 당신을 위함이에요. 제 세계는 당신 하나만 계세요. 저의 영靈도 육肉도 정조貞操도 다 당신이……" 할 때에 병선은 깜짝 놀라며 "네, 네, 나도 춘희 씨를 내 몸보다 더 사랑해요. 나는 영원히 춘희 씨를 사랑하렵니다……" 할 때에 춘희는 얼굴을 붉히며 "자, 또 만나요" 하고 가려 할 때에 병선은 춘희의 손목을 꼭 쥐며 키스하고자 할 때에 춘희의 얼굴은 온데간데없어지고 다시 처의 불쌍한 모양이 보인다. 병선은 이런 모든 잡념을 강強히 헤치려 담배를 피워 들었다.

5

어느덧 여름은 가고 쌀쌀한 가을이 왔다. 감상적인 춘희에게는 가물가물한 하늘과 시들시들 병든 오동잎과 또는 비 날리는 소리 바람 부는 소리가 다 슬픔의 종자種子였다. 얼린얼린 하는 고림枯林의 그림자며 연초 회사에서 뛰 하는 애음哀音이며 야반夜半의 고양이 울음소리가 너무나 적적하게 슬프게 들렸다.

요새는 병선이와도 마음대로 만나지 못하게 되었다. 병선이와 춘희의 교제는 경호의 엄금嚴禁으로 할 수 없이 되었다. 그러나 경호는 병선이와 춘희 사이에 비밀한 관계까지 있는 줄은 모른다. 다만 병선이가

* 양귀비꽃.
** 사마귀.

사랑하는 처를 두고 또 자기 동생을 농락하고자 함은 너무 비인도非人道의 행위라 하여 비난할 따름이다. 춘희는 병선이가 사랑하는 처가 있다는 말을 듣고 이리저리 생각하여 보았다.

'병선 씨는 사랑하는 처를 두고도 나를 사랑하였는가? 그는 무슨 이유일고? 자기 처를 사랑하면서 또 나를 사랑할 권리가 있으며 필요가 있는가? 아니, 사랑은 일남一男 일녀一女가 전적으로 이해하여 비로소 영靈과 영 사이에 육肉과 육 사이에 최最 열렬하고 농밀한 정서적 작용이 아닌가. 그러면 병선 씨 한 사람의 영육靈肉을 가지고 자기 처와 나를 꼭 같이 사랑하며 우리들의 요구를 전적으로 이해하여 줄 수가 있을까? 즉 환언換言하면 우리가 음악을 들을 때에도 비곡悲曲과 희곡喜曲을 일시에 들어 가지고 그것을 능히 감상感賞할 수가 있는가? 애곡哀曲에 느끼어 눈물을 흘릴 때에 또 희곡에 느끼며 웃을 수가 없지 않은가? 만일 이 둘을 다 들어 가지고 일방一方으로 울고 일방으로 웃는 사람이 있다 하면 그는 확실히 이중인격이겠지. 내가 병선 씨 외에 다른 남자를 또 사랑하지 못하는 것과 같이 병선 씨도 기실其實은 나 외에 아무도 사랑할 수가 없겠지. 그러면 병선 씨는 나 때문에 사랑하던 처를 버리려 할 것이 아닌가? 만일 병선 씨와 그 처의 사랑이 이해적이요 의지적이요 정열적이라 할진대 나로 말미암아 그 두 분의 사랑은 파괴되지 않았는가? 그리고 영과 영 사이에 육과 육 사이에 합일된 아주 완전한 인격이 나로 말미암아 파멸을 당하지 않았는가? 아! 나는 남의 인격을 침해하고 신성한 사랑을 흐리게 한 도덕상 죄인이다. 죄인이라 하면 이에서 더 큰 죄인이 어디 있으랴? 나는 이제부터 세상 사람에게 악마라는 욕을 듣겠구나. 아니 그리 들어야 당연할 일이지. 아! 이 일을 어찌 하면 좋단 말이냐? 병선 씨와 관계를 끊어? 나의 사랑을 희생해? 그리고 나의 전존재도 다 파멸을 당해? 아! 너무나 무정하구나. 하나님은 나를 살리려고 이 세상에 보내셨다. 그러면 나는 하나님의 뜻을 봉전奉傳함이 되겠다. 죽는 것은 불합리한 일이요 부자연한 일이다. 단테의 지옥편에도 자살한 사람은 그 중 제일 죄가 중하다고 써 있다. 옳다. 나는 내 영靈을 살리겠다. 사는 데는 모든 색채와 진리가 있으되 죽음에는 아주 암흑뿐이요 색채가 없다. 그러면 나는 살아야 된다. 내가 산다. 병선 씨 사랑 속에서 산단 말이다. 그러면 남의 생을 빼앗아서라도 살아야 옳은가? 이리(狼)가 양羊을 잡아먹는 것은 자기 생을 위함이로되 세상 사람은 이리를 가리켜 악송惡竦*한 놈이라 하지 않는가? 옳다. 자기 생을 위하여 남의 생명을 빼앗는 것은 인도 정의에 위반되는 일이다. 즉 자기의 생을 색채色彩 내기 위하여 남을 죽이는 것은 너무나 잔인한 행동이다. 아! 이 일을 어찌면 좋은가? 하나님이시여! 당신께서는 기천만幾千萬 년부터 우리들의 사랑을 허락하였습니다. 저는 그러한 기억이 있는 듯 하외다. 그 후에 몇 백만 세기를 신운표묘神韻縹緲한 허공으로 방황하다가 우리들이 차생此生에 와서 살게 될 때에 비로소 하나님의 뜻을 이루었지요. 그 동안 현실이란 악마의 악희惡戲로 우리들의 사랑을 방해함인가요? 아, 이 괴로운 현실과 비통 속에서 저희 두 사람을 건져주세요……" 하고 춘희는 밟혔던 꽃같이 엎드려 애걸복걸한다. 어린 춘희는 이때까지 소설이나 전설에서 살아오다가 오늘에야 비로소 현실에게 포로가 되어 비통의 채찍이 얼마나 아프고 쓰린 줄을 알았다.

6

경성京城에서는 유행성 감모感冒** 에 리罹***하여 매일 여러 십 명이 죽게 되었다 이 일이 각 신문에 자자하게 났다. 춘희는 신문을 쥐고 자세

---

* 악하고 두렵다.

** 감기.

*** 병에 걸리다.

히 내리 읽었다. 과연 감모의 폭위暴威는 맹렬하다. 그리고 삼면三面 부部에는 살인사건이니 강간이니 사기니 하는 일이 써 있다. 춘희는 이러한 모든 일을 처음 보는 것같이 놀라며 불사의不思議하게 알았다. 이러한 일이 나 사는 사회에 매일 있었나 하고 그 전날 신문을 조사하여 보았다. 역시 살인이니 사기니 자살이니 하는 사건이 있다. 춘희도 물론 이러한 모든 험악하고 부패한 세상에서 살아왔지마는 이러한 모든 일을 알기는 오늘이 처음이다.

"아! 내가 여지껏 이러한 세계에 살아왔던가?" 하고 자기라도 이상하게 생각하였다. 그리고 현실은 참 무섭다고 하였다.

감모의 폭위는 점점 더 심하게 되었다. 마침내 춘희도 감모에 걸렸다. 본래부터 섬약纖弱한 춘희는 중태에 빠졌다. 부득이 춘희도 한강 피병원避病院에 가기로 되었다.

아! 어린 춘희는 세상에 나오자마자 현실이란 아귀餓鬼의 밥이 되고 말았다. 아! 이야기의 왕국에서 단꿈을 보던 어여쁜 을녀乙女여!

그 후 병선은 어떻게 되었는가? 춘희와 병선의 관계를 일일이 적어 청년회에 밀고한 사람이 있다. 그 밀고에는 어느 날 어느 시각에 아무 곳에서 만나 서로 손목 잡고 키스한 일과 또 어떤 날 밤 연극장演劇場에서 춘희와 한 자리에 앉은 일과 기타 세세한 밀고가 청년회로 왔다. 이 일이 청년간에 자세하게 퍼지자 병선이를 시기하던 사람들은 없는 일을 만들어 거짓 유포한다. 처음에는 거짓으로 알았으나 사실 분명한 증거가 나오기 때문에 병선이를 믿고 앙모仰慕하던 청년들도 다 분개하며 각각 단결하여 병선이를 청년회에서 축출逐出하게 되었다. 이제는 사회에 대하여 아무 희망도 없고 공명심도 다 버리게 되었다. 조선을 위하니 동포를 위하니 해도 세상은 믿지 않게 되었다.

'아! 새로운 색채와 정조를 구하여 마지 않던 향락자여, 너는 본능의 하는 대로 새 색채에만 탐닉하는 정계情界의 방랑아放浪兒였지? 너는 정

계情界로 두루 표박漂迫해 다니다가 마침내 폭풍을 만났지. 아! 사랑을 낭비한 자의 비통悲痛이여.'

춘희의 병은 점점 심하여 간다. 춘희는 어머님과 아부님과 오빠 곁에 누워 있다. 춘희가 세 번째 각혈을 할 때에는 의사도 춘희의 생명이 길지 않을 줄을 짐작하였다. 춘희도 "아! 나는 죽노라' 하고 눈물을 흘리며 오빠에게 향하여 병선 씨를 한번 더 만나게 해 달라고 부탁하였다. 춘희는 병과 애통 가운데서도 병선이를 항상 사모하고 그리워했다. 자기가 죽음을 두려워하는 것은 결코 죽음이라는 그 물건을 두려워함이 아니요 사랑하는 병선이와 영원히 이별할 것을 두려워함이다.

춘희는 눈물을 흘리며 자기의 20년 간 생애를 돌아보았다. 거기는 황량하고 적막한 서부 아메리카의 광야 같이 매우 적적하였다. 그러나 한 옆 비탈에 백국白菊이 밝고 희게 피어 있다. 이것은 즉 병선이와 춘희 사이의 사랑이다. 춘희는 그 꽃에 대하여 한번 더 동경하지 않을 수가 없다.

그리고 비탈을 넘어서면 천만 장丈이나 되는 단애斷崖*가 있다. 춘희는 네 번째 각혈하게 되었다. 그때에는 정신이 아득하고 의식이 몽롱하게 되었다. 수족은 모두 다 떨리고 숨소리는 점점 안 들리게 되었다.

이러할 때에 춘희의 의식에 있던 사람들 — 병선이며 부모며 오빠가 — 다 사라지는 듯하다. 옳다! 병선 씨도 나의 부모도 오빠도 다 나와 같이 죽노라 하고 장차 죽어서 병선이와 함께 극락에 갈 것을 생각하고 춘희는 스스로 행복스럽다 하였다.

춘희는 마침내 사死의 세계로 떠남이 되었다. 이때에는 춘희의 부모도 오빠도 병선 씨도 다 옆에 있었다. 병선이는 최후에 말하기를 "나는 춘희 씨를 영원히 사랑합니다" 하였다. (끝)

—《매일신보》(1920년 1월 24일~29일).

---

* 벼랑.

위선자

1

창호昌浩는 혼자 책상머리에서 《전설 로만스》란 책을 보다가 한참 있더니 매우 흥분하는 표정으로 눈을 가느스리 감으며…… '아! 현재의 삭막하고 단조한 생활에서 좀더 색채 있고 농후한 정조에 들어가 아름다운 시국詩國을 만들 수가 있다 하면 얼마나 행복할고. 옳아, 이 전설에 써 있는 바와 같이 옛적 사람들의 생활은 깨끗한 인정미人情美에서 누구나 다 사랑의 감주甘酒를 맛보며 재미있게 살았건만. 아! 현대 사람은 왜 이리 나부터 세기병世紀病에 신음하는고. 이는 확실히 인생의 타락이다. 이 고통과 타락에서 건져낼 대 예술가가 없는가? 아니, 내가 하지. 야소耶蘇는 천상에 낙원을 건설하였지만 나는 지상의 낙원을 건설할 수가 있어……' 하고 창호는 혼자 말을 하였다.

그리고 한참 있더니 돌연간 얼굴빛이 마치 민감(델리케이트)에 느끼는 처녀같이 붉어지며, 아! 어제 김목사 댁에서 만난 여학생은 참 사랑스러운 여성인걸. 만일 그가 장차 내 전全 정신精神, 전全 영혼靈魂을 지배할 이가 된다 하면 아! 나는 얼마나 행복일고. 그야말로 나도 한 아름다운 전설에서 생활할 수가 있구나. 옳다. 피녀彼女의 그 은근한, 더구나 나를 보고 이따금 방긋이 웃던 것과 말할 때에 의미 있게 모음母音을 붙이던 것이 다 나를 사랑함이나 아닌가…… 하고 창호는 공상에 싸였다.

이창호는 방금方今 동경東京 경응慶應 학교 문과文科에 재학이다. 그는 특별히 외국어에 재조才操가 있으므로 동창생들은 창호에게 고각구텐사이(語學天才)*란 별명을 주었다. 그는 실로 어학뿐 아니라 시, 회화, 음악 기타 예술적 천재를 다 가졌다. 그래서 조선 유학생간에는 매우 물망物望이 있는 청년이다…… 창호는 한참 동안 별 생각 다 하다가 모자를 집어 쓰고 밖으로 나갔다.

국정구麴町區 토제土堤에는 한앵寒櫻이 박홍薄紅의 입을 반쯤 열고 아리땁게 웃고 있다. 그리고 그 앵화櫻花의 처녀적 향기가 이상하게 창호로 하여금 이국異國 정조情調의 아름다운 것을 깨닫게 하였다. 이때껏 동경 생활이 재미없던 창호도 이제는 취미를 붙이게 되었다. 가로로 산보하는 사람들도 다 조선 말을 알며 또는 자기와 같이 조선을 사랑하느니 하고 퍽 반가워하였다. 창호는 무의식적으로 구단九段을 지나 조선 교회당 근처에 와서 한참이나 주저주저하다가 최후의 용기를 가다듬어 김목사 댁을 찾았다.

가슴은 몹시 울렁울렁 한다.

"선생님 계십니까?" 하고 목소리는 그윽이 떨리게 나왔다.

"창호 씨요! 어서 들어요."

창호가 문을 열고 들어선 즉 목사의 따님 선희善姬며 작일昨日 인사한 여학생 순애順愛가 있다. 창호는 얼굴을 붉히며! "어제는 실례 많이 하였습니다" 하고 창호가 순애에게 말한 즉 순애는! "천만에 말씀입니다" 하였다. 목사는 방금 어디를 갈 양으로 모자를 썼다 벗으며 아! 참 실례지마는 좀 기다려 주시오. 곧 다녀올 터이니! 하고 인사를 하고 밖으로

---

* ごがくてんさい

나간다. 창호는 여자에 대하여 퍽 억병臆病이다. 더구나 말이 어눌한 창호는 어떤 말을 하여야 될는지 몰라 주저주저하다가 순애에게…… "언제 동경에 오셨소" 하였다. "이때껏 경도京都에 있다가 한 일주일 전에 왔습니다" 하고 순애는 방긋이 웃었다. 그리고 선희에게 "여자 미술학교 시험이 언젠가요……" 하고 물었다.

"그것은 저! 창호 씨가 잘 안데요" 하고 선희는 순애의 시선을 피하며 비웃은 듯이 말하였다. "네! 그것은 제가 잘 압니다…… 나한테 규칙서規則書까지 있는데요" 하고 창호는 순애를 정면으로 보았다. 그리고 다시 "내일이라도 가져다 드리지요" 하였다. "네! 고맙습니다! 제가 내일 가 뵈옵지요" 하고 순애는 선희를 보고 낯을 붉혔다. 순애는 다시 하숙이 어딘지요? 하고 물었다. 창호는 희열喜悅에 넘치는 표정으로 순애를 보며 "네! 저는 국정구麴町區 20번지 청수방清水方에 있습니다" 하였다. 창호의 생각에는 '순애가 확실히 자기를 사랑하느니' 하였다.

2

창호와 순애의 사랑은 날이 갈수록 점점 더 농후하여간다. 김목사 집에서 만난 이후로 순애는 매일 창호한테 가서 예술에 관한 이야기를 하며 혹은 《로미오 줄리엣》 말이며 기타 현대 조선 사회의 남녀문제를 토론하였다. 창호는 말할 때마다 사랑은 절대 신성한 것이며 동시에 사랑을 영원히 계속하려면 시적詩的 회상回想에 있다 하는 말과 결혼은 인생을 생리적生理的으로는 살리지마는 정신적으로는 죽인다는 말이며 세상의 대비극은 다 결혼생활을 중심으로 하고 일어난단 말을 하였다.

이 말을 들은 순애는 '창호가 아마 자기 처妻가 있으니까 이혼할 수 없는 것을 알고 순애 자기의 사랑이 결혼적結婚的이나 아닌가 해서 미리 겁내는 말이지' 하고 순애는 생각하였다. 그리고 순애는 혼자 말로 '용기 없는 사람이로군' 하였다. 그래도 순애는 말할 수 없이 창호에게 마음이 끌리었다. 그 희고 파리스리한 낯빛이며 부정적富情的인 눈이며 신경질神經質인 엷은 입술이 다 순애에게는 매력을 주었다. 그리고 창호의 천재 지식은 누구나 다 감복하고 있다. 더구나 어학의 천재로 말하면 지나支那 사람한테는 지나 사람 행세를 하고 일본 사람에게는 일본 사람 행세를 하게 될 만큼 어학에 매우 천재가 있다.

그래서 한동안은 이가일랑李家一郎이라 변명變名까지 하고 일인日人과 교제한 일도 있다. 순애는 물론 여기에 반한 일도 없지는 않다. 물론 누구나 다 자기 연인戀人되는 사람을 추어서 천재니 유식하니 하면 사랑이 더 가는 것은 인정에 당연한 일이 아닌가…….

일주 후에 창호와 순애는 동경에서 사십 리 거리 되는 다마천多摩川에 앵화 구경을 가게 되었다. 신숙新宿 종점에서 시외 전차를 탔다. 양인兩人은 어깨와 어깨가 마주 부딪힐 적마다 신경줄이 잡아당기는 듯이 자릿자릿 하였다. 순애는 정감에 못 견뎌 하는 듯이 눈을 가느스리 뜨고 일부러 창호 어깨에 기대일 적마다 자기의 통통한 젖가슴의 섬유纖維가 다 녹아서 창호의 심장으로 들어가는 듯이 아찔아찔 하였다.

순애는 혼자말로 '아! 나는 행복스럽다. 인생의 길이 하나는 회색灰色 길이요 하나는 도색桃色길이라 하면 나는 방금 도색 길을 밟는구나. 옳다! 도색을 감정적으로 분해하면 환락歡樂, 교염嬌艶, 사모思慕, 초연다정初戀多情, 평화平和를 의미함이 되겠지……' 하고 순애는 몹시 흥분하는 듯이 눈을 슬며시 감으며 '아! 나는 이 연기냄새 나는 동경을 떠나서 이해利害에 비등沸騰하고 비밀한 죄악이 남모르게 유행되는 이 도회의 소굴을 떠나서 멀리멀리 아름다운 사랑의 남국을 향하여 동경과 색채에 싸인 천국을 향하여 가노라…… 나의 사랑하는 꼭 한 사람 창호와 함께……' 하고 순애의 동경적憧憬的 정조情調는 말할 수 없는 농후한 색채에 안겨 공상空想이란 망망茫茫한 대해大海에 표박하여 다닌다…… 창호는 속말로…… 자연이 예술을 모방한다 하지마는 암만 해도 예술이 자연을 모방할 곳이 많군…… 하고 순애에게 일본말로…… "저 아리따운 사쿠라를 보시오" 하고 의미 있는 눈으로 순애를 보았다. 전차창으로 보이는 다마천多摩川의 묘망渺茫한 경치는 마치 사막에서 보는 신기루같이 아득하였다. 순애의 표정은 애곡哀曲에 느끼는 쾌감 가운데서 미소微笑하는 과부寡婦의 낯과 같았다.

3

양인兩人은 다마천 종점에 내려서 다옥茶屋 있는 근처를 향하여 나간다. 창호는 과거며 형식이며 기타 사회의 제도를 뿌리치는 듯이 활개를 치며 다만 현재의 환락歡樂, 동경憧憬, 탄미嘆美에만 흥분하는 듯이 대담스럽게 순애의 손목을 잡으며 "순애 씨, 이리 가까이 오시오" 하고 당겼다. 그리고 어깨를 기대며 "여보 순애 씨…… "나의 전존재는 다 당신에게 매였습니다" 하고 손목을 놓았다.

순애는 하얀 얼굴을 창호 가슴에 묻으며 "저는 당신의 처妻될 권리가 없어요…… 그리고 당신의 과거를 알 수 없어요……" 하였다.

창호는 돌연간 순애를 뿌리치며 "순애 씨 당신은 사랑과 결혼을 혼돈합니까? 아! 결혼은 인생의 타락인 줄을 몰라요? 즉 영靈이 육肉에 대한 패배인 줄을 몰라요……" 하고 창호는 순애의 사랑이 너무 이기적이요 동물적임을 원망하였다.

순애는 깜짝 놀라며 "아니 제가 잘못 말했습니다. 이것이 다 창호 씨를 너무 사랑하기 때문에……" 하고 낯을 붉히며 머리를 숙였다.

"아니, 아니, 그럴 것은 없어요. 결혼이 만일 정말 순애씨의 소원이라면 제 처와 이혼이라도 하지요. 그리고 허위의 생활에서 하루라도 바삐 내 전 인격을 구제하는 것이 옳지요" 하고 창호는 다시 순애의 손목을 잡았다.

봄바람이 앵원櫻園 사이로 흐르고 새가 울 때에 보이지 않는 음색音色, 소리 없는 진동, 그리고 모호하고 망연茫然한 주위의 공간과 분홍 커튼 같은 사쿠라의 그늘이 양인兩人을 포옹하였다. 그리고 사쿠라 향기에서 창일漲溢한 신선한 미풍이 양인에게 세례를 부었다. 양인은 침묵과 느낌에서 천천히 발꿈치를 다마교多摩橋에 던질 때에 그 막막한 넓은 뜰을 빗겨 흐르는 다마천이며 조용히 잠자는 솔밭 그림자며 엷은 구름이며 기타 묵화墨畵같은 다마산이 다 전설에 있는 시국詩國이거니! 하고 창호는 반가워하였다.

다마천에는 유객遊客들이 많이 있다. 혹은 젊은 남녀들이 보트를 타고 가역을 돌아다니며 또는 여학생 같은 처녀들이 사쿠라*를 따서 입에다 씹으며 앵목櫻木에 기대이고 있다.

순애는 자기 곁으로 지나는 사람을 자세히 보다가 창호다려 "여기 사람들은 다 어째서 그런지 귀족 냄새가 나는데요" 하고 방긋이 웃었다.

"별 말 다 하는군. 귀족도 냄새가 나나요" 창호가 깔깔 웃었다.

"아이구 참 홀아비 냄새가 나는데 귀족 냄새가 아니 날까요?" 하고 순애는 조롱하는 듯 말하였다.

"아니 처녀 냄새는 알지마는 홀아비 냄새는 아직까지 모르는 걸요" 하고 창호가 미소하였다.

순애는 창호의 말을 듣고 불시에 낯을 붉히며 머리를 숙였다. 그리고 가슴으로 몹시 두근두근 하였다. "어디가 편치 않으십니까?" 하고 창호가 물었다.

순애는 한참 있다가 "네, 머리가 좀 아파서" 하고 순애는 더욱 낯을 붉힌다.

---

* 벚꽃의 일본 말.

"그러면 저녁때도 거진 다 되었으니 저 찻집에 가서 좀 쉬다가 돌아가지요" 하고 창호는 순애를 인도하여 요리점으로 들어갔다. 방은 매우 조용하다. 창호는 저녁밥을 시키고 다시 순애에게 "아직도 아프시오?" 하였다.

"아니요. 이젠 다 나았습니다" 하고 순애는 방긋이 웃었다.

한참 있으니 요리가 들어와서 양인은 맛있게 먹었다. 창호는 서창문西窓門을 열었다. 석양은 황금실타래 같이 몹시 찬란하다. 창호는 손을 순애 어깨에 얹으며 아무 말 없이 순애를 쳐다보며 이마를 마주 대었다. 순애는 머리를 창호 가슴에 꼭 대이며 그윽이 떨리는 소리로 무엇을 애원하는 듯이 "창호씨……" 하고 말았다. 창호는 순애를 끌어안으며 오래 동안이나 입을 마주 대었다. 그리고 순애의 눈은 수분水分이 가득히 끼었다. 창호는 문을 닫고 다시 순애를 포옹하였다…….

아! 이 정열에 타는 동맥과 동맥이 서로 합하고 영과 육이 서로 포합抱合된 두 청년 남녀에게는 도덕과 정조貞操의 권위도 다 티끌이 된다. 도덕의 차단을 원망하는 정욕은 방금 두 청춘에 대하여 복수를 하고자 함이나 아닌가…….

그후 한 달이 넘도록 양인은 여전히 서로 사랑하였다. 기실은 순애보다도 창호의 사랑이 더 열정적이요 헌신적이었다. 순애도 근화菫花의 향기를 동경하는 호접胡蝶같이 혹닉惑溺*과 환락에서 날을 보냈다. 순애는 자나깨나 늘 환락과 포옹의 미주美酒로 늘 창호를 맞았다.

그러나 항상 순애의 번민을 사는 것은 창호의 결혼 문제가 아닌가? 연애가 적어도 여자의 전존재라 할진대 어찌 대주貸主의 영수증 같은 결혼을 무시하랴. 순애가 결혼을 요구할 때에 창호는 늘 낯을 찌푸린다. 순애는 이럴 때마다 창호는 용기 없는 사람, 남자답지 못한 사람이

---

* 미혹되어 빠지다.

라 하고 창호는 순애의 사랑이 이기적, 동물적이라고 원망한다.

그러나 창호는 말할 수 없이 순애가 귀여웠다. 창호는 최후 말할 수 없이 굳은 결심이 순애의 요구대로 결혼한 후 순애에게 의심 없는 사랑을 받기로 바뀌었다.

창호는 그후 하기 방학만 오면 곧 귀국해서 이혼을 단행하기로 순애에게 약속하였다. 그리고 창호는 매일 신전구神田區에 있는 순애의 여숙旅宿 주인을 찾아 자정이 넘도록 둘이 소곤소곤 하며 이야기를 한다. 그 이야기에는 장차 부부가 되어서 가정을 어떻게 처리할 것과 식당과 침실을 따로 하는 것과 객客이 오면 순애가 먼저 나가 접대한다는 말이며 또는 토요일 오후는 공원 산보를 하고 일요일은 오전에 예배당을 갔다가 와서 극장에 간다는 말과 기타 창호는 매일 이른 아침 다섯 시쯤 해서 몸을 튼튼히 만든다는 말과 순애는 집 섬돌을 돌아가며 채송화菜松花, 근화菫花를 심는다는 말을 한다. 순애와 창호의 사랑은 이같이 환락의 상상봉까지 올라갔다.

기실其實은 결혼 이상으로 혼魂과 육肉이 만족을 얻었다. 아! 이 두 연인이 사랑이란 감주에 취하여 발을 덧둑 하고 상상봉에서 떨어지지나 않을는지. 양인은 좀더 높은 데로 올라갈 양으로 두루 보았다. 그러나 창호의 눈에는 아니 보였다. 아, 이창호는 여기서 더…… 높은 데로 올라가지 아니할 뿐더러 자기가 서 있는 곳을 만족히 알았다. 그러나 순애의 눈에는 이보다 더 높은 환락의 상상봉이 있는 것을 보았다. 그러나 그 상상봉에 오르려면 방금 자기가 서 있는 곳을 내려와야만 될 형편이다. 아! 이 두 상사相思의 연인은 장차 어떻게 되려는가? 이 일을 하나님 이외에 누가 알 수 있을까?

때는 6월 초순이었다. 창호는 초하初夏의 미풍을 반갑게 맞으며 국정구 토제 위에 앉았다. 사쿠라도 꽃이 다 떨어지고 파릇파릇한 새잎이 퍽 길게 돋았다. 창호는 풀 위에 누우면서 아! 자연은 꽃이 피면 떨어지는 것이 진리건만 사랑은 이와 반대로 꽃이 피면 떨어지지 않는 것이 진리가 아닌가? 이것을 보면 인간미가 확실히 자연미보다 승勝하군 하고 창호는 쾌락에 느끼는 듯이 슬며시 웃으며 다시…… 예술은 어떤가? 사랑은 항구성을 주며 육적肉的 쾌락을 시화詩化함이 아닌가? 하고 창호는 과거의 기억을 불러냈다. 거기는 순애가 하얀 이마를 자기 가슴에 대던 것과 자기 팔과 다리가 순애의 보들보들한 섬유纖維를 건드릴 적마다 신경줄이 짜릿짜릿하던 것과 전신全身이 볕에 새끈새끈 하던 것이 기억된다.

4

토요일 밤이었다. 창호는 제극帝劇에서 흥행하는 〈카르멘〉을 순애와 함께 구경갈 뜻으로 여섯 시쯤 해서 순애의 사주인私主人 집을 찾았다. 창호는 문을 열고 순애 있느냐고 물은 즉 주인 할머니 답이 방금 어떤 손님이 와 있다 한다. 그래서 창호의 생각은 손님이라면 여자인 줄만 알고 그냥 이층으로 올라가 염려 없이 장자문을 열고 본 즉 의외에 한 이십오육 세 되는 남자이다.

순애는 낯을 붉히며 "잘 오셨습니다. 이 어른은 저 경도 있을 때 망년회에서 한번 인사하였던 이야요" 하고 인사를 시킨다.

창호는 다소 불쾌한 마음을 억제하고 "네 처음 뵈옵니다. 저는 이창호라고 합니다" 하고 머리를 숙인 즉 "네 저는 최병창崔炳昌이라 합니다" 하고 명함을 내놓는다.

명함 옆에는 '조선물산상회 주임' 이라고 써 있다.

창호는 속말로 '아, 동경에 엿(飴) 팔러 온 사람이군' 하고 힐끗 쳐다보았다. 몸은 좀 뚱뚱한 사람이요 얼굴의 윤곽은 퍽 육감적으로 되었다. 붉은 입술이며, 두둑한 눈자위가 다 야비野卑하게 보인다. 창호는 속으로 '이 사람이 무슨 일로 순애를 찾아 왔으며 또는 어떻게 순애의 거주居住를 알았는고' 하고 퍽 의심스러운 생각이 난다. 혹은 '인삼이나 팔러 오지 않았나' 하고 방안을 두루 보아도 인삼 가방은 없다.

창호는 더욱이 의심이 나고 불쾌한 감정이 생겨서 종내 무슨 볼일이 있다 하고 집으로 돌아왔다. 집으로 돌아와서 암만 생각해도 알 수 없는 일이다. 창호는 담배를 피워 들고 '만약 최가崔哥와 순애가 과거에 연애 관계가 있다 하면 어찌할고…… 아니다. 나의 사랑하는 꼭 한 사람 순애가 설마 그런 일이야 있으랴……' 하며 스스로 안심하고 있는 때에 돌연간 두 달 전 다마천에서 자기가 순애에게 대하여 "나는 처녀 냄새를 아는데요" 하는 말에 순애의 표정이 불시에 이상하게 되었던 것이 생각이 났다.

'아! 순애는 왜 낯을 붉히었는가. 순애는 처녀가 아니었던가? 옳아, 확실히 순애는 최가라는 자에게 정조貞操를 빼앗겼다. 아니다. 순애는 결코 그런 처녀가 아니야…… 내가 너무 신경과민이지. 내 전존재를 다 바쳐 사랑하고 순애의 과거가 설마 그럴 수야 있나?' 하고 자기 잘못을 용서해달라는 듯이 "순애 씨, 순애 씨" 하고 불렀다. 동시에 순애는 방글방글 웃는 얼굴이 나타나며 "네, 창호 씨. 저는 당신 꼭 믿어요……" 하고 사라진다. 창호는 낯을 붉히며 "네, 네, 나도 당신만 꼭 사랑해요……" 하고 창호는 순애의 용서를 얻은 듯 픽 웃었다…….

방학은 한 일주일 후면 되게 되었다. 그래서 속히 방학해서 귀국한 후 이혼 수속할 것과 또는 순애와 인해 약혼한 후 결혼은 명년 졸업 후에 하고 또다시 동경서 순애와 함께 공부할 것을 생각하고 퍽 기뻐하였다.

5

일주일 후였다. 창호는 이튿날 오후 네 시 차로 귀국하기로 하고 순애는 미술학교 추기秋期 보결생 모집에 응시하기로 하고 시험 준비로 동경에 남아 있게 되었다. 창호는 귀국하기 전 순애와 한번 더 만나서 여러 가지 이야기할 일이 있는 고로 순애 있는 주인집을 찾았다.

창호가 방금 문에 들어선 즉 순애가 문간에 서 있다 "어데를 가셔요?" "아니오. 방금 창호 씨 댁에 가는 길이야요. 참 잘 오셨습니다. 어서 들어오시오" 하고 순애가 말하였다.

창호는 이층으로 올라간 후 내일 귀국한다는 말과 귀국해서 이혼 수속만 다 되면 곧 동경에 오겠다는 말을 하였다 한두 시간 말하다가 창호는 내일 정거장에서 만나기로 하고 집으로 돌아왔다.

그 이튿날이 되었다. 정거장에는 창호가 순애와 또 창호의 친구 이동우李東愚가 나왔다. 오후 네 시가 되자 정거장 보이가 종을 울린다. 삼인三人은 애수哀愁에 느끼면서 서로 이별하게 되었다. 창호는 기차에 올라서며 눈물이 핑 괴었다. 그리고 아무 말도 없이 기적의 소리와 함께 순애를 이별하였다. 순애도 손수건을 내 저으며 퍽 울었다.

창호는 별고別苦에 느끼는 애수 가운데서 나간다. 기차 창 밖으로 보이는 시커먼 솔밭이며 창천蒼天을 틈 없이 덮은 회색 구름이 창호에게는 사死의 지옥같이 보였다. 창호는 마치 따뜻한 인정人情, 그리운 사회 사랑하는 친구도 다 떠나서 아주 암흑하고 색채 없는 사굴死窟로 가는 듯이 생각이 되었다. 그래서 하관下關에 이르기까지 눈물로 밤을 지냈다.

6월 16일은 아침에 부산을 내렸다. 첫째 보이는 것은 반가운 조선 사람의 백의白衣이다. 여기저기에서는 지게꾼들이 생활난에 피곤한 듯이 얼굴을 찌푸리며 조선말로 수군수군한다.

아! 인정과 사회는 변하되 조선말은 여지껏 남아 있구나…… 아! 고마운 것은 충직한 조선말이다 하고 감격무량感激無量한 것을 억지로 참고 인해 봉천奉天 향 기차를 탔다. 말을 귀담아 들으며 두루두루 자세히 보았다. 그들의 말은 다 지주地主의 포악暴惡한 이기利己 수단手段을 저주하며 소작인은 도저히 살 수 없다는 말로 불평을 말한다. 말끝마다 다 고통과 비울悲鬱에 싸인 부르짖음이다. 창호는 '아! 조선 사람의 생활은 점점 더 비경悲境으로만 밀리려나' 하고 퍽 슬퍼하였다.

창호는 침묵과 애수 속에서 경성을 지나 평양에 도착이 되었다. 평양은 창호의 고향이다. 정거장에는 맏누이님과 동생이 나와 있다. "아! 저기 오빠 오십니다" 하고 창호의 동생 덕희德姬의 소리를 듣고 빨리 걸어나오며 "아이구, 누님 그간 편안하셨어요" 하고 인사를 한 즉 덕희가 옆에 섰다가 손으로 오빠의 양복자락을 잡아당겼다.

창호가 집에 온 후 한 일주 후였다. 창호의 부친 이참봉은 창호의 이혼이란 말을 듣고 집안에 패덕자悖德子가 하나 생겼다고 큰 야단이다. 그래서 창호는 매일 밥도 잘 먹지 않고 고통에 싸였다. 모친은 며느리와 항상 뜻이 불합不合한다. 그래서 창호편을 들어 외아들을 죽인다고 두 내외가 매일 싸움판이다. 창호는 번민과 절망에 싸여서 혼자 모란대牧丹臺에 올라왔다. 능라도를 둘러싼 맑은 대동강은 창호로 하여금 일순 고통을 멈추게 하였다. 창호는 비탄과 애원 속에서 노래를 불렀다.

바라보는 보통普通벌은 잠들고
말하니 을밀대乙密臺는 귀먹었네
대동강아 내 답답을 풀어서
천하에 소낙비가 되려므나
무정하다 강산아 나를 몰라
고독의 설움은 자연히 나네
무너진 옛 도읍을 바라볼 때
절망의 한숨은 더욱이 난다

감정적인 창호는 노래를 부르고 한참이나 느끼다가 대동강 역으로 내려왔다. 쪼이는 양염陽炎은 백일몽 같이 맑은 강수江水에 잠겨 있고 처처萋萋한 녹초綠草는 힘없이 노방路傍에 늘어섰다. 아! 반만년의 역사를 가진 모란대야…… 기억년幾億年 사령死靈의 눈물과 피를 다 거둔 대동강아…… 이 불행한 시인詩人의 번민을 동정해다오…… 하고 창호는 애수에 느끼며 집으로 돌아오게 되었다.

6

한 달 후가 되도록 창호의 이혼은 되지를 않았다. 그래서 창호는 매일 잠 못 자고 밥도 끼니를 건너 뛸 때가 많다. 얼굴은 점점 파리해 가며 몸도 불건강하여 간다. 그동안 순애한테서는 편지가 많이 왔다. 그러나 그 편지에는 이혼 요구는 조금도 없고 도리어 이혼은 인생에 큰 비극이니 그만 두란 말과 자기를 위하여 그리 걱정할 것 없는 말이다.

그리고 한 일주일 후에 창호의 친구 이동우한테서 편지가 왔다. 이 편지의 내용은 어떤가? 아! 창호의 운명을 좌우할 치명상致命傷이 아닌가…… 펴본 즉 천만 의외에 순애가 모 학생과 연애에 빠져 지금은 동거까지 한단 말이다. 아! 세상에 이같이 더 무정한 일이 있는가? 만일에 일이 사실이라 하면 순애는 매소부賣笑婦가 아닌가? 아니 사랑을 위선한 매음녀賣淫女가 아닌가? 아! 사회와 도덕과 인정은 사기취재詐欺取財나 계약 위조를 벌하거든 하물며 인간미의 절대 신성한 사랑을 위선한 자에게야 더욱이 용서할 수가 없지 않은가?

창호는 '아니야, 거짓말이지. 동우는 본래 친구에게 거짓말을 가지고 놀라게 하기를 좋아하는 사람이니까. 이번도 아마 농담이겠지. 설마 내 전존재를 다 희생하면서 사랑하는 꼭 한 사람 피녀彼女가 그럴 수야 있나? 만일 사실이다 하면 순애는 나를 죽이는 사람이 아닌가? 순애는 정定코 나 오기만 기다리고 애수에 싸여 있을 것이다. 오냐 나는 하루라도 빨리 사랑 없는 이 허위의 가정에서 벗어나 신성한 사람이 되어야 되겠다' 하고 무슨 일을 결심한 듯이 주먹을 부르쥐며 '옳아! 나는 거듭나야만 된다' 하고 모자를 쓰고 밖으로 나갔다. 창호가 가는 데는 어딘가? 자기의 유일한 친구 변호사의 김태초金泰初이다.

7

창호는 태초한테 가서 전후 사실을 다 말하였다. 그리고 인해 이혼청구를 재판소에 제출하게 되었다. 그후 일주일 후 태초 씨의 진력盡力으로 요행 이혼은 피차 원만히 되었다. 창호는 당장에 새사람이 된 듯이 그리고 자기의 인격을 사랑 없는 허위의 생활에서 구제한 듯이 기꺼워하였다. 창호는 이미 이렇게 된 이상에는 하루라도 빨리 동경에 가서 순애와 약혼하리라 생각하고 그 이튿날로 평양을 출발하기로 하였다.

산산한 8월 초 3일이다. 창호는 남대문 향 기차를 탔다. 일편으로 순애를 반갑게 만나는 것도 즐겁지마는 자기를 길러낸 고향을 떠나는 것도 퍽 슬펐다. 누구나 다 인생으로 생각나서 자기 난 향토에 대하여 애착성이 있는 것은 인정에 정定한 일이다. 이 애착성이 가정을 사랑하고 국가를 사랑하게 된다. 만일 이 애착성이 없는 사람은 인생으로 생겨나서 따뜻한 인정미가 없는 냉정한冷情漢이 아닌가? 그리고 자기 찬양의 향락과 존영과 자유와 희망을 모르는 짐승이 아닌가? 창호는 마치 도수장에 끌려가는 어린양과 같았다. 그러나 그 도수장은 전제적 미신이 사死로써 미래의 정토淨土와 영겁의 봄을 맞는 곳이었다.

7일 오전 여섯 시에 동경을 내렸다. 창호가 플랫홈을 두루 살핌에 순애는 아니 나오고 동우 혼자만 나왔다.

"아! 여보게 동우군. 그래 그간 동경서 재미 많았나?" 하고 창호가 동우의 어깨를 툭 치며 벙그시 웃었다.

동우는 놀란 듯이 "아! 이군 아니 왔나. 그래 본국은 어떻게나 되었던가?"

"산과 물은 아직도 그냥 있습데" 하고 한숨을 후 하고 내쉰다.

양인은 정거장에서 걸어 나와 조도전早稻田 향 전차를 잡아탔다. 신보정神保町에 와서 창호는 무슨 볼일이 있다 하고 자기 혼자만 내렸다. 그리고 그 길로 신전구神田區 춘원락정春猿樂町의 순애집을 찾았다.

아! 순애는 여기에 없다는 일이다. 그리고 한 2주일 전 우입구牛込區로 이사하였다 한다. 창호는 이사한 집 번지를 적어 가지고 자기 집으로 돌아왔다. 그리고 곰곰이 생각할수록 순애의 행동이 의심이 난다.

아! 동우의 편지가 지금은 유력한 진실로 나타나게 되었다. 창호는 직각적直覺的으로 인삼상人蔘商의 최가崔哥가 순애를 유혹한 줄 알았다.

아! 순애가 창호를 잊은 것은 말할 것도 없이 분명한 사실이 아닌가? 아! 순애가 사랑을 위선한 매소부가 된 것도 또한 창호의 전존재를 파멸시킨 것도 사실이 아닌가?

창호는 그 이튿날 순애 있던 우입구의 사주인私主人 집을 찾았다. 현관에 들어선 즉 생각하던 바와 같이 최가가 나와서 창호를 힐끗 보며 일본말로 "어찌 오셨소" 한다. 그래서 창호는 목이 매는 것을 억지로 참고 "순애 있소……" 하였다. "순애 씨는 학교에 가고 없어요" 하며 말이 냉담하게 나온다. 창호는 기가 막혀 일변으로 분도 나는 고로 주먹을 부르쥐며 방안으로 쑥 들어갔다. 그리고 아무 말 없이 턱을 괴이고 고통에 싸여 있다.

그는 순애를 원망하는 것보다도 사회를 더 원망하였다. 아! 사회와 인정은 창호의 모든 행복을 다 박탈함이 되었다. 창호가 인간적으로 타락해서 최후에 자살까지 한대도 사회와 인정은 벌할 권리가 없지 않은가…… 아니 창호가 육적肉的으로 자살하기 전에 사회와 인정은 벌써 창호를 죽여 놓았다.

아! 누구나 다 생生을 동경하고 사死를 저주하되 그러나 이 불쌍한 어린 동무는 생을 버리고 사를 취하기로 되었다는 비감悲感의 폭발이 어찌 이성의 비평을 기다릴 수가 있나?

아! 창호는 여기에 인생을 사직하기로 결심하였다. 옛적부터 자살한 사람 가운데는 다 극락과 환락에 싸인 종교적 신앙을 가지고 죽었지마는 창호 하나는 암흑하고 절망인 지옥을 목표로 하고 죽게 되었다. 아! 신자信者여 우리 이 불쌍한 동무를 위하여 동정하여 주시고 그리고 눈물을 흘려주시오…….

한참 있더니 순애가 들어오다 창호를 보더니 깜짝 놀라며 머뭇머뭇하며 얼굴을 붉힐 때 창호는 알아차리고 "상관없으니 들어오시오……" 하고 순애가 일부러 아니 들어오는 것을 잡아 당겨 방으로 들어오게 하였다. 그리고 거의 절망의 목소리로 "과거를 중히 여깁니까? 현재를 중히 여깁니까?" 하고 물었다.

순애는 여여如如히 묵묵默默하다. 창호는 한번 더 큰 소리로 대답을 재촉하였다. 아! 창호의 전 희망, 생명은 이 한 마디에 달렸다. 불쌍한 창호는 아직도 행여나 과거를 사랑한다면 현재의 모든 더러운 행실을 용서하고 다시 사랑하려 하였다.

그러나 순애의 무정은 어떤가…… 최후에 마지못하여 "구정舊情도 좋지마는 신정新情도 잊을 수 없지요" 하고 시침을 딱 뗀다. 창호는 순애는 이미 옛적 순애가 아닌 줄 알고 단단히 결심한 후 순애의 손과 최가의 손을 서로 잡히고 하나님께 기도를 올렸다.

"아! 사랑이 많으신 우리 여호와시여. 우리는 항상 유혹과 허위와 질투에서 난광亂狂하는 비극적 동물이외다. 비옵나니 이 두 사람을 불쌍히 여기사 이러한 암굴暗窟에서 광명과 신성한 데로 나가게 하시옵소서. 그리고 저는 하나님의 뜻을 받들어 이 두 분의 행복을 위하여 제 전존재를 희생합니다. 아멘."

순애도 창호의 그 정성스러운 사랑에 감동이 되었든지 느낀다. 그리고 창호의 손을 잡으며 "만사가 다 저의 잘못이외이다. 아! 저는 과연 신성한 사랑을 위선한 도덕 상 죄인이올시다……" 하고 그냥 느낀다. 창호는 순애의 손목을 뿌리치고 밖으로 나갔다. 아! 우리 불쌍한 창호의 장래는 장차 어떻게 되려는가? 그리고 이 사랑의 위선자는 장차 어떻게 되려는가? (끝)

—《매일신보》(1920년 3월 2일~8일).

예술가의 둔세

서사序詞

아! 이 사람의 입으로 우리 뇌 세포에 각인된 영혼의 비밀일기를 읽었다 하며 이 사람의 눈으로 비애의 색채를 보았다 하며 이 사람의 코로 처녀의 향기를 안다 하면 아마 세상 사람은 믿지 않을 터이지. 그러나 결코 나는 환상가幻想家가 아니요 광인이 아니다. 나도 한 평범한 인생이다. 다만 읽고 보고 안 것을 가지고 어떠한 수단 방법으로 충실히 감미感美의 유락愉樂을 형용하며 영혼의 비밀을 표현하며 비애의 색채를 상징할는지 몰라 번민한다.

그러나 요행히 나는 이것을 고심 중에 발견하였다. 그는 즉 예술경藝術鏡이다. 아! 예술경을 가지고는 어떠한 세세한 비밀이든지 영원무한이든지 다 표현할 수가 있어…… 그리고 아무리 암흑暗黑한 동중洞中이라도 이 예술경이 비치기만 하면 곧 광명해질 터이지. 여기에 우리는 능히 암흑한 데서 무슨 의미 있고 가치 있는 것을 찾을 수가 있어! 옳아, 나는 방금 피녀彼女에게 극히 비밀인 말을 들었다. 그러나 그 작은

* 맑고 아름다운 눈.

비밀의 파편을 가지고도 나는 능히 인생 전체의 비밀을 알 수 있겠다고 자각하였다.

그리고 춘희春姬는 지금 자기 예술에 대하여 새 재료, 새 인격이 아닌가 하고 이상히 흥분하였다. 아! 이 춘희는 전 생애에 제일 많이 감화感化를 준 은인恩人이다. 나는 모쪼록 타일他日 이 초상화를 완성하여 춘희의 미美를 영구히 보존하는 것이 내 책임이 아닌가? 그리고 이 새 재료 새 인격을 가지고 인생을 한번 개조改造하여 보지 않을까 하고 병호炳浩는 또다시 명상瞑想에 느낀다.

아! 인생은 무엇인가? 탐폐貪嬖와 쟁분爭奮과 비참悲慘과 질투嫉妬와 사死와 병病에서 광란하는 것이 인생이 아닌가? 세상에는 소위 진리 도덕이 있어 인생을 이러한 모든 암흑동暗黑洞 중에서 구제하여 행복 원만케 한다고 한다마는 진리 도덕이 도리어 우리의 자연성인 본능 즉 가능성을 희생에 공供하며 자아의 희망, 신앙, 환희를 거부할 때도 많다.

아! 진리 도덕은 과연 보편적이요 절대적인가? 내 진리는 즉 타인의 진리도 될 수가 있는가? 그리고 진리 도덕을 말한 윤리학이며 종교학이 과연 인생의 세세한 비밀까지 천명해 줄 절대 과학인가? 하고 의심하기 시작하였다. 만일 부否라고 할진대 우리는 항상 자기를 속일뿐더러 또 남을 속이고 있어…… 나는 한참이나…… 이 비밀의 내막이 의외의 비장하고 색채가 있고 영묘靈妙한 것을 알고 혼자 흥분하였다. 그래서 나는 이 비밀에서 생활하는 사람을 불러내어 전후 사실을 듣고자 한다.

1

평양 김목사의 아들 병호炳湖는 방금 경성京城 동양미술학교에 재학중이다. 그는 매일 자기의 연인 춘희春姬의 초상화를 그리고 있다. 어떻게 하여야 춘희의 그 절미絕美를 완전히 표현할고 하고 고심 중 고금의 초상화를 다 내어놓고 보아도 춘희의 미모만은 못하다. 아니 이것들과 비교할수록 춘희는 더 예쁘게 보인다. 그 이슬방울 같은 명우明盱*와 비단실 같은 까만 터럭과 장미 송이 같은 구순口脣이 다 경탄 중에도 영묘靈妙였다. 그래서 병호는 이제부터 새 양식을 가지고 춘희의 미를 표현치 않으면 안 될 것이다.

그러나 예술은 어떠한가? 생각만 하여도 불사의不思議할 일이다. 현실을 시화詩化하며 고통을 공상화空想化하며 비애를 색채화 하며 신비를 상징화 하며 미를 종교화 하며 사랑을 시화詩化함이 아닌가? 아! 후일 내가 춘희 양의 초상화를 완성할 때는 기필코 미운 현실을 미화美化하리라. 그리고 세상 사람으로 하여금 숭배케 하리라. 그 황금대黃金臺 위에서 군중을 감하瞰下할 때에 우리 두 연인은 얼마나 행복하랴. 그리고 예술이란 행복을 갖지 않은 우리 불쌍한 조선민족을 건지리라 하고 병호는 감개무량한 듯이 석양천夕陽天에 홍장미가 가득히 피어 있는 것을 보면서 밖으로 나갔다. 모춘暮春의 미풍이 푸른 잎새로 흐르고 새어서 병호에게로 올 때 미묘한 얼굴의 곡선은 조화를 깨뜨리고 그윽이 떨었다.

2

춘희는 이장로의 딸로 방금 경성여자학원 음악과에 재적중이다. 고금의 여성사女性史를 다 보아도 춘희 같이 열정적이요 취미적이요 아름다운 여성은 없다. 춘희는 마치 황량 적막한 광야에 맑고 희게 핀 백국白菊과 같이 청정清淨한 처녀이다. 자연의 봄이 인생을 찾아온 것 같이 인생의 봄이 피녀彼女를 찾아와 꽃을 피게 하고 잎을 돋게 되었다. 누가 보든지 참 춘희는 인생의 꽃이라 할 만한 호접야胡蝶夜같은 청춘과 애석한 석양의 무지개(虹) 같은 미를 가졌다.

---

* 맑고 아름다운 눈.

그 장미薔薇 화변花辨같은 볼(頰)과 열정에 타는 근화菫花의 향하香霞같은 눈과 까만 연鳶 색의 머리터럭에서는 말할 것도 없이 처녀의 향기가 뚝뚝 떨어질 것이다. 아! 미美의 성령 춘희여! 춘희는 하학下學을 하자 집에 돌아와 피아노를 대하고 소야곡小夜曲을 연습하게 되었다. 한참 타다가 흥분한 듯이 벽에 걸린 거울에 자기 얼굴을 비치며 일부러 웃었다 울었다 하며 표정을 연습한다.

"네, 병호 씨! 이것 좀 보셔요" 하고 조롱하는 듯이 깔깔 웃기도 하며 또는 "저는 웁니다 당신을 위하여" 하고 피아노 위에 이마를 엎대기도 하며 혹은 성이 난 듯이 "다 몰라요 당신의 과거를." 속 검은 사람하고 포옹에서 뿌리치는 듯이 양팔을 좌우로 탁 치다가 피아노에 마주쳤다. 왼 팔목이 쓰리어 엷은 가죽이 벗겨졌다. 춘희는 아픔을 참고 다시 회상곡回想曲을 타게 되었다. 그 곡의 말은 이러하다.

생각하면 기천년幾千年 전 먼 옛적 환락歡樂에 싸였던 우리 고구려. 지금은 무너진 외양간이로다. 울고 본들 고구려가 생기며 기도만 한들 옥루玉樓가 될쏘냐. 에라 그만 두고 꿈이나 보자.

춘희의 눈에는 눈물이 이슬방울 같이 괴었다. 이유 없는 설움에 한참 동안이나 느낀 춘희의 얼굴은 애수哀愁에 싸인 팔치산 같이 철없고 귀여워 보였다. 춘희는 피아노에서 일어나 오빠 되는 경희景熺의 서실書室로 들어간 즉 마침 병호가 와 앉았다.

"안녕히 오셨습니까" 하고 춘희는 반쯤 다리를 굽혔다가 일어서며 얼굴을 붉힌다.

병호도 "네 요즘 학교에 재미 많으십니까?" 하고 힐끗 보며 고개를 숙였다. 마치 부끄럼 많은 신랑이 신부를 처음으로 보고 주저할 때 모양 같이 "네 재미있어요."

"거기 섰지만 말고 이리 오려무나. 무슨 상관 있느냐" 하고 경희가 웃으며 말하였다.

"춘희야 너도 아는 바와 같이 병호 군과 나는 친형제나 다름없이 지내니 너도 이제부터는 병호 씨라고 부르지 말고 오빠라고 하여라 응? 그리고 병호 군이 네 초상화를 그리겠다니 매일 하학下學 후에 병호 군의 집까지 가서 모델이 되어 드려라" 하고 불안스러운 눈치를 가지고 춘희와 병호를 번갈아 본다.

"네, 알았습니다" 하고 춘희는 얼굴을 붉히며 병호를 보았다. 이 때에 춘희의 표정은 마치 연극에서 흔히 하는 상상의 연인이 서로 만나 기뻐할 때 표정 같이 안면의 섬유纖維가 다 긴장하며 그윽이 경련이 되었다. 춘희는 불시에 병호에게 목례目禮를 하며 "인자 말씀 많이 하셔요" 하고 자기 방으로 돌아왔다.

"아! 내 소원은 이루었다. 응당 하나님이 내 기도를 들으신가 보다. 병호 씨가 내 초상화를 그린다? 그리고 명년 동경 미술 전람회에 보내 당선이 되면 세상 사람들은 다 병호 씨의 천재를 칭찬하렷다. 그러나 그 초상화의 비밀 즉 로맨스야 알 수가 있을까? 아니 예술은 영육靈肉의 표현이라 한다. 그러면 내 영혼의 비밀도 폭로될 것은 물론이다."

3

'그러나 무슨 상관이 있으랴. 나는 청정淸淨한 처녀가 아닌가? 다만 내 비밀은 사랑뿐이다. 그러나 만일 병호 씨가 자기 처妻와 이혼이 못 되면 어찌할고? 그 적에도 우리의 사랑이 계속될까? 아! 과연 병호 씨의 말과 같이 자기의 결혼은 허위요 사랑이 없는가? 만일 그렇다 하면 물론 나는 이러한 허위의 생활에서 고민하는 이를 구제하는 것이 당연하다.'

춘희는 그날 밤 열한 시가 되도록 잠을 이루지 못하고 침대에 누워 있었다. 그리고 병호에게 얻은 소설책(참회록懺悔錄)을 펴 들고 수십 페이지를 내리 읽었다. 춘희는 시간 가는 줄을 모르고 거진 절반이나 보았다. 그는 소설의 주인공 되는 처녀의 감상적 낭만적 성격과 또는 연애에 열렬한 것과 결심 굳은 것이 모두 다 불사의不思議하게도 자기와 일치하였다. 더구나 꼭 같은 것은 그 주인공 되는 처녀가 남의 처 있는 남자와 연애한 것이다. 종국에 두 연인은 사회 도덕의 박해로 인하여 고향을 떠나 부모 형제를 떠나 멀리 이 세계에서 저 세계로 유랑하며 다닌 일로 끝을 마쳤다.

4

춘희는 매일 일기를 쓴다. 그 중요한 것을 발췌하면 이러하다.

6월 10일. 청晴

병호 씨는 내 초상화를 거진 다 그렸다. 내가 만일 그 초상화와 꼭 같다고만 하면 아! 나는 얼마나 행복할고? 로마의 클레오파트라며 지나支那의 양귀비라도 나를 따를 수가 있나? 물론 나는 초상화와 같을 터이지. 그러나 오늘 병호 씨 집에서 읽은 그 시詩는 내게 치명상이 아닌가? 아니 미美의 생명이 젊어? 그러면 나도 언제나 한번은 모록耄碌하게 될 터이야. 아! 일을 어찌하나? 그러나 그 초상화는 언제든지 처녀의 미美를 보존하고 있을 터이지. 그리고 날이 갈수록 나를 조롱하겠구나. 더구나 병호 씨가 초상화와 나를 비교하고 내가 점점 늙어 가는 것을 알 터이지. 그리고 나에게 대한 사랑이 희박해질 터이지. 아! 미운 것은 저 초상화이다. 초상화는 내 사랑의 적이 아닌가? 옳아, 나는 초상화의 완성을 기다려 동경으로 보내기 전에 내가 얻으리라. 얻어서 남 모르게 불에 던지리라. 그러면 초상화에 있던 내 영혼이 도로 나한테 옮겨오기만 하면 물론 나는 영구토록 처녀의 미를 자랑하겠구나. 그러면 만사가 다 해결되겠다.

6월 15일. 청晴, 토土

오늘은 병호 씨와 청량리로 산보를 갔다. 아! 얼린얼린 하는 그 녹음綠陰이며 기奇한 구름이며 가물가물한 뜰을 벗겨 흐르는 풀 위의 미풍이며 영겁永劫한 산경山景이며 망망茫茫한 야전野田이 다 묵화墨畵를 보는 듯하다. 그리고 주위의 침묵이 우리 양인에게 무슨 말을 해 달라는 듯도 하다.

아! 병호 씨는 내 손목을 꼭 쥐며 "춘희! 내가 당신을 만나기 전에는 미래의 희망도 과거의 기억도 없던 중심 없는 생활로 전 세계의 형形도 색色도 또는 전존재의 윤곽도 내용도 없는 공허한 생애이던 것이 아! 춘희 씨를 만나자부터는 내 현재며 미래가 다 새로운 색채와 새로운 음색으로 전개하였소이다. 춘희 씨는 내게 대해서 육肉이나 영靈을 다 지배할 여신이외다. 예술가 된 나로서 시詩, 조각彫刻, 음악, 회화 기타 모든 예술에 형形과 내용을 일신一身에 체현하게 된 것도 다 춘희 씨의 덕택이외다. 만일 내 생애에서 춘희 씨가 없었으면 나는 불완전한 인생을 면치 못하였을 것이외다. 아! 나는 꼭 당신만 사랑합니다 하고 나를 포옹하려 한다. 나는 그만 허락한가 싶다. 나의 동맥動脈은 퍽 고동鼓動이 되었다. 그가 내게 키스를 요구할 때에 주위에 침침한 녹음이 '비밀을 지킬 터이니 염려 마라' 하는 듯도 하다. 나는 그이의 요구를 다 허락한가 싶다. 아! 나의 전존재도 다 그리고 ㅇㅇ도.

6월 22일. 우일雨日

비가 부슬부슬 오기 시작한다. 아! 회색 구름은 모든 공간을 차지하고 처량한 빗소리는 무종無終한 시간에 흐른다.

아! 병호 씨는 어제 밤 나한테 말하기를 "춘희 씨가 아무리 처녀 시대를 집착하지마는 처녀라는 낫세는 춘희 씨를 언제든 기다리지 않아요. 그리고 정열과 유혹이 화인火印을 가지고 붉은 구순口脣을 지지며 사상思想과 회의懷疑가 진주 같은 뇌세포를 무디게 할 때가 멀지 않지요. 아! 춘희 씨 내 말을 꼭 믿으십시오. 우리도 청춘이 가기 전에 공연히 속인俗人의 말을 귀담아 듣지 말고 한번 대담한 일을 합시다. 즉, 우리는 현세를 초월하여야만 됩니다. 이 암흑하고 비참하고 유혹 많은 현실에서 거짓 없는 천진天眞의 난만爛漫한 유로流露를 맛보며 색채와 동경에 싸인 꿈 세계로 또 서한舒閒*하고 처비凄悲한 정서에게로 혹은 우리에게 관능官能을 자극하여 정열과 환락과 침정沈靜과 신비와 광분에 취醉케 하는 색채의 세계로 피난하려면 우리는 인간을 떠나야만 됩니다. 아! 춘희 씨 나는 참으로 당신을 사랑하건마는."

아! 병호 씨는 왜 이런 말을 나한테 하는고? 아무러나 병호 씨는 보통 사람보다는 특별하다. 나도 병호 씨를 따라서 새 세계로 들어가 볼까? 그 새 세계는 물론 소설이나 전설에 있는 왕국과 같이 재미있을 터이지마는…… 춘희는 매우 공명共鳴이 되었다. 그리고 자기도 이렇게 알지 못하는 세계로 유랑하며 이국풍토의 기묘한 현상 즉 일몰의 표묘縹緲한 색채와 목초牧草가 한길이나 되게 처처한한萋萋罕罕** 한 것과 한없는 제애際涯에 지평선이 아롱아롱한 것과 명주 솜 같은 흰 구름은 모든 공간을 점령하고 닭과 개의 울음소리가 무종無終한 시간에 흐르던 것과 양염陽炎의 광명이 백일몽같이 지당池塘에 잠겨 있는 것과 지구의 회전이 암야暗夜에 그윽이 돌리는 것과 기타 중첩한 산맥이 양인兩人의 침묵을 연장延長하던 것과 표박漂迫의 애정哀情이 양인兩人을 한참 동안이나 포옹하던 것이 다 춘희의 무한한 호기심을 일으켰다.

춘희는 마치 자기네들도 사회의 박해를 받아 이러한 세계로 방금 떠나

* 고요하다.
** 듬성 듬성 우거진 모양.

려는 것같이 생각이 되었다. 그래서 사랑하는 어머님과 오빠를 다 떠나 다른 세계로 가야만 될 것을 생각하고 퍽 울다가 두 시 되는 시계종을 듣고 눈물을 그치었다. 그리고 내일부터 병호를 만날 것을 생각하고 혼자 위안을 주며 다시는 번민을 아니할 양으로 눈을 감았다. 그 뜻은 즉 고통과 번민과 악현실惡現實에서 무의식 상태에 들어가 색채와 비애와 동경과 악수하는 꿈세계로 가려 함이다. 불시에 땀이 나며 답답하게 되었다. 그래서 이불을 발로 탁 차매 모기장이 툭하고 끊어졌다. 춘희는 나체대로 일어났다. 몽롱朦朧한 (가스) 등에 비치는 춘희의 벌거벗은 몸은 퍽 농염濃艶하게 보였다. 춘희는 한참 동안이나 자기의 그 상아象牙같은 하얀 섬유纖維며 보들보들한 양다리며 똥똥한 젖가슴이며 단풍 같은 수족手足을 보고 혼자 웃었다. 그리고 일부러 자기 손으로 너북다리를 톡톡 치기도 하고 꼬집기도 해 보았다. 모기장을 고쳐 매고 다시 침상에 누웠다.

그 이튿날 춘희는 학교를 하교하고 인해 동대문 내 낙산駱山 밑 되는 병호의 집을 찾았다. 물론 화가의 집이니까 밀레의 그림이며 그 외 로댕의 조각이 방안에 가득하다.

"아! 잘 오셨습니다" 하고 병호는 두근두근하는 가슴을 억제하며 간신히 "방석 까십시오" 하였다. "저 저번 드린《참회록》을 보셨어요?" 하고 병호의 표정은 마치 시험당試驗堂에 들어간 수험생의 표정과 같았다. 그리고 말소리는 가늘게 떨리었다.

"네! 참 재미있게 보았어요. 그런데 주인공 되는 처녀가 저의 성격과 같은 것 같아서 더구나 공명이 된 걸요" 하고 춘희는 미소하였다.

"아! 참 그리 재미있게 보였다니 감사합니다." 병호의 감사합니다 한 말이 춘희에게는 "우리도 장차 그리합시다" 하는 말같이 들렸다.

병호는 본래 말 잘한다고 유명하지마는 춘희 앞에서는 그만 벙어리가 된다. 그는 마치 대양大洋이 냇물을 흡수하는 것 같이 춘희의 미모가 병호의 전부를 포합抱合하기 때문에 병호와 그는 별로 독립한 것이 아니다. 즉 병호가 춘희를 대하면 그만 무능력자가 되는 까닭이다.

병호는 내일부터 모델을 하기로 하고 오늘은 서로 이야기만 하였다. 병호는 한참 동안이나 미美가 천재이天才以라는 말과 경이와 신비적이란 말이며 최후의 미는 생명이 젊다는 말을 하였다. 그 외 여러 가지 예술가 중에 밀레와 로댕의 내력을 재미있게 말하고 그 후 다섯 시가 되자 서로 헤어졌다.

6월 25일. 수水

삼일 예배를 필하고 교회당에서 나오던 차에 우연히 병호 씨와 만났다. "춘희 씨 혼자 오셨어요?" 하고 병호 씨가 나한테 묻기에 나는 "예, 어머님과 오빠는 학질 때문에 못 오셨어요" 하였다.

병호 씨는 다시 "댁까지 동무해 주지요. 겸하여 야시夜市 구경도 하면서." 나는 이때에 그만 두라 하지 않았다. 병호 씨는 안동 예배당에서 종로까지 걸어 올 때에 혼자 무슨 생각을 하는지 병목竝木의 파사婆娑하는 그림자며 공간에 무수히 나열한 별만 보지 야시夜市 구경은 하려하지 않는다.

"춘희 씨, 자, 저 사람들 보시오. 다 허영심에 떠서 보석상寶石商을 기웃기웃 하며 혹은 난봉難捧 비슷한 녀석이 제멋에 남의 처녀를 훑어보지 않소? 한 사람이나 하늘을 우러러 월광月光의 표묘縹緲한 감정을 맛보려 하며 백양엽白楊葉 그림자의 신비한 생명을 감득感得하려는 사람이 어디 있어요. 사람은 이같이 다 타락하였구려. 이 티끌 같은 세상을 못 벗어 그래도 무엇이 나오려니 하고 물끄러미 있다가 나오는 것은 노마老魔뿐이지요. 그러다가 사람은 다 무의미하게 세상에 아무것도 남긴 것 없이 그만 쓰러지고 말지요. 춘희 씨 알았소? 세상이 다 이런 줄을……." 아! 병호 씨는 어쩌면 이렇게 세상을 초월한 듯이 말하는고? 아니 그이는 참 초인超人이야. 천재야.

병호 씨는 다시 이어서 말하기를…… "여보, 내가 낮보다 밤을 더 좋아한다고 언제 춘희 씨한테 말했나요? 그 뜻은 즉 이렇지요. 현실은 모두 다 죄악에 파묻혀 강한 자는 무리하게 약한 자를 치며 간교한 자는 꾀를 부려 어리석은 자를 속이며 기타 울고불고 아파하고 배고파하는 사람이 있으되 밤은 참으로 이러한 모든 밉고 더러운 현실을 덮어 정화淨化합니다. 지금은 악인도 곤하게 잠들 때이지요. 네, 춘희 씨 그렇지 않아요?"

"글쎄요. 그러나 저 희미한 불을 이용하여 가지고 저 비밀한 죄악이 남모르게 유행될는지 알 수 있나요?" "그러면 여보, 춘희 씨, 밤도 한 현실이지요. 그러기에 우리는 이 인간을 벗어나면 다른 세계로 즉 자연으로 돌아가잔 말이요."

아! 병호 씨는 참으로 인생의 세세한 비밀까지도 다 아는 사람이다. 그이는 지식도 천재도 다 보통 사람 이상이 아닌가? 아! 그 우아한 성聲, 기지機智 많은 말솜씨 그리고 그 조용한 풍채며 다정한 눈치며 지식미智識美에 엉긴 얼굴의 곡선이 다 내 사랑하는 병호 씨 외에야 또 누구랴.

나는 한 시간이나 병호 씨와 산보하다가 슈피고橋 근처에서 헤어지고 집으로 돌아왔다.

아! 그의 마지막 말에 "수학의 진리는 일에 일을 가加하면 이가 되는 것이요 애愛의 진리는 일과 일을 합하면 역시 일이 된다" 한다. 과연 그럴까? 그리고 병호 씨의 말을 들은 즉 애愛는 큰 예술이요 동시에 현실적 종교라 한다. 무슨 말인지는 자세히 알 수 없지마는 하여간 진리인가 싶다.

그런데 나는 병호 씨의 무엇을 사랑하는가? 그 천재를 또는 열정을 사랑하는가? 혹은 그이의 여성女性같은 얌전한 태도를 사랑하는가? 아니 나는 병호 씨의 전부를 사랑한다. 그에게는 단처短處라고는 없고 오직 장처長處만 있는 아주 완전한 사람이 아니가?

6

춘희의 초상화는 걸작이다. 춘희의 성령聖靈이 예술이란 명주 커튼 뒤에서 자기 일생의 대 비밀을 조용히 이야기하기로 되었다. 이 초상화는 춘희라는 인형을 그린 것이 아니요. 즉 춘희 영혼의 비밀막秘密幕을 그린 것이다. 그 동경적憧憬的의 마노瑪瑙* 같은 명린明瞵**이며 미소를 참지 못하여 구순口脣의 곡선이 그윽이 동요된 흔적과 단풍 같은 손이 가슴에 놓인다. 자기 일생의 로맨스를 유감 없이 표현하였다.

병호는 혼자 미소를 하여 '아! 참 걸작인걸' 하였다. 그리고 춘희가 모델인고로 초상화를 동경에 보내지 말라고 하며 다 완성한 후에는 즉시로 자기한테 보내라 하는고! 아! 혹은 춘희가 이 초상화를 이해하고 자기 일생의 비밀을 남한테 폭로시키지 않으려 하는가? 혹은 우리의 로맨스가 세상 사람이 알까 겁내함인가…… 여하간 춘희 씨의 청구니까 이 초상화는 춘희한테 보냄이 옳다 하고 병호는 한참동안 주저주저하다가 사환을 불러 초상화를 보내기로 하였다.

오후 네 시가 되자 우편! 하고 봉한 편지를 들이민다. 본즉 자기 부친이 한 것이다. 펴본 즉 큰 야단이다. 내용인 즉 자기 이혼문제로 인하여 반심半心한 듯이 이를 악물었다. 미자眉子에는 표독하고 당돌한 표정이 불시에 나타나며 옳아 나의 평생 소원을 이룰 때는 오직 이 때라 이 시기를 잃으면 내 전존재는 참 하원河原 역석礫石같이 될 것이요 광야에서 사슴의 밥이 되는 잡초같이 될 것이다. 옳아 나는 현세를 초월하여야만 된다. 이 허위의 인정도 갈등의 사회도 죄악의 소굴巢窟도 다 떠나서 멀리 먼 세계로 가서 살다가 요행 기회가 있으면 내 독특한 주의와 능력을 가지고 조선을 한번 마음대로 새롭게 창조하여 보리라. 그러나 지금

* 석영의 일종으로 색이 고와 장식품으로 쓰임.
** 아름다운 눈동자.

은 기회가 아니다. 아, 세상 사람은 왜 이리 천박할고? 사랑 없는 생활과 허위의 행동에서 벗어나 새롭고 신성한 역할을 보내고자 하는 자에게 도리어 벌을 줘? 아! 지금 인생은 다 물욕物慾에 싸인 부자연한 인생이다. 옳아. 평양 교회에서는 축교逐敎를 주장하는 일과 자기 빙우聘友되는 박참봉이 하루 저녁은 와서 야로를 한 것과 최후에 만일 참회치 않으면 부자의 인연을 끊겠다는 말이다.

병호는 물론 이러한 모든 현실의 악마가 복병伏兵하고 있는 것을 알았지만 사건의 국면이 너무나 급속히 전개한 것에 놀랐다.

병호는 주먹을 부르쥐며 무엇을 결심한 듯 속히 이 사회에서 벗어나야만 된다. 그리고 형식적인 번문욕예繁文縟禮도, 인습도덕도, 상식 구린내 나는 합리주의도 다 벗어나서 우주의 본연성과 평범한 것을 의미 있게 하는 신비주의와 순아純雅한 정서情緖 세계로 가야만 되겠다.

병호는 이렇게 생각하면서 불시에 무엇을 잊은 듯이 놀라며 테이블을 향하고 편지를 쓰게 되었다. 편지인즉 춘희한테 하는 편지이다. 그리고 최후의 사실이 여차여차한 즉 춘희 씨가 만일 나를 참으로 사랑하거든 나와 같이 수삼일 이내로 함께 가자는 편지다. 목적지는 서로 만나서 말하자고 하였다.

일주일 후였다. 경성 교회에서도 역시 병호의 이혼문제를 알고 병호를 처녀 유혹죄와 기타 추행醜行을 들어 축교逐敎하기로 하였다.

병호는 춘희가 오기만 기다리고 창문 곁에 귀를 죄이고 서 있다. 한참 있더니 "계세요" 하는 가는 소리가 들린다. 그는 춘희였다.

"아! 잘 오셨습니다. 저는 얼마나 기다렸는지 몰라요" 하고 병호가 원망하는 듯이 말한다.

"여보 야단이요. 안동 교회에서도 축교를 한대요" 하고 춘희가 창황히 말한다.

"춘희 씨, 저로 인하여 춘희 씨의 가문이 불명예 될 것을 생각하니 참

미안합니다" 하고 병호가 머리를 숙인다.

"그러나 당신이 언젠가 말하시기를 사랑은 명예보다도 물질보다도 더 신성하다 하지 않았어요?" 하고 춘희가 방긋이 웃는다. 그 웃음에는 퍽 적적寂寂한 색조色調가 있었다.

"그러면 여보 춘희 씨 이렇게 머뭇머뭇할 때가 아니니 속히 댁으로 돌아가 오늘 밤 열 시 차로 북행北行할 것이니까 행장해 두오." 한참 동안 양인兩人은 묵묵히 있다가 "그러면 이따 아홉 시쯤 해서 남대문 정거장에서 만납시다" 하고 춘희는 집으로 돌아왔다.

밤 여덟 시가 되었다. 7월 달은 조용히 뜰에 표박漂迫하였는데 하얀 장미는 머리를 숙이고 엽음葉陰의 꿈을 부치려 하고 모하暮夏의 미풍微風은 갈곳 없이 방황하고 있다.

춘희는 퍽 울었다. 그러나 이것이 자기의 피치 못할 운명이거니 하고 어서 아홉 시만 되기를 기다렸다. 춘희의 초상화는 그대로 자기 장안에 두었다. 그리고 오빠 전에 하는 편지문, 모母에게 하는 편지도 초상화와 함께 장 안에 두었다.

그리고 아홉 시가 거진 되자 춘희는 건넌 방 어머님이 주무시는 방에 가서 가만히 귀를 기울였다. 어머님은 곤한 듯이 코를 구르며 잔다. 춘희는 속으로 '어마님 아부님 오빠 안녕히 계십시오. 저는 그만 먼 세계로 간다고 당신들을 버리는 것은 아니외다. 제 가슴에는 항상 어머님 아부님 오빠가 계십니다' 하고 춘희는 눈물을 흘렸다. 좀 있다가 자기 방으로 돌아와 의복을 갈아입었다. 그리고 이 적은 집을 떠나게 되었다. 이 집만 떠날 뿐 아니라 조선이란 고국도 떠나게 되었다.

먼 일一 세계에 동생同生도 부모도 없는 칠월 달은 이별을 슬퍼하는 듯이 애연哀然하게 푸른빛을 창문에 비치어준다. 밤은 퍽 고요하다. 춘희는 뒷문을 빠져나왔다. 달빛은 춘희를 세 배나 네 배나 되게 느리고 미풍은 불길한 소문같이 치맛자락을 간지럽혔다. 이 밤의 침묵한 것으로 말하면 벌써 지구의 회전도 시간의 유전도 정지된 듯이 고요하였다.

춘희는 최후에 "여러분 안녕히 계십시오" 하고 눈물을 머금고 발꿈치를 정거장으로 돌렸다. 거리로 나선 즉 덜컹덜컹하는 구루마 소리와 엉엉하고 우는 개 울음 소리 이외에는 아무 소리도 없다. 한 십 분 기다리다가 인력거를 만나 타고 정거장을 향하였다. 시뻘건 테두리를 한 모자를 쓴 순사는 지나가는 사람을 흘겨보며 전기등電氣燈 아래 서 있다.

춘희는 순사가 자기를 흘겨보는 것 같아서 머리를 숙였다. 그리고 가슴이 두근두근하였다.

남대문을 등지고 나올 때에 춘희는 눈물이 쏟아짐을 금치 못하였다. 춘희는 비장한 연극을 하려는 배우같이 손을 가슴에 대이며 눈을 슬며시 감았다.

돌연 "춘희 씨, 춘희 씨" 하는 소리가 들린다. 춘희는 깜짝 놀라며 눈을 뜬 즉 병호 씨이다. 춘희는 악몽에서 깬 듯이 "아! 병호 씨입니까" 하고 손을 내 밀며 또 울었다. 이러다가 두 사람은 눈물 속에서 봉천奉天 향 기차를 타고 남대문을 등졌다.

아! 이 예술가의 최후의 노래는 무엇이었던가? 그리고 장차 어디를 가며 어떻게 될 것은 아직 이 예술가의 영혼의 일기가 뇌세포에 써지지 않았으므로 알 수가 없다. (끝)

—《매일신보》(1920년 3월 13일~18일).

지옥찬미

복숭아 꽃빛이 달빛에 뽀얗게 보이는 어떤 날 밤에 이상스러운 연애 비극이 일어났습니다. 두 남녀는 벌써부터 죽을 준비로 독약을 가지고 있었습니다. 그이들이 무슨 까닭으로 정사情死를 했는지 그것은 나도 잘 알 수 없었습니다. 단지 그이들이 죽기 전에 서로 이야기한 말뿐이 나에게 한량없는 매력을 주었습니다. 더욱이 북극北極의 비밀을 들려줄 때 나는 울면서 그 말을 들었습니다. 위대한 경이驚異에 부닥칠 때는 누구든지 쉽지만 그네의 말처럼 쉽게 가슴을 울렁거리게 할 때는 없었습니다. 그 날 밤으로 말하면 봄 정조情調가 가득한 달밤이었습니다. 두 남녀는 한참 동안 아무 말 없이 복숭아 꽃나무 밑에서 서로 안고만 있었습니다.

두 사람의 마음은 단지 끝없는 생각을 가지고 끝없는 먼 나라로 갈 생각만 하고 있었습니다.

"당신을 위해서는 모든 것을 바칩니다" 하고 남자가 좀 있다가 말을 꺼냈습니다.

"당신의 말이라면 무엇이라도 달게 쫓지요" 하고 여자가 대답을 하니까 남자는 "우리는 서로 목숨을 바치고 사랑해왔습니다. 그러다가 죽음이란 살가운 손이 우리를 이 세상에서 구원해 가게 되었습니다" 하고 여자를 꼭 껴안으며 말했습니다.

"당신과 함께 죽어서 천당에 갈 생각을 하면 즐거울 뿐이고 세상에 대한 미련을 하나도 없습니다" 하고 여자가 방긋 웃으며 남자를 쳐다보았습니다.

"나는 당신과 함께 천당에 가는 것이 본뜻이 아니야요" 하고 남자가 갑자기 낯빛을 별나게 가지며 대답을 하니까 "왜 그러세요. 하나님은 정녕코 우리의 깨끗한 사랑을 위하여 천사로 하여금 아름다운 곳에 인도하시리다" 하고 여자는 살갑게 말을 했습니다.

남자는 엄숙한 태도로 "천당에 가는 것이 우리의 열렬한 사랑을 위하여 얼마나 치욕인 줄을 모르십니까? 늙은 도학자道學者들이 그 쉰 목소리로 웃고 지껄이는 곳에서 우리는 도저히 살 수가 없습니다. 청춘을 자랑하는 사랑의 불꽃은 그런 데서 피지 않습니다. 만일에 어차피 천당, 지옥 둘 중에 하나를 택해야만 된다면 나는 지옥으로 가겠습니다" 하고 남자는 먼 곳을 바라보며 말했습니다.

여자는 불안을 느끼듯이 이마에 내 천川 자字를 그리며 "단테가 쓴 지옥으로 말하면 얼마나 무서운 곳일까요?" 하고 풀이 죽어서 말을 했습니다.

"나는 지옥을 그렇게 무서운 곳으로는 생각 아니 합니다" 하고 남자는 좀 있다 다시 말을 이어 "지옥에 대한 세상 사람의 개념이 얼마나 천박한고? 속인俗人들은 자기의 허영심을 만족시키기 위하여 천당은 경탄할 곳이라고 과장합니다. 그러나 그 실實은 소담小膽*한 자와 쾌락이라고는 전혀 모르는 건조무미乾燥無味한 사람들만 가는 곳인 줄을 믿어 주십시오. 왜 그러냐 하면 심각한 쾌락은 대개 도덕적 정조情操를 초

* 담력이 적다.

월하는 까닭입니다. 선인善人이 요구하는 쾌락은 단조單調한 것이지만 악인이 요구하는 쾌락은 항상 경이를 찾기 때문에 미감美感에 대한 광포狂暴한 형식을 좋아합니다. 그러므로 지옥은 천당보다 비할 수 없이 예술적 가치가 풍부한 곳이라고 생각합니다. 불꽃을 찬미하던 네로는 지옥에 가서 비로소 걸작을 내었으리라고 믿습니다. 아, 지옥! 처참한 푸른 불꽃이 제왕가帝王家의 성벽같이 무한한 주위를 에워싸고 타올라갈 때에 끝없는 설움이 불꽃과 함께 밤하늘을 향하여 올라갈 것입니다. 하늘이란 하늘은 설움이 가득하여 아침 이슬은 피빛이 되어 지옥문에 맺힐 것입니다. 저주받은 망령들은 붉은 이슬을 서로 사양하며 주워 먹을 때 애처로운 꽃들과 벼락맞은 나무들은 한숨을 쉬며, 머리 둘 곳이 없어서 방황하는 짐승들은 설움을 나누기 위하여 망령한테로 가까이 올 때에 클레오파트라는 네로의 시를 읊으며 살로메는 요염한 맵시로 춤을 추다가 망령들이 부르짖는 지옥만세! 지옥만세! 하는 소리를 듣고 일층 흥분되어 옆에 섰던 유다를 껴안으며 키스하겠지요. 그러나 저희들에게는 영구히 사라지지 못할 설움이 있습니다. 왜 그러냐 하면 경이의 미美를 주린 자와 같이 찾는 그들은 구극究極의 감미적感美的 경험이 비애悲哀인 것을 항상 체험하기 때문에 물론 어떠한 쾌락이든지 비애 가운데서 구하려는 까닭입니다. 그럼으로 지옥의 음악은 쇼팽 이상으로 섧고 그 말은 웅변이나 아픈 맛이 있겠지요" 하고 남자는 공상空想에 떠서 말했습니다.

"그러나 지옥에서 내 얼굴이 탈 때에 미워지는 것은 어찌할까요? 그리고 사랑하는 당신이 괴로워하는 소리는 차마 못 듣겠습니다" 하고 여자의 목소리는 반쯤 떨리어 나왔습니다.

"당신은 아직까지도 천당에 갈 허영심을 가지고 나를 사랑합니다. 만일에 천당이 없고 지옥만 있으면 나와 함께 죽지 않을는지 모르지요" 하고 남자가 좀 실쭉해져서 말을 하니까

"사랑을 위하여서는 지옥 가운데 또 지옥이라도 함께 가지요" 하고 여자가 남자를 살갑게 달랬습니다.

남자는 한참 무슨 생각을 하더니 "당신이 만일 가장 아름다운 미美를 발휘한다면 그는 지옥 가운데서만 보일 것입니다. 나는 당신을 가지고 항상 이렇게 상상해 왔습니다. 당신이 가장 괴로워할 때 그 아파하는 형상, 고통을 의미하는 가느다란 주름살처럼 잊지 못할 미美는 없다고 생각합니다. 당신이 나와 함께 지옥에 가 준다면 나는 무척 당신을 사랑하겠습니다. 그때에야 비로소 우리는 참으로 결합이 될 터이지요" 하고 열심히 말했습니다.

"지옥이 천당보다 사랑을 위하는 곳이라면 기쁘게 쫓겠습니다. 그러나 천당에서 우리의 사랑을 샘하는 자가 있어서 괴로워하는 우리를 시원하게 보는 이가 있다면 그 역시 아니꼬운 일이 아닐까요?" 하고 아직도 여자는 천당에 대한 미련이 남아 있었습니다.

"그렇지 않지요. 천당에서 살던 이가 일부러 죄를 짓고 지옥으로 가는 이가 많을 것입니다. 이 말은 한 상상想像에 지나지 못하는 말이지만 반드시 그리 되리라고 믿는 바는 옛날에는 죽어서 가는 천당이 아니고 살아서 가는 천당이 있었습니다. 그곳은 지금 북극이라고 하는 곳인데 그곳은 즉 성서에 쓰인 에덴 동산이 있습니다. 그와 같이 황량한 곳이 낙원이었다니 하고 의심할지 모르지만 실상은 그 북극이 우리가 상상하고 있는 천당이었나이다. 그 증거로는 고고학자들이 연구한 바와 같이 옛날의 북극은 지금과 같이 폐허지廢墟地가 아니었고 훌륭한 풍경이 있었습니다. 땅을 파면 석탄과 기타 화석化石된 물건이 많이 나온다 합니다. 이것으로 보면 분명히 옛날의 북극에는 경탄할 풍경과 건축물이 있었던 것은 분명한 일입니다. 더군다나 그 화석의 모양은 형상하기 어려운 기교로 된 괴형怪形이라 합니다. 그러면 옛날에는 백전벽교白殿碧橋라든지 금가옥당金街玉堂이 있었으리라고 믿습니다. 지금도 6월경에는 눈 녹는 언덕 비탈에 요염한 호이초虎耳草*며 앵속罌粟**과 선태蘚苔***며 왜류矮柳****가 이상야릇한 꽃을 피며, 쉽게 흘러가는 오월 하늘에는 무수한 백조白鳥가 감색 혹은 은색의 깃을 날려 고요하고 엄숙한 북극 공간을 수놓아 옛날의 낙원이었던 면영面影을 은근히 말한다 합니다" 하고 남자가 말을 그쳤습니다.

"북극이 옛날에 천당으로서 화려한 곳이었겠는지, 또는 인류의 가장 높은 문화지文化地로 화려했었는지 어떻게 아나요?" 하고 여자가 물었습니다.

"인류의 역사를 약 7천년이라면 지금까지 우리의 손으로 쓴 역사상에는 북극이 인류문화의 근원지라고는 도무지 말한 곳이 없었습니다. 그러면 북극에서 발견한 고고학 상 재료는 분명히 인류의 문화 이전의 물건이라고 단정할 수 있습니다. 그러고 보면 옛날의 풍경이며 문화는 전혀 초인간적超人間的의 것이라고 생각합니다. 그러기 때문에 옛날의 북극은 우리의 낙원이었던 곳이 분명한 사실입니다. 한 가지 의문은 옛날의 낙원이 지금 왜 저렇게 되었느냐 하는 생각이 날 것입니다. 그것은 다름이 아니라 옛날에 북극이 낙원으로 되었을 때는 참으로 환락과 평화에 가득한 곳이었습니다. 사람 사람은 다 환락에만 취해 지냈습니다. 그들에게는 비애悲哀라고는 도무지 알지 못하였습니다. 따라서 감정의 약동이 없었기 때문에 경이를 느끼는 일이 없었습니다. 그리고 하나님은 선언하기를 비애와 고통은 악마의 성정性情이니 내 세계에서는 오직 기쁨만 가지고 살아라 하시기 때문에 사람들은 항상 웃고만 있어야 될 형편이었습니다. 늘 웃고 한가히만 지내기 때문에 사람들은 심한 권태병倦怠病에 빠지게 되었습니다. 어떤 이는 웃는 것이 싫어서 하나님

---

* 바위취. 범의귀과에 속하는 여러해살이풀로 그늘지고 축축한 땅에서 자란다.

** 양귀비꽃의 다른 이름.

*** 이끼.

**** 키 작은 버드나무.

의 눈을 숨겨가며 어스름한 곳에서 하루 종일 자기만 하는 자도 있었습니다. 이러한 습관이 여러 사람한테까지 미치자 저희들은 기쁨에 대하여 미워하는 감정이 새로 생겼습니다. 그래서 그들은 누구나 다 기쁨 이외의 무슨 다른 정감情感에 느끼겠다는 욕망이 생겼습니다. 그 까닭으로 여러 사람들은 다 어스름한 곳에서 수심愁心이 만면滿面하여 하나님이 여는 환락歡樂 무도장舞蹈場에는 한 사람도 참석하는 이가 없었습니다. 그들은 무슨 이상한 향락과 가슴을 울렁거리게 하는 경이의 세계를 동경하게 되었습니다. 여러 사람이 연회에 참석을 아니 하니까 하나님도 혼자서는 놀 수가 없었습니다. 따라서 낙원에는 벌써 악마의 성정인 비애가 유행했습니다. 그러고 보니까 하나님의 사업은 와해가 되게 되었습니다. 하나님은 그때 망연자실茫然自失하여 대성통곡을 했습니다. 그러자 거대한 수목은 깊은 수풀 속에서 우는 듯한 소리를 내고, 꽃이란 꽃은 그 화대花臺에서 서러운 향기를 내고, 양과 닭은 목장을 버리고 정처 없이 달아났습니다. 사람들은 이러한 광경을 보고 그때야 비로소 생기를 내서 경이가 어떠한 것인 것을 체험하게 되었습니다. 그리고 하나씩 둘씩 서로서로 헤어져 환락과 비애가 서로 엇바뀌는 곳을 찾아갔습니다. 이때 하나님은 대성통곡하던 얼굴을 고치고 엄숙하고 노한 태도로 다시 큰 목소리로 선언하기를 '이 낙원은 지금 멸망하여 온 우주를 비치는 태양까지도 여기에는 인색한 빛을 나리게 하며 온 땅이 차고 차서 다시는 사람의 발자취가 들어오지 못할지어다' 하고 말했습니다. 선언을 하자부터 북극은 야반夜半이 되어서야 저주받은 태양이 기이奇異한 곡선曲線을 가지고 겨우 비치게 되었습니다. 그리고 막막한 황야는 엄숙하고 이상스러운 침묵 속에서 영원히 찬 얼음이 되어 있게 되었습니다. 뽀얀 해안에는 큰 빙괴氷塊가 쉴새 없이 떨어져 폭우와 같은 투투渝渝한 거품이 수평선 위로 떠올라서 어두운 북극을 더욱 어둡게 한답니다" 하고 남자는 웅변을 펼쳤습니다.

"그러면 천당은 영영 파멸이 되었나요?" 하고 여자는 호기심이 가득하여 물었습니다.

"지상에 천당을 건설하였다가 실패한 하나님은 할 수 없이 우리 살아 있는 사람의 관념으로는 도저히 포착키 어려운 은밀한 곳에 천당지옥을 건설해 놓고 우리 혼魂이 오기만 기다린답니다. 그것도 아마 우리같이 죽어서 지옥에 갈 사람이 많이 생기니까 야단이지요" 하고 빙긋이 웃었습니다.

"이번에 또 실패하면 하나님은 장차 어찌하시려나요" 하고 여자가 물었습니다.

"아마 천당이 지옥한테 합병合併이 되고 하나님은 자살할 터이지요" 하고 남자가 대답을 했습니다.

"그럼 혼은 그때 어디로 갈까요?" 하고 여자가 물었습니다.

"지옥에서 그대로 살든가 또는 달리 별別스러운 지옥을 만들든가 하겠지요" 하고 대답하였습니다.

"그러면 악마의 승리인가요?" 하고 물었습니다.

"그렇습니다. 최후의 승리는 악마이겠지요. 즉 우리겠지요" 하고 남자는 대담히 말했습니다.

◇

두 남녀가 이러한 말로 자정이 넘도록 서로 대답을 하다가 마침내 둘이 함께 정사情死를 했습니다.

달빛에 비치는 두 청춘의 어여쁜 시체에서는 두 혼魂이 가볍게 나와서 지옥을 향하여 나아갔습니다. 지옥만세地獄萬世.

끝 (4월 8일 작).

—《동아일보》(1924년 5월 19, 26일).

악마의 사랑

정순貞順의 존재를 전혀 잊다시피 한 내가, 요즘 와서 왜, 그의 일동일정一動一靜을 살피게 되었는고? 더구나 형용할 수 없이 밉다는 감정을 가지고 그의 온갖 행동을 간섭하지 않는가? 남을 미워하는 감정이 남을 사랑하는 감정보다 한층 더 민감한 나로서 사람을 미워하는 것은 사랑하기보다 쉬운 일이지만, 그와 같이 내게 충실하고 나의 생애를 마음껏 도와준 그를 왜 심히 미워하는가?

얼마 전까지는 그에게 대해서 미워하는 마음도 없고 사랑하는 마음도 없이 전혀 평범한 사이였었는데, 요즘 와서 왜 그를 몹시 미워하게 되었는가? 그를 미워하게 된 원인을 가만히 살펴보면 그가 전보다 얼굴빛이 검푸러지는 것과 나날이 더해 가는 귀밑의 주근깨 까닭인가? 그러나 이전에는 그의 얼굴이 검푸르든지 주근깨가 많든지 전혀 무관심하였다. 그러다가 요즘에는, 왜 마음이 써지는가?

나는 이렇게 생각하면서 그가 위병胃病 때문인 줄을 알고 여러 가지 약을 써 보았다. 그리고 얼굴빛을 희게 한다는, 비상라이든가, 유황을 먹여도 보았다. 그뿐만인가 모발을 윤택케 하는 올리브유를 먹이며 혈색을 좋게 한다는 레몬씨를 따스한 물에 녹여서 먹이는 둥 여러 가지로 힘을 썼으나, 그의 얼굴은 나날이 거칠어지고 늙어 가는 듯하게 보였다.

나는 미장학美裝學에 대한 지식이 풍부하였으므로 밤마다 미안술美顔術에 쓰이는 약을 발라도 주고 먹여도 보았다. 그리고 아침마다 일찍이 일어나서 정순의 얼굴을 검사해본다. 그러나 귀밑에 주근깨는 늘어갈 뿐이고 아무런 효과가 없었다. 그때는 성이 왈칵 나서 그를 학대하기 시작한다. 그러나 나이가 어린 데다가 온순한 성질을 가진 정순이는 아무 반항이 없이 나를 조용히 달랠 뿐이었다. 그때는 마음이 좀 누그러지나 아침마다 성화가 나는 그의 주근깨를 볼 때 나의 마음은 또다시 몹시 미워하는 편으로 뒤집힌다.

이같이 그와 나의 사이는 전혀 저주받은 것같이 생각이 되었다. 더구나, 그의 주근깨를 자세히 들여다 볼 때 그 주근깨가 하나씩 둘씩 다 악의의 표정을 가지고 있는 것 같다. 노르스름한 주근깨의 빛깔이 나를 성가시게 하는 것 같았다.

2

이렇듯이 정순이를 미워할 때에 나는 영희英姬라고 하는 예쁘장스러운 여자를 새로 알게 되었다. 그는 나보다 나이가 세 살이나 위지만 퍽 앳되어 보이는 여자였다. 그리고 성질이 분명한 데다가 좀 요부적妖婦的 기질을 가졌기 때문에 방긋 웃을 때는 처염悽艶한 미美가 있었다.

그에게 대해서 사랑을 느끼게 된 동기로 말하면, 정순의 결점을 전부 빼어 놓은 데 있다. 첫째는 주근깨가 없는 것. 둘째는 모발이 비상非常히 아름다운 것. 셋째는 상긋하게 요부적 기질을 가진 것이었다. 모발에 대한 호기심을 잔뜩 가졌던 나로서는 영희를 볼 때마다 한번 쓰다듬어 보았으면 하는 생각이 난다. 새까만 그의 머리칼, 비단실 같이 윤택한 그의 머리칼을 볼 때마다 견딜 수 없이 애타는 사랑이 넘쳐 나온다.

어떤 날 밤에 그를 만났을 때는 처음부터 끝까지 그의 머리만 쳐다보고 있었다. 트레머리*한 뒷맵시며, 앞이마에 흩어진 몇 오라기의 머리칼을 깊은 주의로써 보았다. “왜 내 머리만 자꾸 살펴보십니까?” 하고 그가 물을찰나에 나는 앞뒤를 가리지 않고 달려들어 그의 머리를 얼싸안고 몇 번이나 키스를 하였다. 무슨 까닭인지 그때 영희는 내가 하는 대로 아무 반항이 없이 순응하였다. 나는 열렬한 목소리로 “아! 아름다운 당신의 머리, 세상에 가장 사랑하는 당신의” 하고 말을 끊었다.

“나의 머리를 그렇게 사랑하세요?” 하고 물을 때 나는 좀 무안하였다. 그리고 낯을 붉히며 물러앉았다.

3

영희와 나는 그 후로 자주 상종하였다. 저녁에는 대개 집에서 식사를 하지 않고 영희와 함께 카페 같은 데서 함께 저녁을 사 먹은 후 밤이 깊도록 산보도 다니며 혹은 밀회처密會處를 구하려고 조용한 절간 같은 데로 찾아다녔다. 그럴수록 정순이는 나날이 미워만 지고 영희에 대해서는 열렬한 사랑을 느끼게 되었다.

첫 번에는 영희의 아름다운 미美를 머리칼에서만 느끼었으나 차차 교제가 깊어갈수록 그의 온갖 태도가 전부 미美의 권화權化같이 보였다. 그의 파란 입술은 야곡夜曲과 같이 달싸하고 상긋한 소리를 내기 위하여, 그의 눈은 세상에도 드물게 고운 것을 보기 위하여, 그의 살가운 볼은 떨어지기가 애석하는 듯이 바르르 떠는 양귀비꽃의 아름다운 것과 미美를 서로 경쟁하기 위하여, 생겨난 세상에 가장 아름다운 환영幻影같이 보였다.

---

* 1920년대 신여성 사이에 유행한 머리 모양으로 앞에 옆 가리마를 타서 갈라 빗은 다음 뒤통수 한 가운데에 넓적하게 틀어 붙이는 머리이다.

"영희 씨, 내가 당신을 알기 전에는 무어라고 말할 수 없이 비참한 생활을 했습니다. 이해 없는 결혼생활을 5,6년이나 해 내려올 때에 나는 인생의 색채라고는 도무지 몰랐습니다. 누구를 미워하거나 또는 사랑할 줄도 몰랐습니다. 꽃다운 세월이 내 앞을 고요히 흘러가며 전설과 같이 애연哀然한 이야기로 소근거리는 것을 듣지도 못했습니다. 존귀한 때가 나를 둘러싸고, 청춘이여! 하는 살가운 소리도 듣지 못했습니다. 신비한 월광月光의 미美며 무르익는 녹음, 고요한 새벽에 푸른빛을 날리는 유성流星의 떼 그 모든 것들이 무엇을 상징하는지 도무지 몰랐습니다. 온 세상이 전혀 무의미하게만 보였습니다. 그러다가 당신을 만나서 나는 비로소 꿈에서 깨쳐난 듯이 생각됩니다. 고요히 흘러가는 밤이며, 단꿈을 기다리는 꽃들이며, 망망한 수평선에 기울어지는 석양의 미美, 그 모든 것이 다 우리의 청춘을 장식하고 찬미하는 줄을 지금 비로소 알게 되었습니다" 하고 나는 말했다.

그때 영희는 아무 말 없이 그저 방긋 웃을 따름이었다. 그가 내게 대해서 전혀 무저항주의를 가지는 줄 안다는 용기를 내서 그를 껴안았다. 그리고 가장 정다운 목소리로 "내 말은 무엇이라도 들어주실 터이지요. 네?" 하고 물었다.

4

영희와는 열한 시쯤 해서 헤어졌다. 나는 무아몽중無我夢中으로 비츨비츨 하면서 집에로 돌아왔다. 처妻는 화로 곁에 앉아서 내 밥상에 놓을 찌개를 데우고 있었다.

"오늘밤은 일찍 들어오시는구려" 하고 처가 물을 때, 나는 "일찍 들어오든지 늦게 들어오든지 무슨 상관이야" 하고 화를 내었다. 그래도 정순이는 착한 마음을 가지고 아무 대거리가 없이 "자, 진지나 빨리 잡수시오. 시장하시겠습니다" 하고 나를 달래었다.

정순이는 마음이 착한 주부형의 여자였다. 내게 대해서는 마음껏 정성을 써주는 어진 처였다. 내가 아무리 늦게 들어와도 그는 밤을 새워 가면서 밥상과 함께 나를 기다린다. 내가 뻔히 저녁을 먹고 들어오는 줄 알면서도, 그는 처의 직분을 끝까지 하노라고 화롯불을 훌훌 불어가면서 찌개를 끓이고 있는 여자였다.

그러나 정순이가 그와 같이 내게 충실하고 공순한 태도를 가질수록 나는 고통이다. 그가 차라리 사나운 여자라든지, 마음이 좋지 못한 사람일 것 같으면, 그에게 대해서 아무런 감정이 없겠지만 그가 내게 대해서 끝까지 충실한 처이기 때문에 나는 더욱이 고통이다.

하여간 정순이는 미운 편으로든지 또는 믿겨지는 편으로든지 나로서는 영구히 잊지 못할 여자였다. 그러기 때문에 나는 정순의 일만 생각할 것 같으면 말할 수 없이 성가시게 된다.

'왜 잊혀지지가 않는 여자인가?' 하고 나는 하루 몇 번이나 자문자답을 한다. 나는 정순이를 미워하다 못해서 나중에는 지치게 되었다. 남을 미워하는 것도 큰 고통인 것을 그때에 비로소 깨달은 나는 할 수 있는 대로 마음을 지어서라도 정순이를 전혀 잊고 사랑하지도 않고 미워하지도 않는 전혀 무관심한 기분을 가지려고 애썼다. 그러나 내가 그와 같이 노력할수록 더욱 정순에게 대해서는 도리어 민감해진다. 이전보다도 그의 주근깨를 더 성가시게 생각한다.

아, 어찌된 일인가? 어쨌든 나는 정순이를 잊어야만 될 형편이다. 내게는 영희라는 꽃 같은 애인이 있지 않은가? 항상 그의 일만 생각하여야 나는 행복한 사람이 된다. 정순이 때문에 영희를 생각하는 마음이 더럽힘을 받는다면 거기서 더 불행한 일은 없지 않은가? 이렇듯이 나는 정순의 존재를 전혀 잊어버릴 방법을 생각해 보았다. 아무리 궁리해 보아도 별 도리가 없었다.

정순이라는 내 처가 이 세상에서 아무 흔적도 남기지 않고 전혀 없어지기 전에는 내가 구원받기는 틀린 일이었다. 정순이라는 여자가 이 세상에 존재하게 된 이 이상에는 나는 일평생 성가신 생활을 하게 될 형편이었다. 그러나 그는 살아 있는 사람이다. 언제 그의 존재가 없어질는지 예측키 어려운 일이 아닌가? 모살謀殺? 아, 그런 일은 할 수 없다. 왜 그러냐 하면 그는 내게 대해서 말할 수 없이 충실한 처다. 나를 무조건으로 믿고 사랑하는 처, 나의 생애를 요만큼이라도 안전한 데로 인도하여 준 처를 내 손으로 죽일 수는 없지 않은가? 단지 나는 그의 존재가 자연히 없어지기를 기다릴 뿐이다. 무서운 병균 같은 것이 우연히 그를 침해하기를 바란다. 그러나 그는 위생을 심甚히 하는 여자다. 병균이 그를 침해할 수가 없지 않은가? 그러면 어찌할까? 그렇다. 그는 심장병이 있는 동시에 공포심이 많은 여자다. 그를 심히 놀래기만 하면 혹은 심장마비가 되어 죽을는지도 모르겠다. 그러나 과연 심장마비가 될지 안 될지 어떻게 장담을 하고…… 나는 이렇게 여러 가지로 정순의 존재를 없이 하려는 악의를 생각하였다.

5

아침 일찍 간에 깨어서 옆에 누워 자는 정순이를 보았다. 그는 철모르게 깊은 잠에 잠겨 있는 듯하였다. 공순한 그는 나를 단지 좋은 남편인 줄만 알고 살아가겠지. 세상에도 드문 나 같은 악인을 그래도 정성껏 사랑하고 믿고 지내는 처의 깨끗한 마음을 헤아려 볼 때 나는 측은한 마음이 생겼었다. 그래서 그가 주근깨만 없었을 것 같으면 그냥 살아가겠지만…… 하고 성가시게 그의 주근깨를 다시 검사해 보았다.

그 찰나 나는 아니꼽고 불쾌한 생각이 가슴에서 치받치는 것을 깨달았다. 왜 그러냐 하면 그 누르스름한 주근깨가 총출동을 하여 가지고 나한테 적의를 품고 있는 듯하게 보인 까닭이다. 아, 주근깨는 확실히 어떤 표정을 가졌다. 더구나 정순의 주근깨는 나에게 대해서 원한 많은 악의의 표정을 가지고 있는 듯하게 보였다.

과산화수소를 바른다든지, 주석산酒石酸과 유황을 등분해서 먹일 것 같으면 미장학美裝學 상 주근깨가 좀 덜해 지는 것이 당연한 일인데 지금까지 정순에게 대해서 시험해본 것을 살펴보면 그와 같이 미안술美顔術적 치료를 할수록 주근깨가 점점 더 성해진 예를 가만히 생각해 볼 것 같으면 정순의 주근깨는 생리상 변화에서 생긴 주근깨가 아니고, 나를 저주하는 어떤 잠재물潛在物이 암시를 받아 가지고 그와 나 사이에 무서운 비극을 일으키려는 음모가 아닌가 하고 나는 미신적迷信的의 해석을 해 보려고 하였다. 그렇게 생각해 보니까 이유가 전혀 없는 말은 아니다.

옛날 어떤 요부妖婦가 하나 있었는데, 그 요부를 열흘만 상종하면 누구든지 변사變死를 하는 일이 있었다. 왜 그러냐 하면 그 요부에게는(역시 정순이와 같이) 귀밑에 작은 사마귀가 하나 있었는데 빛이 노르스름하던 모양이었다. 그 여자와 상종하는 사람들이 장난 삼아 "요 사마귀는 무슨 사마귀야" 하고 손톱으로 그 사마귀를 튀길 것 같으면 그 사마귀가 처음에는 바르르 떨다가 나중에는 새빨간 눈알이 그 사마귀에서 툭 비어져 나오며, 남자를 향하여 눈을 흘긴다고 한다. 그리고 어떤 독기毒氣가 그 눈알에서 뿜기 때문에 남자는 그만 졸사卒死를 한다는 전설이었다.

이러한 말은 혹 지어낸 말일는지 모르나 정순의 주근깨는 확실히 어떤 악의를 가졌다고 생각하였다. 만일에 그 주근깨가 전설에 있는 말과 같이 그것들이 하나씩 둘씩 각각 눈알이 되어서 나를 흘기는 때가 있다고 할 것 같으면 아! 무서운 일이다. 그렇게만 된다면 나는 질겁해서 죽을 것이라고 생각하였다. 그렇게 생각할 때 나는 또다시 밉다는 마음을 일으켰다. 그리고 하루라도 속히 정순의 존재가 이 세상에 없어지기만 바랐다. 어차피 정순이와 운명을 같이 할 그 주근깨를 아니 보려면, 정순의 존재를 저주할 수밖에 없다고 생각하였다.

매날 아침마다 그의 주근깨 때문에 불쾌를 사 가지고 하루 종일을 성가시게 지내다가 밤이 되면은 사랑하는 영희와 만나서 불쾌한 일을 잊어버린다. 그래서 나는 어서 밤이 오기만 기다렸다. 밤만 되면 모든 불행을 다 잊고 단지 살갑고 정다운 영희와 함께 만날 수가 있는 까닭이었다.

6

그 날 밤에 나는 영희와 함께 전부터 정해 두었던 어떤 밀회처密會處에서 만났다. 그는 아양을 부려가며 가장 부드러운 목소리로 나를 꾀었다. 그는 나의 마음을 있는 대로 다 앗았다. 나는 그의 노예가 되어도 상관없다는 생각까지 하였다.

"당신이 요구하는 것은 무엇이라도 해 드리지요. 내 혼까지라도 팔아 드리지요" 하고 나는 타는 듯한 목소리를 꺼냈다.

"나는 당신의 오직 하나인 반려입니다. 나는 당신의 가장 사랑하는 처妻올시다. 나 이외에는 당신의 처가 또 없을 것입니다" 하고 그는 내 무릎에 입을 대었다.

나는 그 말의 의미를 얼핏 알아차렸다. 그래서 "네, 알았습니다. 물론 당신은 나의 가장 사랑하는 유일한 처올시다. 정순이와는 어차피 헤어져야될 형편이니까 그것은 염려 마세요" 하고 나는 말했다. 그와 나는 하루바삐 가정을 이룰 것과 정순이와 속히 헤어지겠다는 굳은 약속을 하였다.

영희와 헤어진 후 나는 집에 돌아왔다. 정순이는 평상시와 같이 나를 반갑게 맞았다. 그는 내가 더워하는 줄을 알고 얼핏 부채를 내서 나를 부쳐 주었다. 나는 밉다는 의미로 부채를 앗으며 눈을 흘겼다. 그러나 한결같은 그는 머리를 숙일 따름이고 아무런 불평도 말하지 않았다. 정순이가 끝까지 내게 공순하였으므로 나는 화를 그 이상 더 내지는 못하였다. 영희와 헤어질 처음에는 집에 돌아와서 우선 야단을 치고, 어찌하겠다던 생각이 그만 그렇게 되고 말았다.

그 이튿날 아침에 나는 평상시와 같이 일찍이 깨었다. 그리고 늘 하는 대로 정순의 주근깨를 검사해 보았다. 그 순간에 나는 깜짝 놀랐다. 나는 온몸에 소름이 끼쳐지는 것을 깨달았다. 그 주근깨가 일일이 눈알 흰자위 같이 번득거리는 것을 보았다. 나는 그 때에 비로소 주근깨가 나한테 적의를 단단히 품고 해하려는 것을 알아차렸다. 그 주근깨는 일일이 살아 있는 것같이 생각되었다. 그 뿐만 아니다. 그것들의 표정이 악의를 가진 것과 같이 보였다. 나는 부르르 떨었다. 그리고 벌떡 일어나서 옷도 입지 않은 채로 웃방으로 쫓겨갔다. 그때 웃방 탁상 위에 놓인 주근깨 떼는 약이 얼른 눈에 띄었다. 그때에야 나는 좀 안심을 하였다. 왜 그러냐 하면 주근깨가 번득거리는 것은 그 전날 밤에 내가 주근깨 떼는 약을 발라 주었기 때문에 그 약이 주근깨에 말라붙어서 번득거리는 것이었다. 그러면 내가 주근깨에 대해서 여지껏 무서운 감정을 품고 있는 것은 나의 신경착각인지도 모른다.

이와 같이 주근깨에 대해서 얼마쯤 나의 미신적 공포심이 사라지자 나는 정순에게 대해서 마음이 좀 부드러워지기 시작했다. 그리고 이상한 일은 주근깨가 전보다는 훨씬 엷어진 것 같이 생각이 되었다. 주의만 해서 보지 않을 것 같으면 거의 주근깨가 없어진 것같이도 보였다. 나는 옷을 다 주어 입고 책 혼자 상 옆에 앉았다. 그리고 지금까지 정순이를 몹시 미워한 일에 대해서 얼마쯤 뉘우치는 생각이 났다.

이 세상에 오직 나 하나만 믿고 사는 정순이! 성미 못된 나를 조용히 달래며 살갑게 해 주는 그를 왜 몹시 미워하였는가. 그와 같이 착하고 똑똑한 처가 어디 또 있으랴 하고 나는 뉘우쳤다.

닭 우는 소리가 마지막으로 처량하게 들리며 창 빛이 허여스리하게 밝아갈 때 나는 센티멘탈에 빠져서 울다시피 하였다. 처는 그냥 철모르게 자고 있었다. 좀 있다 가느다란 아침 빛 줄기가 창에 비치었을 때 방안은 극히 안온한 정조가 가득하였다. 곱다란 은행색 겹이불을 덮고 자는 처의 얼굴이 평화스럽게 보였다. 세상에 고혹蠱惑의 미美니 하는 것이 다 쓸데없고 단지 그 방안에 있는 모든 장치, 그리고 처의 마음과 서러워하는 내 마음뿐이 가장 아름다운 것이라고 생각하였다.

나는 영희의 일을 전혀 잊었다. 그리고 인해 밖으로 나가서 꽃밭에 물을 주며 옛날의 즐겁던 가정생활을 또 한번 경험하는 듯이 상긋한 향내가 났다. 나는 그것들을 신기하게 바라보았다. 그립던 사람을 만나서 느끼는 마음같이 나는 서러운 듯한 반가운 듯한 느낌을 깨달았다.

아! 여기가 내 세계로구나. 이 집을 나서면 언제든지 마음이 갈 데 올 데가 없어지고 한없이 번민하기가 되지 않는가. 이렇게 혼자서 생각할 때 나의 마음이 급변해진 것을 놀랐다.

그러나 저녁때가 되자 나의 마음은 또다시 무엇에 권태가 된 것 같이 싫증이 나기 시작하였다. 그러자 이국정조異國情調에 느낄 때와 똑같은 그리운 생각이 누구라고는 지명할 수 없이 어쨌든 누구를 사랑하지 않고는 견디지 못할 마음이 가슴에서 샘솟는 것 같았다.

나는 얼른 영희를 생각했다. 아! 영희, 나의 가장 사랑하는 영희를 찾아봐야 되겠다는 생각이 간절히 났다. 그래서 나는 마음속으로 영희, 영희! 하고 그의 이름을 외면서 밖으로 나갔다.

영희와는 늘 만나는 곳에서 서로 만났다. 나는 철없이 반가워하였다. 몇 번이나 그를 껴안고 키스하였는지 모른다.

"여보. 나는 세계 끝이 되는 땅까지 가고싶어요. 당신과 함께 멀리 한

없이 멀리만 달아가고 싶어요. 세상 사람이라고는 도무지 없는 곳에. 단지 당신과 나와 두 사람만 살 수 있는 나라로 가고 싶어요. 내가 가자면 당신도 무조건으로 따라 올 테지요, 네? 막막히 지평선만 바라보이는 사막 같은 데 가서 설혹 먼지가 휙휙 날아서 그 먼지 속에서 우리가 파묻혀 죽는대도, 단지 우리 둘만 살 수 있는 데라면 함께 가지요. 네? 그렇지 않으면 배를 타고 망망한 수평선을 좇아서 한없이 자꾸자꾸 갈 데가 있다면. 거기에 우리의 무한한 자유가 있다면. 함께 가 주겠지요, 네?" 하고 나는 정에 몹시 느끼고 있는 듯한 열렬한 목소리로 말하였다.

"그렇지 않아도 어디를 좀 여행 갔다 오고 싶은 생각이 많았어요" 하고 영희가 대답했다.

"여행뿐이 아니라 영구히 갔다가 돌아오지 못할 곳을 가고 싶어요" 하고 나는 말하였다. 그래서 영희와 약속하기는 그 이튿날 저녁 차로 우선 석왕사釋王寺를 가기로 하였다.

7

정순에 대한 감정이 전보다 더 부드러워진 것은 나로서 생각해 보아도 이상한 일이다. 그렇게도 밉게 생각하던 처를 지금 와서 다시 생각하게 될 때, 나는 거듭난 듯한 맛을 깨달았다.

몇 해 전 처음으로 그를 만났을 때의 즐겁던 생활이 그립게 회상이 되었다. 그때로 말하면 나도 선량한 남편이었다. 그를 마음껏 사랑해주던 착한 마음이 또다시 솟아나는 듯하였다. 그리고 그때의 평화롭던 생활이 졸음을 재촉하도록 나의 마음을 한없이 부드럽게 하였다. 그렇다. 그때는 지금과 같이 불안과 방황을 몰랐었다. 모든 생활이 극히 안정되고 평화로웠다. 어디를 갔다가 돌아올 때는 정순이가 반드시 대문 밖까지 마중 나왔었다. 그러면 나는 그때 정순의 손목을 잡고 비둘기 모양으로 집으로 들어와서는 정순이를 반갑게 하는 선물을 펴놓는다.

그러던 것이 어쩌면 그렇게 마음이 변하여 가지고 그를 몹시도 미워하였는고? 지금 와서 정직히 하는 말이지만 어떤 때는 그를 죽이려고까지 하지 않았는가? 모조리 다 고백하는 말이지만 영희와 서로 어울릴 때에 그의 비밀 편지가 올 것 같으면 정순에게 안 보이려고 고심을 하다 못해 그의 두 눈을 못 보게 만들 모의까지 하였었다.

실상은 정순이는 단순한 여자였음으로 나한테 오는 편지를 의심하지를 않는 터인데 내가 공연히 정순이가 볼까봐 몹시 그의 눈을 꺼렸다. 그래서 그의 얼굴 문대는 수건을 임균淋菌 있는 오줌에 적시어다가 방에 걸어둔 일도 있었다. 임균 묻은 수건으로 눈을 씻으면 눈이 머는 까닭이다. 그러나 요행히 그는 그 수건으로 얼굴을 씻기 전에 빨래에 담그고 새 수건을 꺼내서 씻은 결과 아무런 해가 없었다.

그러나 그 일을 가만히 생각하면 내가 얼마나 악인이었는고? 아! 정순이가 불쌍하다. 나는 그를 여지껏 미워한 값으로 이제부터는 마음껏 다시 사랑해야만 되겠다고 생각하였다. 나의 여지껏 경험으로 보면 몹시 미워하던 사람은 나중에는 도로 사랑하게 되는 일이다. 그래서 그런지는 모르나 나는 과연 정순이를 철저히 미워하였다. 그렇게 철저히 미워하던 마음이 다시 사랑하게 하는 원동력을 만들었다.

"정순이, 이리 가까이 오시오" 하고 나는 그를 불러놓고 가장 정다운 목소리로 "우리 둘이 요즘에는 너무나 소홀히 지냈어요. 내게 허물이 있거든 다 용서하고 이제부터는 재미나는 생활을 합시다" 하고 나는 그 이상 더 말 못 하였다. 왜 그러냐 하면 목소리가 자꾸 떨리어 나오려는 까닭이다.

"용서하고 아니 할 것이 있나요. 나는 처음이나 지금이나 당신한테 대한 사랑이 한결같으니까요. 응당 당신도 나와 같겠지요. 나는 언제든지 당신한테 감사한 마음만 가지고 있으니까 당신의 일이라면 늘 고맙기만 해요" 하고 정순이는 낮은 목소리로 말했다.

나는 그 말을 들을 때 흑흑 느끼었다. 그리고 몇 번이나 "허물이 있으면 용서해요" 하고 부르짖었다. 정순이는 과연 충실한 처다. 나에 대한 그의 한결같은 마음은 나를 감복시켰다. 나는 끝까지 그의 충실한 반려가 될 것을 마음속으로 몇 번이나 맹서하였다.

그 날 밤은 영희와 함께 석왕사에 간다는 일도 다 잊어버리고 정순이와 함께 옛날에 우리의 정답게 지내던 일을 서로 다투어 가면서 말하였다. 그리고 이제부터도 옛날과 같이 서로 마음을 변하지 않고 정답게 지내자는 말을 맹서하다시피 몇 번이나 거듭 말하였다. 나는 처음으로 정순에게 대해서 온갖 친절을 다했다.

8

그 이튿날 밤에 나는 영희를 찾았다. 그는 약속을 어겼다고 성을 몹시 내었다. 나는 그럴 듯한 구실을 만들어 가지고 영희의 마음을 달랬다.

"정순이한테 혼이 나서 못 온 것이지요" 하고 그가 화를 내서 말할 때 나는 그렇지 않다고 애걸복걸하였다.

나는 양손에 떡 쥔 모양으로 정순이를 놓을 수도 없고 또는 영희와 관계를 끊을 수도 없었다.

사실 말하면 나는 정순에게 대해서는 충실한 남편이 되고 영희에게는 정다운 사람이 되어 있다. 만일에 두 여자 가운데 한 사람이라도 나를 떠난다 하면 나라는 사람은 불완전한 것이 되리라고 스스로 생각한다. 한 사람밖에 사랑하지 못한다는 것은 결국 편협한 사람의 마음이다. 내가 정순이를 생각하는 동시에 또 한편으로 영희를 생각하게 되는 것은 다종다양한 미美를 좋아하는 근대인의 열린 마음이라고 스스로 자랑하고 싶다.

이같이 나는 그 후로 석 달 동안이나 삼각연애의 긴장한 맛을 깨달았다. 그러나 내가 두 여자를 가지고 내 마음대로 잘 향락하기까지는 여간한 노력이 아니었다. 영희한테는 정순이와 하루바삐 헤어지라는 성화를 받고 정순이한테는 밤에 늦게 들어오지 말라는 부탁을 받기 때문에, 마음이 항상 조마조마하게 지냈다. 그래서 어떤 때는 귀찮은 생각도 났다. 그리고 정순이한테는 영희의 일을 감추고 영희한테는 정순의 일을 감추는 것이 말할 수 없이 적적하고 섧게 생각이 되었다. 왜 그이들과 조금이라도 마음 담을 쌓고 지내게 되는고, 간담을 다 헤치고 모든 것을 통사정 해 가면서 살았으면 하는 생각이 간절히 났다. 그러나 할 수 없는 일이었다.

나는 최선의 노력을 해 가면서 두 여자를 잘 조종치 않으면 안 되겠다고 생각하였다. 만일에 두 여자 가운데 한 사람이라도 나를 배반한다면 나의 생활은 파멸될 것이라고 생각하였다. 영희와 정순이가 숙명적으로 나를 영구히 떠나지 못하게 된다는 만세萬世의 굳은 약속이 있기를 바랐다.

그러나 노력과 권모權謀로써 그이들을 사귀어야 될 것을 생각할 때 나는 불안을 느끼었다. 차라리 한 여자하고만 충실한 생활을 하는 것이 좋지 않은 일일까 하고 생각하였다. 그러나 정순이는 충실한 처다. 그가 없어진다 하면 나는 어미 잃은 새와 같이 어쩔 줄을 모르겠다. 나의 안전하던 생활은 근본적으로 파멸이 될 것이다. 그리고 또 영희는 나의 가장 정다운 사랑이다. 만일 그가 내 생애에서 영영 없어진다면 온 세상이 재미가 없고 귀찮아질 것이다. 나는 이렇게 혼자 생각을 하면서 어떤 날 저녁때에 영희를 찾았다.

그는 하루바삐 우리 있는 곳을 떠나서 낯 모를 다른 데로 가서 살자고 주장하였다.

"당신과 함께 가는 곳이라면 아무리 험상스러운 곳이라도 따르지요.

단지 이 불쾌한 고장만 떠나게 된다면" 하고 영희는 말했다.

나는 곰곰이 생각해 보았다. 대체 영희 이외에 또 다른 여성을 소유할 필요가 있을까? 그이와 같이 살갑고 예쁜 애인을 떠나서 또 다른 여성한테 미련을 둔다는 것은 결국 자멸할 길이 아닌가? 영희 곁에만 있으면 나는 언제든지 구극究極의 황홀미恍惚味를 깨닫지 않느냐. 아, 영희! 나의 가장 사랑하는 영희를 위하여 온갖 것을 다 희생하자.

정순의 존재가 무엇이냐. 그에 대한 미련은 천박한 인정에 불과하다. 인정 때문에 나의 존귀한 행복의 길을 막을 것이 아니다. 나는 모든 것을 저버리고 단지 영희 곁에서만 살자. 그것이 악이든지 선이든지 관계할 바는 아니다. 다만 나의 마음을 여름 구름과 같이 한없이 부드럽게 해준다면, 그의 요염한 미모와 살가운 표정과 상긋한 젖가슴의 향기, 그 모든 것이 나의 정열을 한없이 북돋기만 한다면 그만이 아닌가? 그 외에 또 무엇을 구하는고? 그렇다! 나는 영희를 위하여 모든 것을 저버리자. 그리하는 것이 깨끗한 길이다.

나는 이렇게 생각을 하면서 영희 곁에 앉아서 그의 손을 만지고 있었다.

"부드러운 손" 하고 나는 그의 팔목을 끌어 당겼다. 나는 그때 넘치는 애정을 가지고 영희를 바라보면서 "당신의 말이라면 무엇이라도 듣지요" 하고 말을 꺼냈다.

영희는 방긋 웃으면서 "어서 속히 먼 데로 가요, 네?" 하고 나를 꾀이는 듯이 말하였다.

나는 그의 말을 살갑게 들었다. 그리고 정순이를 하루바삐 친정으로 보낼 것과 영희와 함께 다만 얼마 동안이라도 한적한 곳에 가서 둘이뿐 지내보자고 단단히 언약을 하였다. 나는 마음이 좀 가벼워지는 것을 깨달았다. 그리고 참 마음 속에서 우러나오는 애정이 봇물과 같이 다시 엄돋치는 듯함을 느꼈다.

나는 영희와 헤어지고 집으로 돌아올 때 우선 정순이를 속히 친정으로 보내는 일 수단을 생각해 보았다. 그때 내 머리 속에서는 환영과 같이 봇짐을 인 정순의 애처로운 모양이 얼핏 생각이 되었다. 그리고 몇 번이나 나를 돌아다보고 또 돌아다보는 소박 맞은 이의 서러운 모양이 보였다. '아, 불쌍한 정순이' 하고 나는 눈물을 지었다. 나는 왜 그를 소박하지 않으면 안 되는고? 그가 나더러 뭐라고 했기에 그와 같이 내가 학대를 하려고 하는가? 지금까지 학대한 것만 생각해도 불쌍하기가 끝이 없다.

나는 이렇게 생각하면서 집으로 돌아왔다. 정순이는 기쁜 낯으로 나를 맞았다. 그리고 내 웃옷을 벗겨주며 부채를 내서 부쳐 주었다. 나는 피곤해서 반쯤 누워서 방안을 휘 둘러 보았다. 낯익은 서고書庫며 탁자며 지나支那 제製의 꽃병이 차례차례 눈에 띄었다.

옛날에는 그것들을 얼마나 귀貴해 하였는지 몰랐다. 집안에 있어도 언제든지 갑갑한 줄을 모르고 정순이와 함께 세간을 차근차근 해 놓으면서 재미있는 생활을 하였었다. 정순이는 내가 양귀비꽃을 사랑하는 줄 알고 매일 아침마다 뜰에서 양귀비꽃을 꺾어다가 꽃병에 꽂아 주었었다. 그리고 나는 조원술造園術에 대한 경험이 있었으므로 너른 뒤뜰에다가 훌륭한 정원을 만들었었다. 뜰 맨 가운데는 단을 쌓고 그 위에는 열대지방의 식물인 선인장 종류를 심고 그 아래 둘레에는 이파리 큰 화초를 심었었다. 그리고 맨 아래 단에는 양귀비꽃 같은 독초毒草를 많이 심었다.

6,7월경에는 그것들이 무성해서 이상야릇한 꽃을 피었었다. 그때로 말하면 내 집과 뜰에 대해서 얼마나 애착을 가졌었는지 모른다. 그때의 재미나던 생활을 또 한 번만 다시 해 보고 싶다는 생각을 하였다. 나는 안온한 생활이 그리워졌다. '정순이 곁에만 있으면 언제든지 온아한 마음을 가질 수가 있다' 하고 속으로 생각하면서 "더운데 옷은 다 벗어

버리고 자리옷만 입지" 하고 나는 정순이를 끌어안으며 치마를 끌렀다. 그리고 적삼과 속곳까지 벗긴 후 내 손으로 엷은 자리옷 하나만 입히었다. 똥똥한 살빛이 불그스름하게 비칠 때 나는 그를 얼싸안고 "이제부터는 다시 딴 마음 두지 않을 테야" 하고 소근거렸다.

"누가 딴 마음을 둔대서요?" 하고 정순이는 낯을 붉히면서 말하였다. 일평생을 아무 파탄 없이 마치 봄 나그네와 같이 고요히 지나칠 수 있다면 거기서 더 행복한 일은 없다고 생각했다. 무엇보다도 안일하고 거침이 없는 생활이 인생의 가장 아름다운 생활이라고 생각하였다. 그렇게 생각이 될 때 영희와의 관계는 왜 그런지 위험한 비극성을 가진 애정이라고 생각하였다.

'그렇다. 영희와의 관계를 끊어 버리자. 그리고 단순하게 정순이와 살자. 영희에 대한 애정은 나의 생애를 어지럽게 할 변태적의 화근이다' 나는 이렇게 혼잣말을 하였다. 나는 그때 영희와의 관계를 끊어버리기로 결심하였다.

그러나 나는 영희와의 관계를 끊을 수가 없었다. 저녁때만 되면 영희와 만나고 싶은 생각이 견딜 수 없이 솟아났다. 그래서 나는 영희한테 애매한 말로 정순의 일을 그럴듯하게 핑계하고 지내왔었다.

그 후 한 달 만의 일이다. 내 생애에 큰 상처가 생겼는데 그것은 정순이와 영희가 내 곁을 떠나버린 일이다. 나는 그 일을 적을 때에 가슴이 울렁거리고 붓끝이 떨린다.

내가 무슨 일로 ○○를 하루 묵어서 다녀온 그 이튿날 밤 아홉 시에 집에 와 본 즉 정순이는 없고 그의 편지 한 장만 책상 위에 놓여 있었다. 그 편지의 내용인 즉 이러하다.

오늘 영희 씨라는 당신의 애인이 다녀갔습니다. 그에게 모든 말을 다 들었습니다. 당신이 저를 없이 하기 전에 먼저 없어지려고 당신 곁을 떠납니다. 두 분의 행복을 위하여 저는 친정으로 가고 맙니다.

이것은 편지의 대강한 내용인데, 내가 영희한테 비밀히 말하던 것을 모조리 정순이한테 일러바친 모양이었다. 나는 황황煌煌하여 어쩔 줄을 모르고 있다가 곧 영희 있는 데를 찾아갔다.

천만 의외로 영희는 집을 옮기었다. 그 곁 집 사람한테 물어보아도 모른다고만 할 따름이다. 나는 미칠 듯이 마음이 어지러워졌다. 영희까지도 내 곁을 떠나버렸다. 미래파未來派의 그림을 보는 것같이 하늘과 땅이 뒤집혀 보였다. 내 눈에서는 눈물이 펑펑 쏟아졌다.

다시 집으로 돌아와서 "정순이! 영희!" 하면서 울었다.

그 이튿날 아침에 편지 한 장이 왔는데 이번은 영희한테서 온 것이다.

그저께 정순 씨를 만나서 비로소 모든 일을 다 알았습니다. 두 분의 깨끗한 사랑과 행복을 위하여 나는 당신의 곁을 영영히 떠납니다.

편지의 대강한 내용은 이러하다.

나는 두 여자의 편지를 가슴에 안고 이름을 불러가면서 슬피 울었다. "아! 정순이! 영희!" 하고 나중에는 지쳐서 울음소리가 가느다랗게 나왔다. 그때 내 마음속에서는 돌연히 분하다는 생각이 선풍旋風과 같이 일어났다. 그래서 주먹을 부르쥐며 "그래…… 세상에 여자가 정순이와 영희뿐이란 말인가. 세상에 미美는 다종다양하다. 그 허다한 미를 이제부터 모조리 다 향락하여 보자" 하고 부르짖었다. 그러나, 나는 또다시 울었다. 아무리 슬피 울어도 나를 위로해주는 이는 한 사람도 없다.

10

그 후 한 주일만에 어떤 친구의 탐지로 영희의 옮겨간 집 번지를 알게 되었다. 나는 미칠 듯이 반가워하였다.

그리고 내 생애에 파란을 일으키게 한 죄를 정순한테 돌려보냈다. 그럴 때 영희의 일이 더욱 그리워졌다. 그가 정순이를 만나서 내 이야기를 듣고 단연히 내 곁을 떠나 버린 것은 참 인격적의 당연한 행동이라고 생각하였다. 나는 영희의 그 모든 것을 가만히 살펴볼 때 마땅히 그럴 것이라고 하였다. 그리고 영희의 위인을 신성神聖하게 보았다. 그럴 때 영희에 대한 정열이 불붙듯이 일어남을 느꼈다. 그렇다. 정순이가 친정으로 돌아가 버린 것은 나를 위해서 천우신조天佑神助라 할 수 있다. 나는 이제부터 영희와 함께 단순히 가정을 이루고 행복한 생활을 할 수가 있다. 나는 이렇게 혼자 생각을 하면서 책상을 향하여 영희한테 보내는 편지를 썼다.

자세한 내용 이야기도 듣지 않고 내 곁을 떠나버린 영희 씨를 심히 나무람 합니다. 일개 무식한 여자의 사악한 거짓말을 참으로 믿은 영희 씨의 마음이 너무 가엾게 보입니다. 그러나 우리 둘의 운명은 벌써 정해졌습니다. 영희 씨는 나의 유일한 반려요 영구한 처인 것을 깨달으십시오. 사악한 거짓말로 우리 둘의 사이를 멀리 하려는 정순이란 계집은 벌써 친정으로 쫓아 보냈습니다. 정순이는 자취도 없이 우리 생활에서 영구히 사라져 버린 것을 믿어 주십시오. 이 편지 보시는 대로 곧 와 주실 줄 압니다."

편지의 내용은 대강 이러하다. 나는 편지를 부치고 밤까지 영희를 간절히 기다리고 있었다. 그러나 밤 아홉 시가 되도록 영희는 오지 않았다. 나는 궁금증이 나서 대청문을 자정이 넘도록 몇 번이나 기웃기웃 내다보았다. 그래도 영희는 오지 않았다.

그 이튿날 아침이 지나가고 점심때가 되도록 영희는 오지 않았다. 밤에 고요한 틈을 타서 오려는 것이지 하고 하루 밤을 새어가면서 기다려도 역시 오지 않았다. 그동안 영희를 기다리는 고심이야말로 내 생애에 처음 생긴 쓴 경험이다. 더구나 성미가 조급한 나로서는 견디지 못할 고민이었다. 그 후 사흘이 지나도록 영희가 오지 않을 때 나는 지쳐서 맥이 풀리는 것같이 온몸이 피곤해졌다. 나는 찰나 돌연히 영희에게 대해서 적의가 생기는 것같이 생각이 되었다.

그렇다. 나의 안온하던 생활에 파란을 일으킨 이는 실상 영희가 아닌가? 영희가 나 없는 사이에 정순이를 만났기 때문에 모든 병집이 생기지 않았는가? 그렇게 생각이 될 때 나는 영희에게 밉다는 생각을 일으켰다. 그와 동시에 정순이가 한없이 가엾고 애처롭게 생각이 되었다. 모든 화근이 다 영희 때문이라고 생각하였다. 그렇게 생각이 변해질 때 정순이를 그리워하는 마음이 간절히 났다. 나의 마음을 언제든지 부드럽게 해 주고 나를 마음껏 위해주던 정순의 일이 애연哀然하게도 자꾸 자꾸 생각이 되었다. 그래서 나는 책상을 향하여 정순이한테 보내는 편지를 썼다.

내 마음같이 믿던 처가 나를 배반할 때 꿈이 아닌가 하였습니다. 나의 마음은 한결같으니까 변호할 것도 없습니다. 단지 한탄하는 말은 그와 같이 믿던 내 처가 영희란 악착스러운 계집한테 속아서 나를 그릇 생각한 것이 끝없이 서러운 일입니다. 남의 남자를 꼬이기로 유명한 영희의 말을 어쩌면 그리 꼭하게 믿은 것이 내 처의 자격으로서는 부족하게 생각이 될 뿐입니다. 자세한 말은 만나서 할 터이오니 이 편지 보는 대로 곧 떠나오십시오.

나는 편지를 부쳤다. 친정이 멀지도 않으니까 꼭 오리라고 생각하였다. 나는 집세간을 채근채근 놓으면서 정순이를 기다리기 시작하였다. 그러나 뜻밖에 정순이는 사흘 밤이 지나도록 돌아오지 않았다. 나는 절실히 외로움을 느꼈다. 그래도 정순이는 곧 찾아오리라고 믿었던 것인데 의외에 정순이한테서도 아무 소식이 없으므로 나는 절망과 설움에 싸여서 어쩔 줄 몰랐다.

그러나 나는 어지러운 마음을 다시 가다듬어 외로움 가운데서 기어이 내 자신을 구원해 보리라고 결심했다. 노골적으로 말하면 영희와 정순이 두 여자 가운데 어느 편이든지 한 여자만은 내 것으로 삼아야 되겠다는 굳은 결심을 가졌다. 사실상 두 여자 다는 모르겠지만 한 여자뿐은 마땅히 소유할 만한 특권을 가진 것같이 생각이 되었다. 그래서 나는 부지불식간에 누구를 찾으러 가는지도 모르게 의식 없이 밖으로 나갔다.

나는 한참 동안 이리저리 방황해 다니다가 ××정町을 이르러서 얼핏 영희 생각을 하였다. '옳다. 여기가 영희의 새로 옮긴 동리로구나' 하고 나는 그를 찾을 생각이 나서 번지를 살피게 되었다.

영희의 집은 어렵지 않게 찾았다.

나는 영희를 보자마자 눈물이 펑펑 쏟아졌다. 영희도 운 것같이 보였다.

"영희 씨! 영희 씨!" 하고 나는 그 이상 더 말 못했다. 나는 목이 매는 것같이 생각이 되었다.

"아! 나는 영희 씨한테 목숨을 바치러 왔습니다. 영희 하자는 대로 할 테야요" 하고 나는 어린애 같이 울었다. 참말 그때의 감정으로 말하면 영희가 같이 죽기만 하자면 같이 죽어버리는 것이 가장 큰 행복이라고 생각했다.

나는 곧 인력거를 불렀다. 얼마 아니 있다가 인력거 두 채가 왔다. 영희더러 먼저 타라고 하니까 아무 말 없이 그는 순응했다.

둘이 같이 타고 집으로 돌아와서는 서로 울기만 했다.

"아! 나는 죽고 싶어" 하고 나는 목이 메어서 말했다. 그때로 말하면 설혹 천지天地가 가분작이 무서운 변동을 일으킨대도 단지 영희와 같이 죽는다면 꿈쩍도 아니하고 아름다운 최후를 맺었을 것이었다.

나는 입술을 영희의 젖가슴에 파묻으면서 흑흑 느끼었다. 영희는 어미가 어린애한테 하는 모양으로 나를 쓰다듬어 주었다. 나는 한량없이 고맙게 생각했다. 때때로 온몸에 소름이 끼치어질 때 나는 말할 수 없는 감격을 받았다. 나는 그때 갱생의 기쁨을 느끼었다. 그리고 이제부터 새롭게 산다는 의식이 강렬하게 내 전 감정과 의지를 지배했다.

벌써 나의 생활이 제왕帝王의 성벽같이 장엄한 토대 위에서 전개되는 것같이 생각이 되었다. 이전과 같이 불안과 아무런 동요가 없이 튼튼한 기초를 가졌다고 생각했다.

영원과 무한에 대해서 나의 의식이 얼마나 흥분되었는지 모른다. 나는 그때 영혼의 무한존재도 긍정했다. 그리고 영희와 함께 그 앞으로 영구한 세월을 안고 살아갈 것을 꿈꾸었다. 한없는 세월의 아름다운 광경이 영희와 나를 반갑게 맞을 것이라고 생각했다. 아! 이제부터 나는 참으로 아름다운 생활을 하게 된다…… 하고 혼자 생각을 하면서 영희를 꼭 끌어안았다. 여성의 미美 가운데 장엄한 매력이 있다고 확신하는 나는 그때야말로 끝없는 향락을 경험했다. 그의 부드러운 살과 풋고추와 같은 몸 향기에 나는 전 정신을 다 앗긴 것같이 생각이 되었다.

11

11월 18일에 생긴 일이었다. 나는 그 일을 적을 때 온몸에 소름이 얼마나 끼치는지 알 수 없다. 독자가 나의 매몰스러운 행동에 진저리가 날 줄도 미리 짐작한다. 18일 새벽에 영희와 나는 부시시 일어나서 세간을 어떻게 놓을 것과 이로부터 어떻게 살림을 시작할 것을 서로 의논했다. 둘이 다 꿈에서 사는 것 같았다. 그러면서도 상긋한 맛이 있었다.

그럴 때 아침 여덟 시쯤 해서 천만 뜻밖에 정순이가 찾아왔다. 사실은 편지를 받아 보고 온 것이지만 나는 그때 형용할 수 없는 공포에 눌리었다. 나의 새로운 생활을 두 번째 뒤집으려고 하는 틈입자闖入者에 대해서 나는 극도로 성기시게 생각이 되었다. 정순의 입에서 무슨 말이 나오기 전에 어떻게 처치해야될 것을 얼핏 생각했다. 그 찰나 나는 우리 집 우물(井)이 눈에 번갯불 같이 번쩍 띄었다. 돌연히 나는 정순이한테 달려들어 우물을 향하고 발길로 찼다. 정순이는 풍덩하고 깊은 우물 속으로 차여 들어갔다. 뒤에서 "에그머니!" 하는 소리가 들렸다.

나는 뒤를 힐끗 돌아보았다. 그때 영희가 파랗게 질린 낯빛으로 "악마!" 하고 부르짖으며 나를 뚫어지도록 들여다보았다. 나는 흑흑 느끼었다. 정순의 시체를 안고 나는 하루종일 울었다. 지금도 그 일만 생각하면 울음뿐이다. 아! 모든 일이 다 허무虛無다. 우선 내가 내 마음을 알 수 없다. 사실상 나는 미친 것 같다. 마음이 자꾸 어지러워만 진다. 땅과 하늘이 빙빙 도는 것 같다. (끝)

—《영대》(1924년 8월).

악몽

1

어지럽고 편치 않은 마음이 또다시 나를 미치게 하였다. 왜 그런지 마음이 무거워만 졌다. 온 천지가 머지않아 무슨 변동이 생기리라고 짐작했다. 그렇지 않으면 무서운 악역惡疫*이 돌든가 또는 큰 화재가 일어나든지 어쨌든 좋지 못한 일이 일어나리라고 생각했다. 그렇듯이 마음이 자꾸 어지러운 편으로 뒤집힐 때 나는 밖으로 나갔다.

××정町을 지나서 ××골목으로 들어갈 때 내 뒤를 따르는 못된 놈이나 있지 않는가 하고 여러 번 뒤를 돌아보며 인적 드문 길을 골라서 걸었다. 그래도 수상스럽게 보이는 사람들이 이 골목 저 골목에서 나를 지키는 듯 하게 보였다. 좁은 골목으로 들어갈 때는 하늘이 무겁게 내 머리 위를 덮어 누르는 듯하게 생각되었다. 그리고 끼우드룸한 집들은 병들어 앓는 듯하게 뵈었다.

나는 큰길로 나섰다. 자동차가 붕붕 하면서 지나칠 적마다 나는 깜짝 놀랐다. 그것들을 피하느라고 멀리서부터 조심을 하지마는 그래도 막

---

* 악성 전염병.

상 내 곁을 지나칠 때는 소름이 끼쳐졌다. '속 상하는 세상이로군' 하고 나는 한숨을 내 쉬었다.

가을 바람이 쓸쓸하게 내 옷깃을 스치었다. 나는 정처 없이 길을 자꾸 걸었다.

"여보게 O군! 어디를 가나?" 하고 묻는 이가 있었다. 그는 나의 친구되는 한 사람이었다.

"아! 자네던가?"

"H군이 자살했다는 말을 들었나? 참 가엾은 일이야. 누구한테 들으니까 독살 당했다는 말도 있으니 대관절 어찌 된 일인가?" 하고 친구가 물었다.

"누가 남의 일을 아나" 하고 나는 H군에 관한 이야기를 피하려고 하였다.

"아니, 자네가 모른다면 누가 안단 말인가?" 하고 친구가 물을 때 나는 좀 불쾌하게 생각했다.

"자, 이 다음에 또 만나세. 나는 바쁜 일이 좀 있어서" 하고 말 방패매기를 한 후 친구와 헤어졌다.

나는 비상한 불안을 느끼면서 집으로 돌아왔다. 막 방안으로 들어오자 대청에서 "O군!" 하고 찾는 이가 있었다. 나는 깜짝 놀랐다. '무슨 일이 생기는구나' 하고 나는 가슴이 두근거리기 시작하였다.

그는 나하고 함께 대학에서 공부하는 동창생이었다.

"자 이리 들어오게" 하고 나는 그를 방으로 인도하였다. 그는 들어오자마자 인해 말을 이렇게 꺼냈다.

"H군이 죽었데 그려."

"그래서" 하고 나는 바짝 정신을 차렸다. 그는 빙그레 웃으며 "이제는 안심일세" 하고 또 한번 픽 웃는다.

"무엇이 안심이야" 하고 나는 노해서 말했다.

“여보게 그리 어성語聲을 높일 것이야 무엇 있나. S가 이제는 자네 애인이 되니까 말이지”하고 허허허 웃어 버렸다. 나는 하도 기가 막혀서 “S야 벌써부터 내 애인이 아닌가” 하고 정색을 하며 말했다.

“숙명론적으로 말하면 물론 S는 몇 세기 전부터 자네의 애인이겠지만 세상이 알기는 죽은 H군과 자네와 S사이를 복잡한 삼각연애관계로 보는 것을 어찌하나. 그러니까 내 말은 H라는 자네의 연적戀敵이 죽어 버렸으니까 안심이란 말일세” 하고 그는 무엇이 그렇게 우스운지 또 하하하 하고 웃었다.

나는 그때 참지 못할 모욕을 당하는 것같이 생각이 되었다. 그래서 낯을 붉히며 “그것은 세상이 오해지. S와 H는 절대로 연애관계 사이가 아니었으니까” 하고 나는 시침을 뚝 뗐다.

“자, 그런 말은 다 그만두세. 그러면 S하고는 언제 혼인을 하나. 한턱 받아먹어야 되지” 하고 그는 또 한 번 껄껄 웃었다. 나는 성난 마음을 겨우 참으면서……

“S하고야 벌써 혼인한지가 얼마나 오래기에” 하고 잘라 말했다.

“그렇게 맺고 끊은 듯이 말할 필요야 있는가. H군 같은 이가 이 세상에 또 있는 것이 아니고 이제부터는 안심인데.”

그가 이렇게 말할 때 나는 그 이상 더는 참지 못하겠다고 생각했었다. 그래서 나는 주먹을 부르쥐며 부르르 떨다가 다시 생각을 돌이켰다. 당분간은 친구들한테 마음을 사 가지고 H군의 사인死因에 대해서 세상의 의혹을 벗어나야만 되겠다고 생각했다.

나는 부드러운 목소리로 “여보게 그런 농담은 다 그만두세. 그런데 H군이 죽은 데 대해서 세상 일부 인사人士에서 내게 좋지 못한 의혹을 두니 대체 이런 일이 어디 있담” 하고 나는 하소연하는 듯이 말했다.

“어떻게 의혹을 둔단 말인가”

“날더러 H군을 독살하였다고 하지” 하고 나는 그의 시선을 피하면서

말했다. 그리고 좀 있다 다시 말을 이어서

"사실 자네한테만 통사정이지만 H군이 S한테 마음 두었던 것은 사실일세. 그러다가 S가 그냥 자기의 말을 아니 듣고 나하고 사랑이 성립되니까 실연 끝에 자살해 버렸다네. 그럴 줄 알았으면 내가 먼저 S를 단념하고 말았을 것인데. 생각하면 H군이 가엾기가 끝이 없어" 하고 나는 말했다.

"나도 대강 그렇게 짐작했었네. 세상이 자네를 의심하는 것이야 당치않은 일이지. 그런 일이 어디 있담. 나도 자네 성격을 잘 알지만 자네같이 약한 마음을 가진 이가 누구를 독살하다니 기가 막히는 말일세. 내가 알아보아서 사실 세상이 자네를 의심한다면 내가 극구 변명하지" 하고 그가 말할 때 나는 비할 수 없이 고맙다는 생각을 했다. 그리고 온갖 정성을 다해서 그를 대접했다. 나는 그에게 몇 번이나 "참된 벗"이 되어 달라는 말을 거듭 말했다.

2

가을의 쓸쓸한 일기가 나의 마음을 더욱이 산란시켰다. 더구나 S가 죽은 H를 잊지 못한다고 하면 내게 대해서는 큰 불행이라고 생각했다. 그리고 H군의 사인에 대해서 S가 세상 사람들과 같이 나를 의심하게 된다면 어찌할까 하는 불안스러운 생각이 났다.

S의 말을 듣건대 H는 사랑하지 않았다고 하지만 그것은 계집들의 발나맛치는* 말이라고 생각했다. H가 그냥 살아 있었기만 했더면 S가 나를 배반하고 H한테로 갈지도 모르는 일이었다. 더욱이 그때 경우로 말하면 S가 나를 따르든지 H를 따르든지 태도를 분명히 가져야될 형편이

---

* 발라 마치다. 즉 어떤 꺼림칙한 일을 미봉하다 정도의 뜻.

었다. 마침 그때 H가 죽은 것은 나를 위하여 천우신조天佑神助라 할지 모르겠다. 그러나 H가 죽자부터 나의 마음이 형용할 수 없이 어지러운지는 것은 어쩐 까닭인가. 거의 미치게까지 마음이 불안스럽게 되는 것은 어쩐 일인가? H의 죽은 이야기를 들을 때마다 가슴이 두근거리고 무서운 생각이 나는 것은 어쩐 까닭인가? 다 알 수 없는 일이다.

나는 이 세상이 하루바삐 부서져서 누가 누군지 알지 못하게 되기를 바란다. 죄도 없고 죄를 벌하는 일도 없는 그러한 세상이 되기를 바란다. 나는 이렇게 혼자 자문자답을 하면서 S한테 보내는 편지를 썼다.

미쁘신 S씨여! 나는 하루 종일 당신을 기다렸습니다. 요즘은 신경쇠약증이 다시 부발複發되는 듯합니다. 마음이 공연히 뒤숭숭해지고 외로워만 집니다. 더욱이 요즘은 알다시피 H군의 사인에 대해서 세상의 의혹을 받기 때문에 마음이 괴롭습니다. 나를 잘 이해해 주시는 당신만 꼭 믿습니다. 세상이 아무리 나를 의심해도 나는 도무지 겁낼 것이 없습니다. 나의 양심은 언제든지 나를 그르다 하지 못할 것입니다. 나는 H군의 죽음을 누구보다도 애통합니다. 어제 오늘은 간절히 외로움을 느끼었습니다. S씨가 내게 있다는 생각을 하고 위안을 얻었으나 나는 지금 또다시 외롭고 쓸쓸한 생각만 합니다. 이 편지 보내는 대로 곧 와 줄 줄 믿습니다.

3

"어떠한 일이 있든지 나를 믿어 주겠지요" 하고 나는 S한테 물었다.

"선생님이 저를 믿듯이 저 역시 선생님을 믿습니다" 하고 S가 살갑게 말했다.

"H군이 죽었기 때문에 얼마나 적적한지 모르겠어요" 하고 나는 S의 낯빛을 자세히 살펴보았다.

"세상이 선생님한테 의심을 둔다니 그런 못된 놈들의 비판이 어디 있어요. H선생으로 말하면 어차피 자살하여야 될 성격이지요. 그렇게도 인생을 부정하고 나중에는 자기까지 부정하지 않으면 견디지 못하는 어른이니까 자살할 수밖에 없지요. 만나는 사람마다 죽음이 유일한 실재니 승리니 하는 선생이니까" 하고 S가 말했다.

"H군은 본래부터 염세주의자의 철학만 골라서 연구하던 이니까 자살하기가 쉬웠지요" 하고 내가 말하니까

"글쎄 H선생은 애인을 구해도 자기와 함께 죽어줄 사람을 구했다니까요……" 하고 S가 대답했다.

"만일 H군의 죽음이 세상 사람들의 인증하는 바와 같이 자살이 아니고 독살일 것 같으면 어떻게 생각하겠습니까" 하고 나는 가분작이* 물었다.

"그럴 리가 만무하지요. 우선 독살 당할 만한 일을 남한테 한 일이 없지요. 더구나 세상은 그 선생을 성인聖人같이 보았었는데요" 하고 S가 창 밖을 엿보며 말했다.

나는 그러리라고 생각했다. 그리고 S가 H에 대해서 아무런 동정이 없는 체하게 보이려는 그의 심리를 나는 알아챘다.

그러나 H가 살아 있을 때 S의 태도가 너무나 창부적娼婦的이었던 것을 생각하고 좀 불쾌한 생각이 났다. H한테 가서는 H만 사랑하는 체하고 나한테 와서는 나만 사랑하는 체하던 S의 심리를 또 한 번 다시 살펴볼 때 나는 불쾌히 생각했다. 그뿐만 아니라 S가 나한테 몸을 허락하듯이 H한테까지 그러한 관계가 있었다고 할진대 어찌할고 하는 질투심까지 일으켰다. 만일 H한테도 그가 몸을 허락했다고 할 것 같으면 어떻게 했을까? 나한테 하듯이 그와 같이 성욕적性慾的으로 수없이 동

* 갑자기와 유사한 의미의 부사어.

거하다시피 아! 불쾌하다. 아니꼬운 계집이다. 나는 이렇게 생각하면서 그를 쳐다보았다. 그 찰라 나는 뱃속에서 무엇이 안타깝게 치받치는 것을 깨달았다. 그것은 가장 야비한 성욕적의 욕구였다. 아니꼽게 메슥~ 하게 생각이 되는 감정과 함께 얼싸인 색정적色情的의 강렬한 욕구였다.

나는 참다못해 그의 손목을 잡아끌었다. 그리고 물어뜯듯이 그를 키스하였다.

H와는 어떻게 놀았을까 하는 생각을 할 때 나는 거의 복수심에 가까운 마음을 가지고 그를 함부로 껴안으며 놀았다. 그는 나 하는 대로 모든 것을 순응하였다. 그럴수록 나는 시원치 않게 생각했다.

그의 풍염한 몸매, 건강이 모두 다 무진장한 그 무엇과 같이 생각했다.

나 혼자서는 다 소유하지 못하겠다는 생각이 나도록 그는 나한테 넘치는 욕구를 채워 주었다.

4

머리가 뗑 해지고 귀가 울리기 시작했다. 그리고 마음속에서는 무슨 심상치 않은 일이 일어나리라는 생각을 했다. 세상이 모두 다 뒤집혀지고 무서운 재난이 일어난다고 하면 한편으로 그것을 겁내면서도 그러한 일이 좀 일어났으면 하는 기대가 있었다.

못된 마음도 있다 하고 혼자 말을 하면서 나는 밖으로 나갔다. 언제든지 나는 정처 없이 빙빙 돌아다니는 것이 좋았었다. 마음속에서 어디를 가니 하고 물으면 나는 언제든지 '세계 끝'까지 간다고 대답해 준다.

'세계 끝'이라는 생각을 할 때 나는 모든 일이 다 해결되고 시원하게 생각이 된다. 항상 마음이 놓여지지 않고 불안스러운 이 세상을 벗어나려면 '세계 끝'까지 가야만 된다고 생각했었다.

무한한 지평선만 보이는 그러한 넓은 데가 좋다. 그렇지 않으면 허무감이 절실히 느껴지는 북극과 같은 데든 루소*의 원시림 같이 이상한 식물들이 함부로 자라는 저 열대지방 같은 데 혼자 가서 사는 것이 좋다고 생각했다. S와 함께 그런 곳에 갈 수가 있다고 할 것 같으면 얼마나 좋을고. 그렇게만 되면 나는 구원받는 사람이 되리라고 생각했다. 이 고장에 있다가는 반드시 무슨 일이 생겨서 파멸을 당하리라는 강박관념에 싸여 있었다. 그래서 나는 하루바삐 떠날 생각을 했다.

나는 이러한 결심을 하고 S한테 찾아갔다.

"S씨! 먼 데로 갈 생각은 없어요?" 하고 물으니까 그는 방긋이 웃으면서 "선생님이 가시자는 곳이라면 어디든지 따르지요" 하고 나를 꾀이는 듯이 말했다.

"그러면 저 인도 같은 데 가면 어때요?" 하고 물으니까, 그는 깜짝 놀라면서 "그렇게 멀고 뜨거운 곳으로요?" 하고 대답했다.

"자, 그러면 남경南京 같은 데 가볼까요. 이국정조도 맘대로 느껴볼 겸, 또는 서북쪽으로 양자강을 배경으로 한 무릉도원도 구경할 겸 어때요?" 하고 물었다.

"남경이야 좋은 곳이지요. 지나支那의 시인들이 서로 다퉈 가면서 찬미하는 곳이니까" 하고 S는 호기심이 일어난 듯이 말했다. 나는 역사상 여러 가지 예를 들어서 남경을 썩 아름답게 소개했다.

S와 나는 남경으로 여행갈 것을 약속하였다. 그래서 그 며칠 동안은 남경 갈 준비를 하느라고 분주하게 지냈다.

5

모든 일이 다 꿈이다. 지나간 일을 생각할 것 같으면 어지러울 따름

---

* Rousseau, Henri (1844~1910): 프랑스의 화가. 원시적이고 환상적인 풍경화로 유명하다.

이다. 마음이 항상 불안스럽더니 과연 좋지 못한 일이 생겼다. 그러나 내게는 아무 죄도 없다. 어떠한 일을 하든지 나는 죄라고 이름하기가 싫다.

좋지 못한 일이 일어나기는 S와 함께 남경南京으로 떠나려던 전날 밤이었다.

저녁 일곱 시쯤 해서 "이리 오너라" 하고 나를 찾는 이가 있었다. 그는 ××서署에서 근무하는 형사였다. 아, 형사! 이름만 들어도 불쾌하다. 나는 그때 웬 영문인지도 모르게 형사에게 끌려 ××서에 갔다. 그는 나를 비밀실秘密室로 끌고 갔다. 침침한 위층 조그마한 방에 나를 앉히더니 "잠깐 기다리시오" 하고 나갔다. 좀 있더니 무슨 서류를 가지고 들어왔다. 나는 정신을 단단히 차려야만 되겠다. 그래서 태연자약한 태도를 차리고 "어째서 나를 불러왔어요?" 하고 물었다.

"가만 계십쇼" 하고 그는 교만한 태도로 서류를 뒤적뒤적 하더니 "그런데 다른 일이 아니라 H의 죽은 일을 좀 물어 보려고 합니다" 하고 나를 뚫어지도록 들여다보았다.

나는 그의 시선을 피하면서 "그 일이야 내게 물으실 필요가 있나요?" 하고 정색을 하며 대답했다.

"우리의 생각으로는 당신이 잘 아실 줄 믿는데요" 하고 그는 넘겨짚어서 물었다.

"세상이 다 알다시피 자살이겠지요."

"세상이 인증하기는 자살보다도 독살이라고 하는데요."

"누가 그 따위 말을 해요?"

"그렇게도 독살이 아니라고 변명하실 필요야 무엇 있습니까?"

"누가 필요가 있대요? 우리 친구들이 알기는 다 자살이라고 인증하니까 말이지요."

"아마 자살이라고 인증하는 이는 당신 혼자인가 보오" 하고 형사가

뒤꼭대를 쳐서 말할 때 나는 정신을 잘 차리지 못했다. 뇌가 휘둘리는 것같이 생각이 되자 형사가 또다시 "우리의 생각으로는 꼭 독살로 인증하는 걸요" 하고 날카로운 목소리를 꺼냈다.

"그야 증거만 있으면 독살뿐 아니라 게서 더한 이름까지도 붙여도 관關치 않겠지요" 하고 대답할 때 그는 엄숙한 낯빛으로 "물론 증거가 있지요" 하고 말했다.

나는 웬일인지 그때 가슴이 서늘해졌다. 그리고 피할 수 없는 일이나 생기는 것같이 생각이 되었다. 입술이 부들부들 떨리는 것같이 생각이 되었다. 그래서 나는 있는 정신을 다해서 마음을 가다듬었다.

그는 좀 있더니 다시 낯빛을 유화롭게 가지며 "그런데 당신더러 이런 혐의가 있다는 것은 아닙니다마는 세상의 일부 인사 가운데서 당신한테 무슨 혐의를 두는 모양이니 대관절 어찌된 일입니까?" 하고 물었다.

나는 한참 머리를 숙이고 있다가 "그런 말은 처음 듣는 걸요" 하고 대답했다.

"좌우간 독살 문제에서 당신한테 무슨 혐의를 두는 것은 아닙니다. 당신은 H의 친구였으니까 그의 죽은 원인을 잘 알까봐 묻는 말이야요. 만일에 H라는 사람이 독살을 당했다고 할 것 같으면 누구보다도 당신네 친구들이 분개할 것이 아닙니까?" 하고 형사가 말했다.

나는 "물론이지요. 그런 놈이 있을 것 같으면 기어이 잡아 주십시오" 하고 대답할 때 무슨 일인지 그는 빙긋 웃으면서 "자, 자세히 들으세요……" 하고 말을 꺼냈다.

"그런데 이와 같은 이야기는 결코 사실담事實談은 아닙니다. 말하자면 소설에 가까운 이야기겠지요. 지금 내가 하는 이야기를 들으실 것 같으면 아마 알아차리실 일이 많이 있으리다 마는 결코 당신한테 거리끼는 말은 아닙니다. 단지 냉정한 마음과 제삼자의 태도를 가지고 들어주십시오" 하고 형사가 수첩을 내서 뒤적뒤적 하더니 다시 말을 꺼냈다.

"내가 지금 이야기하는 말은 재미있는 삼각연애의 이야기인데, 삼각연애의 관계자들을 A,B,C 라고 불러 둡시다. C라는 여자를 중심으로 하고 A와 B라는 두 남자가 있었습니다. 두 남자가 다 사랑에 대해서는 비상한 민감敏感을 가졌습니다. 그런 데다가 C라는 여자의 성격은 여러 남자에게 사랑을 받겠다는 허영심을 가졌습니다. 다시 말하면 한 남자한테는 도저히 만족을 얻지 못하는 여자겠지요. 그래서 C는 A한테도 사랑하는 체하고 B한테도 사랑하는 체했습니다. 그뿐만 아니라 A와 B에게 각각 비밀한 관계까지 맺어왔습니다. 그래서 두 남자의 마음과 몸을 혼자서 소유했습니다. A를 만나서는 B하고는 아무 관계가 없는 체하고 B를 만나서는 A하고 아무 관계도 없는 체했습니다. 퍽 복잡한 계집이지요? 그래도 A,B는 민감한 사람들이니까 C라는 여자가 자기네 두 사람을 가지고 그러는 줄을 알았습니다. 그래서 A와 B는 비상한 고민을 했습니다. 어찌하면 자기 혼자서 C를 소유해볼까 하는 생각들을 해 보았습니다.

그러나 도저히 별 신기한 방법들이 없었습니다. 본래 계집이 요부적妖婦的의 기질과 복잡한 성미를 가졌으니까 A와 B는 매양 속아넘어가기만 했습니다. 그 까닭으로 A, B 두 남자는 속으로 앓기만 했습니다. 그러다가 마침내 A는 만사에 지쳐서 인생을 부정하고 심지어 자기 자신까지 부정하게 될 극단極端한 염세주의자가 되었습니다. 그래서 죽음뿐이 유일한 실재요 구원처救援處라고 생각했습니다. A는 C한테 몇 번이나 함께 죽지 않겠느냐고 말했으나 C의 태도는 A를 애만 태우고 시원한 대답은 해 주지 않았습니다. 어떤 때는 A가 혼자 죽어 버리겠다는 생각도 했으나 그런 생각은 일 찰나뿐이고 기어이 C를 혼자서 소유해 보겠다는 생각이 맹렬했습니다. 자기 혼자 죽고 싶은 생각도 있으나 무엇보다도 C를 남겨두고…… 더구나 자기 죽은 뒤에 B 혼자서 C를 소유할 것을 생각하고 끝까지 살아야 되겠다는 생각을 했습니다.

말하자면 A는 죽지도 못하고 살지도 못할 그러한 고민에 싸여 있었습니다. 그리고, 또 B로 말하면 본래 질투심이 많은 남자이기 때문에 C가 자기 옆에만 없으면 화가 나서 못 견디는 사람이었습니다. 그래서 나중에는 히스테리증이 나서 성격파산에 이르게까지 되었습니다. 그러나 B는 개인주의의 세례를 철저히 받은 이가 되어서 자기의 행복을 위해서는 무엇이라도 희생한다는 결심을 가졌습니다. 자기를 위해서는 온 세상을 희생시켜도 관關치 않다는 생각을 가졌습니다. 왜 그러냐 하면 자기 일 개인의 행복은 전 인류의 행복의 총량보다도 더 크니까 결국 자기 일 개인을 살리는 것이 유일한 선善이라고 생각하는 사람이었습니다.

요컨대 여기에 한 가지 큰 문제가 있습니다. A라고 하는 사람이 이 세상에 살아 있는 동안에는 C를 자기 혼자서 전全 소유하지 못하겠다는 것을 깨달았습니다. C라는 여자가 다시 거듭나기 전에는 A,B 두 사람 중에 어느 편을 배반하고 한 사람의 소유가 되지 않을 것을 간파하였습니다. 그러니까 B의 생각으로는 그냥 그 모양으로 지내다가는 A와 자기 두 사람이 애만 무척 타고 나중에는 사람 구실을 못하리 만치 변태적 인물이 되어 모든 것을 부정하고 또는 모든 것에 허무를 느끼게 되리라고 생각했습니다. 영리한 그는 벌써 A한테 그러한 병적 징후를 발견하자마자 자기 자신한테도 그러한 병적 징후가 생긴 것을 알아차렸습니다.

문제는 두 가지가 남았습니다. A와 자기 두 사람 가운데 한 사람이 없어지거나 그렇지 않으면 A,B 두 사람 중에 어느 누가 C를 단념하든가 두 가지 길이었습니다. 그러나 A, B 두 사람이 다 C를 단념하기는 절대불가능한 일이었습니다. 왜 그러냐 하면 C라는 계집은 한량없이 매력을 가진 요부妖婦였습니다. 일찍이 역사에도 그런 여성은 드물다 할 만치 요염한 계집이었습니다. 한번 그 계집의 품속에 빠졌던 남자일 것 같으면 제 아무리 이성이 있어도 도저히 어찌하지 못할 그러한 절대의 매력을 가진 계집이었습니다. B는 곰곰이 생각하다가 그만 A를 없애리라는 결심을 했습니다. 둘 다 망하는 이상에는 차라리 A를 죽이고 자기 혼자서 구원을 받는 것이 가장 온당한 일이라고 생각했습니다. 그래서 B는 A를 모살謀殺하려고 여러 가지 음모를 했습니다. 그는 약물학藥物學에 대한 지식이 좀 있었음으로 모히*를 가지고 독살하는 것이 제일 쉬운 일이라고 생각했습니다. 그때 마침 A가 만나는 사람마다 죽음을 찬미하던 때였음으로 그 때를 잘 이용해 가지고 A를 자살自殺시키리라고 결심했습니다. 그래서 B는 우선 염세적 사상을 북돋는 레오파르디**와 솔로구프***의 작품 같은 것을 몇 종 사서 기증까지 한 일도 있었습니다. 그리고 A를 만나기만 하면 모히에 대한 호기심을 일으키는 말을 했습니다. 모히를 먹으면 모든 정서와 관념이 황홀해지는 것이 마치 장미꽃 피는 길에서 피리소리를 들으며 방황하는 것과 같다고 했습니다. 그리고 자살에 대해서도 모히만 쓰면 절대로 고통이 없이 죽을 수가 있다는 말을 하며……

한편으로는 모히를 슬근히 꺼내서 A한테 빈중질 하듯이 보였습니다. 그때 A는 그것을 하나 달라고 했습니다. 처음에는 절대로 아니 줄 듯이 그랬지만 한번 두 번째 청구할 때 B는 못 견디는 체하고 주었습니다. 물론 그 모히는 치사致死 분량에 꼭 맞는 헤로인을 교갑에 넣은 것이었습니다. 그러나 B의 음모는 그만 수포에 돌아갔습니다. 왜 그러냐 하면 A는 C를 남겨두고 혼자 죽을 마음은 절대로 없었습니다. C가 함께 죽어준다면 같이 죽기는 하지만 자기 혼자는 죽을 용기가 없었습니다. 만일 C가 맺고 끊듯이 A를 배반하고 B하고만 좋아지낸다면 그때에 A

---

* 모르핀morphine의 당시 발음 '모루히네' 의 약칭.

** Giacomo Leopardi (1798~1837): 이탈리아의 시인.

*** Fyodor kuz'nich Sologub (1863~1927) : 러시아의 상징주의 데카당파를 대표하는 소설가, 극작가.

는 실연 끝에 자살할지 모르나 C가 A를 만나서는 A혼자만을 사랑하는 체하기 때문에 B와의 관계를 의심하면서도 어여쁜 C에 대해서는 끝없는 애착이 있었습니다. 그러므로 죽음이 자기 사상의 결론이지만 꽃 같은 애인을 버리고 자기 혼자서는 결코 죽으려고 하지 않았습니다. A의 생각은 단지 C와 함께 정사情死하기를 바랐습니다. 함께 죽어준다고만 하면 A는 조금도 주저치 않고 죽었을 것이었습니다. A가 C를 완전히 소유하는 데는 같이 죽는 수밖에 없다고 생각했습니다. 그러나 C는 누구하고든지 정사情死할 여자는 아니었습니다. 그는 끝까지 삶을 찬미하고 어떻게 하면 그 삶을 좀더 낫게 향락해볼까 하는 절실한 욕구를 가진 여자였습니다. 그래서 A는 함께 죽는 것을 바랐으나 여자의 태도가 그러함으로 할 수 없이 죽는 일을 단념하고 말았습니다. 영리한 B는 벌써 A가 혼자 죽지 않으리라고 생각했습니다. 그때는 할 수 없이 자기가 직접 하수인이 되어서 독살을 해야만 되겠다고 결심했습니다. 그래서 좋은 기회만 엿보고 있었습니다.

B는 무슨 생각이 있어서 그랬던지 말라리아균을 가진 모기 몇 마리를 잡아 가지고 A한테 가서 그것을 A의 침실로 몰래 들여보냈습니다. 그 후 며칠이 안 되어서 A는 학질에 걸려서 앓게 되었습니다. A가 앓는다는 말을 C한테 들은 B는 매우 걱정하는 체를 했습니다. 헤로인의 빛깔과 학질 떼는 약의 빛깔이 꼭 같은 것을 아는 B는 "꼭 낫게 하는 약은 있지만은" 하고 C를 쳐다보았습니다. C의 생각은 A나 B나 다 똑같이 중하고 사랑스러우니까 자기의 힘을 가지고 A를 하루 바삐 낫게 해야만 되겠다는 생각을 했습니다.

그래서 C는 "그 약을 구해서 먹이도록 하지요. 매우 심히 앓는 모양이야요" 하고 B의 대답을 기다렸습니다. B는 서랍에서 교갑에 넣어 두었던 헤로인을 한 개 꺼내서 C한테 주며 "이 약은 염산기니네* 올시다.

* 염산키니네. 말라리아 특효약.

독일제이기 때문에 먹으면 곧 나을 걸요" 하고 C한테 주었습니다. C는 그 약을 받아 쥐며 "어느 때 먹게 할까요?" 하고 물으니까 B가 한참 생각하더니 "밤 열두 시에 먹으라고 하십시오" 하고 일러 주었습니다. B가 무슨 까닭으로 밤 열두 시를 말했는고 하니 그것도 또 한 가지 이유가 있지요. 밤 열두 시일 것 같으면 아무도 없이 A 혼자서 죽게 하느라고 그랬습니다. 설혹 C가 A한테 가서 병간호를 해준다 해도 열두 시 전으로는 넉넉히 돌아가고 A 혼자만 있으리라고 생각한 까닭이지요. C는 그 약을 얻어 가지고는 곧 A한테로 갔습니다. 그리고 그 약은 어느 의사한테 얻은 것인데 밤 열두 시에 꼭 먹어야만 된다고 말한 후 베개 밑에 놓아두었습니다. A는 고맙게 받았습니다. 밤 열 시쯤 해서 C는 돌아갔습니다. A는 열두 시만 되면 먹으리라 생각하고 있는 동안에 잠이 들었습니다. 열이 심하기 때문에 깊이는 잠이 들지 못했으나 새로 세 시경까지 자다가 열이 좀 가라짐을 따라 깨었습니다. 깨어서 보니까 약을 제 시간에 먹지 않았습니다. 그래서 A는 그 약이 늦어서 효험이 없으리라고 생각하면서도 냉수와 함께 삼켰습니다. 그 약은 물론 치사분량에 꼭 맞추어 교갑에 넣었기 때문에 아무런 고통이 없이 고요히 잠들어 영영 죽고 말았습니다.

그 이튿날 오전 열 시 경에야 A가 죽은 줄을 비로소 알게 되었습니다. 그의 죽음을 먼저 발견한 사람은 C였습니다. A의 베개 밑에는 유서 한 장과 그 전날 밤 C가 갖다 주었던 키니네라는 약이 그냥 있었습니다.

그런데 한 가지 이상한 일은 A가 확실히 독살을 당했지만은 유서 한 장과 또 그 날 새벽 세 시 경에 먹은 약이 또 나왔으니 이상한 일이 아니요? 그 이상한 내막은 이러하지요. 주도세밀한 B는 새벽 다섯 시쯤 해서 유서 한 장을 A의 글씨 비슷하게 써 가지고 A의 있는 곳을 몰래 담장을 넘어 들어갔습니다. 그리고 준비해 두었던 유서와 정말 키니네를 갖다 놓고 돌아갔습니다. 그러니까 A가 꼭 자살한 것 같이만 보이지요. 더구나 그 유서 쓴 것을 보면 꼭 속게만 되었지요. 자, 유서를 읽어 드립니다. '모든 것이 다 허무다. 우선 산다는 것부터 허무다. 죽음뿐이 유일한 실재다. 생을 능히 파괴하여 얻는 죽음이야말로 위대하다. 9월 3일 야夜 12시 독약을 먹고' 자, 들으셨지요. 누가 보든지 A가 썼으리라고 믿지 않겠어요? 그리고 염산키니네가 한 개 나왔으니까 누구든지 C가 준 독약을 먹고 죽었으리라고는 생각지 않을 것입니다. 참 기묘한 독살이지요. 그러나 B는 인해 발각이 되었습니다. 왜 그러냐 하면 경찰관이 진단한 것으로 말하면 C가 A의 죽음을 발견한 그날 오전 열시부터 5,6시간 전 즉 새벽 네 시경에 죽은 것이 분명한데 유서에는 열두시라고 씌어 있으니까. 그것이 이상스럽지 않아요?

그리고 또 한 가지 이상한 일은 유서 글씨는 비슷하다고 하지만 글씨 쓴 잉크 빛이 A의 방에 있는 잉크 빛하고는 전혀 다른 점입니다. 그 잉크 빛은 의외에 B가 쓰던 잉크 빛과 같겠지요. 그리고 또 이상한 흔적은 그 죽은 날에 경관들이 가서 조사한 바에 의하면 누가 담장을 넘어 들어온 것이 분명한 것은 담장 위에 구두 신발 자취가 박혔겠지요. 발자취가 또 B의 발자취와 흡사하겠지요. 하하하. 참 독살도 기묘하게 했지만 발각되기도 참 용하게 되었지요. 자, 내 말을 잘 들으셨습니까? 소설 이상으로 재미가 있지요?" 하고 형사가 말을 마치자 나는 벌떡 일어났다. 그 찰나 형사는 내 앞을 막으며 "못 갑니다" 하고 눈을 흘겼다. 나는 온 전신에 이상한 경련이 일어났다. 그리고 주먹을 부르쥐며 "그래 B가 나란 말이요? 논리적으로 그렇게 만들면 누구든지 죄인 아니 될 사람이 없을 테야요" 하고 부르짖었다.

"이놈아! 잠자코 있어라" 하는 호령 소리가 크게 나왔다. 그리고 좀 있다가 경관 두 명이 와서 나를 끌고 유치장에 가서 쇠문을 덜컹 하고 열더니 나를 발길로 차서 들여보냈다.

6

그 후 한 달이 넘도록 나는 무척 고생을 하다가 증거 불충분으로 출옥이 되었다. 지난 일을 가만히 생각하면 모두 다 어지러운 꿈이다. 어쨌든 방금 S가 내 곁에 있으니까 그만큼 나는 행복이다. 사실 말하면 나는 S를 위하여 모든 어지러운 꿈을 보았다.

오, S여! 그대를 위해서 못할 일이 무엇인가? 그리고 우리의 행복을 위하는 일이라면 죄 될 것이 무엇인가. 인생은 모두 다 어지러운 꿈이다. 누구를 선하다 할 것도 없고 누구를 악하다 할 것도 없는 세상이다. 그러나 그대를 생각하는 내 마음과 나를 생각하는 그대 마음뿐은 이 어지러운 세상에도 가장 아름답고 고상한 것이다.

—《영대》(1924년 10월).

처염

1

세상이 다 알다시피 나는 수완과 기지를 풍부히 가진 사람이다. 그러나 나의 이 모든 재능과 활발한 성품이 일개 여성의 꼬임 때문에, 다시 말하면 미신적迷信的으로밖에 해석이 아니 되는 이상한 매력을 가진 A라는 마녀 때문에 내가 무능해지고 나약해졌다고 할 것 같으면 제군諸君은 그런 일이 어떻게 있겠느냐고 웃음에 붙이겠지만 사실 나는 A라고 하는 계집 때문에 아주 못난이가 된 줄 믿어라.

이로부터 적어놓는 글을 볼 것 같으면 A가 얼마나 이상한 매력을 가졌는지 또는 그와 나 사이에 어떠한 관계가 있는지 알 것이다. 그러나 이것은 비밀이다. A를 처음으로 알기는 지금으로부터 반 년 전이었다. ㅇㅇ구락부에서 만찬회를 열었을 때 말하기 좋아하는 나는 이말저말을 해 나가다 사랑이라는 문제에 대하여 몇몇 친구와 변론을 하게 되었다. 그때 말한 것을 자세히 기억하지는 못하나 이렇게 말한 듯싶다. 사랑에 대해서 신성神聖하니 불신성不神聖하니 할 것은 결코 없다는 것과 그러한 술어를 쓰는 것부터 사랑의 무한한 세계를 구속하는 것이 된다는 말로 장황스럽게 말했다.

한참 말하던 중에 어느 누가 나를 뚫어지도록 바라보는 듯하게 생각이 되었다. 그 시선이 날카로워서 거의 내 깊은 마음속까지 꿰뚫어 보는 듯하게 생각이 되었다. 그래서 나는 얼핏 그에게로 시선을 옮겼다. 그는 물론 지금 말하려는 A였다. 그의 시선과 나의 시선이 서로 마주칠 찰나에 나는 이상하게도 어떤 무서운 느낌을 받았다. 왜 그런지 그 날카로운 눈빛이 나의 전全 정신을 앗아서 나는 그에게 아주 정복된 것 같은 그러한 무서운 생각이 났었다. 그래서 나는 말을 끊은 후 한참 동안 머리를 숙이고 있었다. 그때 내 마음은 마치 암시를 받은 그 무엇과 같이 멍청하면서도 정서情緖가 거듭나는 듯하게 생각이 되었다. 나는 좀 있다가 또 한 번 다시 A를 바라보았다. 그때까지도 A는 꼼짝도 아니하고 나를 바라보고 있었다. 나는 그때 머리가 휘둘려서 중심을 잡을 수 없게 되었다. 나는 벌떡 일어나서 방안을 한번 빙 돌았다.

"자네 말하다가 끝도 맺지를 않고 어찌된 셈인가?" 하고 묻는 이가 있었다. 나는 다시 내 자리로 와 앉았다. 그리고 세 번째 A를 바라보았다. 그래도 A는 그냥 나를 뚫어지도록 바라보고 있었다. 그때 나는 불쾌한 생각이 나서 고약한 계집이라는 생각을 했다. 남의 남자 얼굴을 그렇게 뚫어지도록 들여다보는 뻔뻔한 계집이 어디 있담 하고 혼자 화를 냈다.

2

그 후로 나는 A의 일동 일정을 살피게 되었다. 그와 함께 자리를 같이 할 때마다 그가 나를 보는지 안 보는지 또는 그가 내 말을 주의해서 듣는지 아니 듣는지 그러한 일에까지 민감해졌다. 그와 같이 A를 살피기에 나는 좌석에서 안절부절을 하게 되었다. 이전과 같이 사내다운 기색을 잃어버리게 되었다.

그뿐 아니라 A를 만나기만 하면 나오던 말도 막히게 되고 천연스럽게 가져야될 태도도 서툴게만 되는 것 같이 되었다. 이 모든 일이 어찌된 일인가 하고 나는 혼자서 곰곰이 생각할 때가 있었다. '필경 A는 사내한테 좋지 못한 암시를 주는 계집이다. 그에게는 반드시 미신에 가까운 매력이 있어 가지고 사내의 마음을 앗는 계집인지도 모르겠다……' 하고 나는 A에게 대해서 여러 가지로 해석을 해 보려고 하였다. 그렇게 성가시게 A를 생각할 때마다 심상치 않은 적의敵意와 밉다는 생각을 일으켰다. 어떤 이상야릇한 계집이기에 내 마음을 이렇게까지 고약스럽게 만들어주는고 하고 성이 왈칵 나는 때도 있었다. 그뿐 아니다. A가 나를 만홀히 보는 듯한 그러한 태도를 발견할 때는 불쾌하기가 끝이 없었다.

어떤 날 밤에 그를 찾아갔을 때는 이러한 일이 있었다. 그는 간사스럽게 웃으면서 "이서방님은 작고 똥똥해만 간다니깐…… 그런데요 서방님과 똑같이 귀엽게 생긴 과자菓子가 우리 집에 있다오. 내가 아까 거리에 나갔더니 그런 과자가 있겠지요. 그래서 그것을 사 가지고 왔지요. 자, 이것 아니야요. 동구스름한 것이 똥똥한 것이 모두 다 서방님같이 생기지 않았어요? 네, 그렇지 않아요? 그렇다고 좀 해요" 하고 A가 방정을 떨 때 나는 낯을 붉히고 웃지를 않았다.

그때 A는 내 얼굴을 들여다보면서 "어렵쇼, 서방님 얼굴에 사쿠라가 피는데요" 하고 말이 나올 때는 더욱이 불쾌했었다. 대체 이 계집이 나를 놀리려고 하는가. 또는 음탕한 생각에 나한테 농을 걸어서 좀 데리고 놀려고 하는가? 나이가 삼십이나 된 나를 서방님이라고 부르는 것은 또한 무슨 까닭인가? 다른 사람한테는 나리니 또는 선생님이니 하고 오직 나한테만 그러한 말을 쓰니 대체 어찌된 계집인가 하고 나는 속을 쓰게 되었다. 그가 나를 놀릴 때마다 나도 그와 함께 놀려주면 서로 기분이 맞고 또는 재미도 있을지 모르나 독자여, 왜 그런지 나는 무저항적으로 A한테 놀림을 받을수록 마음이 샌님 같이 불활발不活潑하게 되고 따라서 A가 하는 대로 그 모든 놀림을 받지 않을 수 없게 되었다. 세상이 다 아는 바와 같이 나는 결코 지금과 같이 무능하고 나약한 남자가 아니었었다.

그런데 A와 친하자부터 바보노릇을 하게 되었으니 무슨 까닭인고 하고 곰곰이 생각도 해 보았다. 그러나 A의 그 모든 행동이며 또는 그의 생김 생긴 것이 모두 다 전설에서 흔히 보던 요부妖婦와 같이 무섭기도 하고 아름답기도 한 그러한 매력을 가진 이 같아서 A를 생각할 때는 항상 마음이 아득하고 상긋했다. 나의 마음을 있는 대로 다 앗는 A는 과연 어떠한 여자인고?

3

A에게 어떤 불쾌를 품고 있으면서도 나는 하루라도 A를 보지 않고는 견디지 못하게 되었다. 자주 놀러갈수록 A한테 불쾌한 감을 더 가지게 되었다. 그래서 A의 집 대청에 가서는 들어갈까 말까 하고 한참씩 주저하다가는 '에라, 이번에 A를 만나서는 좀 활발한 태도를 가지고 이전과 같이 사내다운 기색을 좀 보이자. 그리고 A로 하여금 나를 공경하게 만들자……' 하고 혼자말로 결심한 후 들어간다. 이것도 어떤 날 밤의 일이다.

그를 찾아가서 놀 때에 나는 점잖은 태도로 이야기를 좀 꺼내려고 하였으나 A는 내 말이 나올 때마다 말을 가로막으며 무슨 소린지 자기 혼자서 참새같이 자꾸 떠들었다. 나에게는 말할 틈도 없이 만들었다. 나는 곁눈질로 A를 힐끗 바라보았다. 그러다가 시선이 서로 마주칠 때는 내가 먼저 머리를 숙이고 그의 시선을 피한다. 왜 그런지 그와 함께 서로 똑바로 바라볼 때는 내 눈이 아롱아롱 해지고 마음이 안절부절해진다. 그는 한참 지껄이다가 벽에 걸린 시계를 힐끗 쳐다보더니 일본말로 "이젠 돌아가셔서 주무시는 것이 좋을 걸요. 늦었으니까" 하고 말했다. 나는 그 말을 거기서 더할 수 없는 모욕이라고 생각했다. '손에게 대해서 먼저 가라는 말이 어디 있담' 하고 나는 다시 A의 집을 찾아오지 않으리라고 결심했다. 왜 내가 자격 없이 A를 자주 찾아다니다가 이런 욕辱을 보는고 하고 자기 책망을 했다.

그러나 그 이튿날이 되자 나는 암시 받은 사람같이 A한테 또 가고야 말았다. 그때는 여자 손님 세 사람과 남자 손 한 사람이 있었다. 서로 패를 갈라서 트럼프를 하게 되었다. 지는 이는 반드시 이야기를 한다는 내기를 걸었다.

처음에는 주인이 되는 A가 지기 때문에 A가 귀신 이야기를 꺼냈다. 그는 처음부터 끝까지 나만 바라보면서 말했다. 그때 나는 무안한 생각이 났다. 왜 그러냐 하면 A가 그렇게 뚫어지도록 나를 바라볼 때에 다른 손들이 이상하게나 아니 생각할까 하였다. 그리고 또 불쾌하게 생각이 되는 것은 그렇게도 내가 남한테 만홀이 보이는가 내 얼굴을 아무 삼감이 없이 제 마음대로 들여다보는 A의 태도야말로 너무 아니꼬운 일이 아닌가? 하고 나는 불쾌해서 일부러 그의 시선을 될 수 있는 대로 피하려고 하였으나 무슨 까닭인지 그렇게 노력할수록 낯만 붉어질 따름이고 A에게 대해서는 더욱 나의 시선이 갔다왔다 하였었다. A의 존재를 일각一刻이라도 잊을 수가 있기만 하면 나는 좀 마음이 태연해질 것 같다.

그 다음은 트럼프 장난에 내가 지게 되었다. "자, 서방님 차례입니다. 여러분 조용히 들으세요" 하고 A가 나한테로 바싹 다가앉으면서 말했다. 나는 가까스로 마음을 지어서 이야기를 꺼냈다. 그러나 이야기를 하다가도 A가 뚫어지도록 나를 바라보고 있는 것을 생각하면 이야기 하던 것이 그만 잊어지고 말이 안 나온다. 그래서 내가 머뭇머뭇 하고 있을 때에 A는 상냥스러이 웃으면서 "자, 서방님 하실 말씀은 제가 끝맺기를 해 드리지요. 그 이야기는 저도 일찍이 들었답니다" 하고 그가 내 말을 가로막아서 말했다.

나는 '또 한 번 망신했군' 하고 혼자 부끄러움을 느끼었다. A 때문에 나날이 무능해 가는 내 자신을 가만히 살펴볼 때 나도 내 마음을 헤아릴 수 없었다. 그것도 이십 전후에 느끼는 첫사랑이라고 할 것 같으면 그럴지 모르나 현재 의식으로는 A한테 사랑을 느끼고 있는 것 같지도 않았다. '내가 A를 사랑하느냐?' 하고 내 마음을 향하여 물어보아도 모른다고만 할 따름이었다. 아무리 생각해도 A 때문에 내 마음이 이상야릇하게도 무능해지는 것이 알 수 없었다.

4

그러나 한 가지 이상한 일이 생겼다. 그는 평상시에 상상해 보지도 않던 일이 꿈 가운데서 나타나게 되었다. 다름 아니라 꿈 가운데서는 A가 나의 애인이 되는 일이다. 그렇게도 불쾌만 주던 A가 꿈 가운데서는 내게 한량없이 정답고 온순해지는 까닭이다. 꿈에는 언제든지 그와 함께 막막한 지평선을 빛 날리는 무연한 보리밭 가운데나 또는 꽃이 가득히 떨어진 기나긴 강가를 산보하게 된다.

그는 정다운 목소리를 가지고 내게 소근거린다. 나는 떨리는 마음으로 그의 손목을 잡고 끝이 없이 돌아다니다가 둘이 서로 얼굴을 마주대이고 강을 들여다본다. 그럴 때 강에 비치는 A의 얼굴이 말할 수 없이 처염凄艶*하게 보인다. 그때 나는 목이 메어서 나오는 소리로 "아! A

---

* 슬프게 곱다.

여 처량스러이 어여쁜 A여 그대는 무슨 까닭으로 떨어진 꽃을 하나씩 둘씩 줍는가? 어찌하여 그렇게도 서러운 눈치를 하고 강을 들여다보는가?" 하고 물으면, 그는 애수에 가득한 목소리로 "이름 모를 강에 와서 이름 모를 꽃을 줍는 것이 어찌 슬픈 일이 아니겠어요" 하고 은근히 나를 쳐다볼 때 그의 새까만 눈은 이슬에 젖은 앉은뱅이 꽃같이 보인다.

그와 같이 아리따운 꿈이 때때로 있었다. 그런 꿈을 보고 난 이튿날에는 으레 A를 찾아간다. 그날도 꿈꾸고 난 이튿날 밤의 일이었다. 나는 꿈에서 보던 A와 그 당석當席에 있는 A를 비교해 가면서 살펴보았다. 때때로 꿈에서 보이던 그런 듯한 살가운 표정이 파란 입 모습과 까만 눈띠에 나타났다.

'A가 만일 키스를 허락한다면' 하고 나는 혼자 생각해 보았다.

"무엇을 그렇게 생각해요?" 하고 A가 물었다. 나는 그때 웬 셈인지 이러한 생각이 났었다. A가 나를 만홀히 보거나 또는 나를 함부로 놀린대도 상관없다. 단지 A의 가슴속에 나를 사랑할 가능성이 만분지일萬分之一이라도 있기만 해주면 나는 행복하겠다고 생각했다.

그러나 나는 내 자존심을 위하여 A한테 그런 눈치를 보이지 않겠다고 생각했다.

좀 있다 사내 손이 한 사람 찾아왔다. A는 교제계交際界에 발이 넓고 또는 여러 사내에게 귀염을 받는 여자인고로 찾아오는 손도 자연히 많았다. A를 찾는 손 가운데는 모든 계급의 사람이 다 섞여 있었다. 문사文士도 있고 신문기자도 있고 또는 부호富豪도 있고 교육가도 있었다. 그날 밤에 찾아온 손으로 말하면 자칭 문사라고 자랑하는 자였다. 나는 그가 들어오기에 처음부터 좋지 않은 마음을 가졌다.

"어서 들어오세요" 하고 A가 반갑게 맞는 것이 더욱 불쾌했었다. 그뿐 아니라 그 문사라는 자가 들어오자 A는 나의 존재를 전혀 잊었는지 나한테는 참견도 아니하고 그자와만 무슨 소리를 한참 서로 떠들어내는 통에 나는 견디다 못해 일어섰다.

"오래 노시다 가십시오" 하고 나는 그자에게 인사를 한 후 주인 아씨에게는 "시간이 있어서 좀 가 보아야 되겠습니다" 하고 밖으로 나왔다. 그때 나는 처음으로 질투심을 일으켰다.

'A는 그자와 밤이 깊도록 재미있게 놀겠지. 불행히 비라도 쏟아지면 그자는 돌아가지 못하고 A의 집에서 하루 밤을 묵을지도 모르지 않는가? 그러나 A는 그와 같이 품행이 부정한 여자는 아니다. 설혹 남자교제는 많다 하더라도 그럴 수야 있나 하고 나는 좀 안심이 되는 듯하나 그때 하늘을 쳐다보니까 마침 시커먼 구름이 끼어서 별들이 아니 보이는 밤이었다.

그리고 때는 아홉 시가 되었다. 그렁저렁 서로 이야기를 하노라면 열 시나 열한 시 되기는 쉽고 게다가 비나 그치지 않고 쏟아지게 되면 "비 그치거든 가세요" 하는 주인 아씨 말에 달콤해서 머뭇머뭇 할 것 같으면 열두 시 되기는 쉬운 일이다. 자, 그렇게만 되면 야단이다. 더구나 열두 시를 넘기면 사람마다 마음이 흐려지고 정서가 모호해지기 때문에 실수하기가 쉽게 된다.

나는 이런 생각을 해 가면서 문밖에 서 있다가 가분작이 무슨 생각이 들어갔던지 가만히 틈난 대문을 비비고 들어섰다. 그리고 발끝을 삼가서 그 집 뒤채 좁은 골목을 찾아 들어갔다. A가 있는 방은 따로 떨어진 뒤채였었다. 그래서 나는 A의 방 뒤 들창 밑에서 가만히 서서는 귀를 A의 방한테로 기울였다. 좀 있으니 과연 빗방울이 떨어졌었다. 그래도 그 문사라는 자는 갈 생각을 아니 하는 모양이다. 빗방울 떨어지는 소리를 듣지 못하는가? 또는 그 소리를 듣고도 일부러 모르는 체하는가?

나는 걱정이 생겼다. 더구나 빗방울이 떨어짐을 따라 그 문사라는 자와 서로 이야기하는 소리가 아니 들렸다. 암만 귀를 기울여도 아니 들리었다. 아니 들리는 것이 아니라 서로 아무 말이 없이 황홀해서 그저 얼굴만 마주 쳐다보고 있는지도 모르는 일이었다. 서로 얼굴만 쳐다보고 있을 것 같으면 그래도 안심이지만 만일에 서로 손목이라도 잡고 있든지 한 걸음 더 나가서 무릎과 무릎이 서로 맞붙어 있다고 할 것 같으면, 아니다. 그 무릎 새에서 상서롭지 못한 정서가 일어나서 둘의 마음을 지배하게 되지나 않을까? 그리고 A의 마음이 그 문사라는 자에게 거의 무저항으로 되어 있지나 않는가? 하는 질투심이 맹렬히 일어났었다. 그래서 나는 귀를 들창에 바싹 대고 있었다. 이상한 소리라도 들릴 만치 귀를 들창 틈에다 대고 있었다. 좀 있으니 비가 막 쏟아지게 되었다. 이제는 어찌할 수 없이 되었다는 불행한 생각을 일으켰다.

그러나 좀 있다가 미닫이문이 열리는 소리가 들리었다. 그리고 "안녕히 주무십시오" 하는 소리가 어렴풋하게 들리었다. 이제는 안심이라는 생각을 하고 나는 집으로 돌아갈 준비를 하고 있던 차에 대문 닫히는 소리가 덜컹 하고 들리었다. 나는 깜짝 놀랐다. 나는 들어갈 수도 없고 나갈 수도 없게 갇히었다. 이 일을 어찌하면 좋을까 염치불고하고 막 A의 방으로 들어가서 치마 끝에 매달리는 것이 좋을까? 아니다. 나의 자존심을 위해서 그럴 수는 없다고 생각했다. 걱정에 싸여서 뒷곁에 서 있을 때 들창 여는 소리에 깜짝 놀랐다. "거기 선 이가 누구요?" 하는 소리가 A한테서 나왔다. 나는 그 소리를 듣자마자 후다닥 담장을 넘어 뛰었다. 그리고 숨이 차도록 달음박질로 뛰어서 집에 돌아갔다. 돌아가서 가만히 살펴보니까 모자를 떨어뜨리고 온 일이다. 나는 큰일났다고 생각했다. 그러나 또다시 비를 맞으며 담장을 뛰어들어가서 모자를 집어올 수는 없었다.

5

그 이튿날 아침이 되자 나는 모자 일로 걱정을 하고 있던 차에 A가 찾아왔었다.

"잠꾸러기 서방님 안녕히 주무셨습니까?" 하고 그는 상냥스럽게 인사했다. "그런데요, 서방님한테 좋은 선물을 하나 사 가지고 왔답니다" 하고 그는 종이에 싼 뭉치를 내게 내 놓았다. 나는 호기심에 끌려 인해 그것을 끌어 보았다. 그것은 뜻밖에 내가 떨어뜨리고 온 모자였다. 나는 얼굴이 확 다는 것 같이 생각이 되었다. '아, A가 나를 무엇으로 알까……' 하고 부끄러운 생각이 너무나 나서 당장 숨어 버리고 싶은 생각이 났다. 그래서 방안으로 쑥 들어가서 주저앉았다.

"아이고 웬일이야. 남의 선물을 고맙다고는 아니하고" 하는 말에 나는 더욱이 어쩔 줄을 몰랐다. '이런 큰 망신이 어디 있담……' 하고 나는 가슴이 답답해서 한숨을 쉬었다.

"서방님 우리 집으로 함께 놀러 아니 가시려우?" 하고 A가 친절하게 물었다.

그렇게 될수록 나는 A라는 여자에게 대해서 이상한 생각을 품게 되었다. 그 전날 밤 자기 집 담장을 뛰어넘던 이가 난 줄을 알고 또는 그 떨어진 모자까지 집어 가지고 와서 천연스럽게 나를 대하는 A의 마음이 알 수 없었다. 상식을 가지고는 도저히 판단을 내릴 수 없는 그러한 이상한 일이 A한테 많이 있는 줄을 깨달았다.

"속히 가세요…… 우리 집에 갈 것 같으면 재미있는 일이 많을 테니까요……" 하고 A가 재촉하는 통에 나는 목 매서 끌려가는 것 같이 A의 뒤에서 어슬렁어슬렁 하고 따라갔다. 이상한 힘이 나를 억지로 끌고 가는 듯하게 생각이 되었다.

"빨리 들어오세요" 하고 A가 까불거리면서 나를 자기 방으로 인도하였다. 그는 내 옆으로 바싹 다가앉으며 이따금 방글방글 웃었다.

'요 계집이 어찌 자꾸 이러는가? 좀처럼 마음을 아니 줄 계집이 만나면 상냥스럽게 구니. 대관절 나한테 마음이 있는가 없는가' 하고 혼자 생각해 보았다. 그리고 그 전날 밤 일을 A가 어찌 생각할까? 물론 A는 영리한 여자니까 내가 들창 밑에서 엿듣는 줄을 알 것이다. 내게 그가 마음이 없을 것 같으면 남몰래 엿듣는다고 노할 것이 아닌가? 그런데 그냥 천연스럽게 도리어 전보다도 친절하게 대하는 것을 보면 내게 심상치 않은 마음을 두고 지내는 것이 분명하다고 생각했다. 더구나 그 전날 밤의 일로 말하면 내가 A를 사랑한다는 것이 노골적으로 나타났었다. 그런 줄을 번연히 아는 A가 나에게 그냥 친절히 하는 것을 보면 내 사랑에 순응하겠다는 표시가 아닌가 하고 기뻐하였다.

그러나 그 전날 밤에 담장 뛰어넘던 점잖지 못한 행동이 A한테 발각된 것을 생각하면 망신스러워서 부끄럽기가 짝이 없었다. '어차피 A한테는 발목잡힌 사내가 되었으니까 되어 가는 대로 지내가자. A가 나의 소유만 되면 만사 해결이 아니냐……' 나는 이런 생각을 하며 앉아 있었다. A가 나를 전과 같이 뚫어지도록 들여다보기 때문에 나는 아무 생각도 아니하고 있는 듯이 무심한 태도를 가지려고 하였다. 왜 그러냐 하면 A의 시선은 언제든지 날카로워서 내 마음속까지 깊이 들여다보는 까닭이다.

나는 갑갑해 하는 듯한 낯빛을 가지고 방안을 휘 둘러보았다. 그때 자주 빛 금침이 얼핏 눈에 띄었다. 미닫이에 비치는 광선이 금침에 반사되어 방안을 극히 안온하고, 곱다란 빛줄기가 아롱하롱하게 벽에 비치었다. 그 방안의 기분으로 말하면 졸음을 재촉하리 만치 안온했었다. 나는 일본말로 '고이무끼 노 헤야'* 라고 생각했다. 알지 못하는 동안에 나는 A의 손목을 잡았다. A는 가만히 있었다. 이미 마음을 낸 이상에는 한 걸음 더 나가겠다는 결심을 하고 손목을 끌어당겼다.

"무얼 그래요? 망측해라" 하는 A의 말도 못 들은 체하고 그냥 "서방

---

* こいむきのへや. 연애 분위기가 물씬 풍기는 방.

님 무얼 그래요" 하고 두 번째 A가 말할 때 나는 머리를 숙였다.

그리고 떨리는 목소리로 "나의 허물을 용서해 주십시오. 꼭 한번만 용서해주십시오." 하고 또 한 번 다시 힘을 주어 끌어당겼다. A는 나의 품 안에 안기고야 말았다.

그러나 좀 있다 그는 나를 뿌리치며 "글세 왜 그러세요" 하고 목소리가 좀 날카롭게 나올 때 나는 시세장이 틀렸다고 생각했다. "그러시려거든 돌아가세요" 하는 말에 나는 정신을 차렸다.

서툴게 다루다가는 망신이나 거듭하게 되리라고 얼핏 알아차렸다. 그래서 나는 "실례했습니다" 하고 인사를 한 후 부리나케 그 집에서 나왔다.

집에 돌아와서 가만히 생각해 보니까 싱겁기가 짝이 없다. 내가 A한테 바보 노릇을 한 것은 그에게 대한 이상애착 때문이지만 만일 A가 나종것* 내 것이 아니 된다면 그야말로 나 혼자만 손損이라고 생각했다. 그 때 내 마음속에서는 불쾌하고 분하다는 생각을 일으켰다. 그리고 기어이 A를 정복하겠다는 결심을 했다.

'세상 없어도 A는 내 사람이다. 정 안 들으면 막다른 수단까지 써 보지.' 나는 이렇게 혼자 중얼거렸다.

6

나는 어떤 날 밤에 일기를 쓰다가 곤해서 책상에 기대인 대로 잠이 들었다. 그때 마침 A가 꿈 가운데서 나를 찾아왔었다. 그는 파란 옷을 입고 새까만 머리를 풀어헤쳤다. 그리고 나를 향하여 양손을 펴며 맞으라는 듯이 나한테로 가까이 걸어왔었다. 나는 어린애가 어미한테 하는

* 종래從來, 끝까지.

양으로 울면서 그의 품안으로 기어 들어갔다.

"오, A여! 당신은 어느 곳에 왔습니까?" 하고 물었다. 그는 서러운 듯한 반가운 듯한 낯빛으로 "당신을 찾으려고 이름을 모를 곳에 와서 서러워할 따름이외다" 하고 A는 대답했다.

나는 센티멘탈에 빠져 흑흑 느끼었다. 나는 그의 가느다란 허리를 바싹 껴안았다. 새까만 그의 눈에서는 맑은 눈물이 내 이마에 떨어졌었다. 좀 있다 수심愁心스럽게 상기한 듯한 달이 구름 속에서 나오자 파란 빛을 우리한테 던지었다. 그러다가 다시 구름 속으로 숨어버렸다. 그리고 시들어 병든 듯한 별들이 오종종 하니 서편 하늘을 덮었다. 나는 무서워서 A를 꼭 안았다.

"오, A여! 세상은 왜 이렇게도 섧기만 한가" 하고 물으니까 "우리가 서로 이름 모를 땅에 오기 때문이지요" 하고 A가 대답했다.

"어찌해서 우리는 이름 모를 땅에 왔는고?"

"죽어서는 누구나 다 이런 곳에 온답니다."

나는 A의 이상한 말에 깜짝 놀랐다. 그리고 발을 동동 구르면서 "오, 오, 무량한 죽음의 나라여" 하고 목소리를 높이 냈다. 그 찰나 나는 꿈에서 깨쳤다. 깨어서 보니까 꿈이다.

나는 일기책을 뒤적뒤적해 보았다. 거기는 A를 생각하는 문구가 많이 써 있었다. 어떤 페이지에는 이러한 글귀가 있다.

A는 어찌하여 내 마음을 이렇게까지 호리는가? 그를 생각할 때 나는 애만 써진다. 그리고 마음이 음침해만 간다. 무슨 까닭인가? 그의 곁에 있으면 어떤 이상한 마력이 있어 가지고 나를 움직이지 못하게 하는 것 같다. 나는 갈수록 마음이 나약만 해 지는 것 같다.

또 어떤 페이지에는 이러한 글귀가 씌어 있다.

A한테는 알딸딸한 매운 냄새가 나는 것 같다. 그 냄새가 이상하게도 졸음을 재촉하는 수마睡魔와 같이 내 호흡으로 들어올 때는 아득해진다. 그리고 새까만 눈과 도라지꽃 같이 파란 입술을 들여다 볼 때는 왜 그런지 졸음이 끼친다. 그리고 그 입에다가 키스를 하게 될 것 같으면 매운 독毒이 묻을 것 같다. 아, 이상도 한 여자다. 나는 언제든지 그 여자한테 죽을 것 같다.

그 다음 페이지에는 또 이러한 글귀가 있다.

나의 생각으로는 도저히 알아낼 수 없는 여자다. 그러나 속 시원히 그 여자의 정체를 알려면 그 A의 속 몸을 마음대로 안아보았으면 모든 일이 알아질 것 같다. 그러나 좀처럼 해서는 마음과 몸을 허락하지 않을 여자다. 사내의 정열에다가 불만 질러놓는 여자다. 그리고 그 불붙는 광경을 구경하기나 좋아하는 여자다.

나의 일기책에는 A에 대한 해석이 여러 가지로 씌어 있었다. 나는 일기책을 덮어서 책상 서랍에 넣었다. 무슨 까닭인지 그 일기책을 읽을 때는 마음이 미치는 것 같아서 무서운 생각이 난다.

나는 그 이튿날 오정에 A를 찾아갔다. 그 집 행랑어멈이 "아씨 나가셨어요" 하는 말을 듣고 집으로 돌아왔다. 그리고 그 날 밤에 또다시 A를 찾아갔다. 그때도 행랑어멈이 미리 나오면서 "아직 안 들어오셨어요" 했다.

나는 그때 의심이 생겼다. 있고도 따지 않는가? 하는 의심이 나서 나는 그 집 대청에서 나와서 한 바퀴 돌아 가지고 뒤채 담장 곁으로 갔다. 그리고 귀를 기울였다. 소근소근 하는 말소리가 들리는 것 같았다. '요 계집이 있고도 나를 땄구나, 보자' 하고 나는 담장을 슬쩍 뛰어 넘어 들어갈 때 발이 디뚝 하며 꽝 하고 업푸라졌다.

좀 있으니 들창을 열며 "거 누구요? …… 아이구 서방님이네" 하고 A가 소리를 지르자, 그 방에 함께 있던 사내들이 들창으로 얼굴을 내밀고 "웬일이야" 하고 부르짖었다.

그 찰나 나는 온힘을 다해 가지고 도로 담장을 뛰어 넘어갔다. 그리고 정처 없이 달음박질을 했다. 나는 정신 없이 힘껏 달아났다. 한참 달아나다가 나는 숨이 차서 어떤 좁은 골목에서 주저앉았다.

'아, 이것이 무슨 망신이고 또는 실수인고' 하고 나는 겨우 정신을 차렸다. 나는 비츨비츨 하면서 집을 찾아갔다. '만사휴의萬事休矣' 라는 생각을 일으켰다. 그후부터 A와 또는 친구들을 대할 낯이 없을 것을 생각했다. 친구들이 나를 얼마나 비열한 자로 인정할 것과 또는 내게 대한 여러 가지 좋지 못한 소문이 생길 것을 짐작해 보았다.

7

나는 그 이튿날 아침에 일찍 일어나 나갔다. 그 길로 명치정明治町 철물상에 가서 단도短刀 한 개를 삼 원에 사 가지고 집으로 갔다.

그 날 저녁때쯤 해서 A가 찾아왔다.

"서방님 계세요? 어제 밤 우리 집에 와서 연극을 한바탕 하려고 했지요? 그런데 왜 도망은 갔었어요?" 하고 A가 상글상글 웃으면서 말했다. 나는 얼핏 호기물실好機勿失이라는 생각을 했다.

"자, 그런 말씀은 그만 두고 어서 올라오시오" 하고 나는 A에게 재빨리 방으로 들어오기를 재촉했다.

A는 머뭇머뭇 하다가 내 방으로 들어왔다.

나는 한참 아무 말 아니 하다가 "A씨, 어제 밤은 너무나 실례했습니다. 여러분이 재미있게 노시는데 공연히 방해를 해서" 하고 말을 꺼냈다.

"방해가 무어야" 하고 A는 여전히 상글~ 웃으면서 나를 유심히 바라보았다.

나는 그때 잡담 제지하고 A의 손목을 잡았다.

"아이구 또 이러시네. 이럴 줄 알았으면 아니 올 걸."

나는 A의 말을 못 들은 체하고 손목을 끌어 당겼다. 그리고 꼭 끼어안았다.

"아, A씨 나의 마음을 알겠지요? 내가 요 몇 달 동안 애타게 하는 줄 알지요. 네?" 하고 나는 하소연하는 듯이 말했다.

그때 A는 나를 뿌리치고 일어섰다. 나는 인해 문걸쇠를 걸고 뒤로 안았다.

"정 이러면 소리 지를 테야요. 얌전한 서방님인 줄 알았더니" 하고 목소리가 벌써 날카롭게 나왔다. 세상없어도 놓아주지 않는다고 결심한 나는 A를 꼭 껴안으며 주저앉혔다.

그는 발을 버둥버둥하면서 "소리 칠 테야요" 또 한 번 부르짖었다.

나는 대담스럽게 "소리쳐도 상관없어요" 하고 입을 A의 볼에다가 대었다.

그 순간 A가 "여보쇼!" 하고 꽤 큰 소리를 꺼냈다.

나는 그때 단도를 꺼내들었다. 그리고 떨리는 목소리로 "자, 이 칼로 당신 죽이고 나 죽을 테야요" 했다.

A의 낯빛은 단도를 보자마자 새파랗게 질렸다. 나는 바른 팔에 온 힘을 다해서 단도를 A가 앉은 왼편 벽에다가 푹 꽂았다. 그리고 A의 파란 입술에 키스를 하였다. 그리고는 A가 꿈쩍도 못하게 가는 허리를 꼭 끌어안았다.

A는 가만히 있었다.

'이 순간만은 당신의 소유입니다' 하는 생각을 하고 있는 듯이 눈을 감고 가만히 있었다. 그는 죽은 듯이 가만히 있었다.

그 후 얼마 안 있다가 나는 우연히 병이 들어서 앓게 되었다. 그 일이 있은 다음부터 A는 한번도 나를 찾아오지 않았다. 나의 병을 위문하러 찾아오는 사람은 몇몇의 친구밖에 없었다. 그이들은 다 내가 A한테 실연 당한 줄로 인정하는 모양이었다. 그래서 나의 병을 이상야릇하게 해석하고 있었다.

무슨 까닭인지 A와 비밀한 관계가 있자부터 나는 치명상을 받은 것 같이 생각이 되었다. 그뿐 아니라 또 한 가지 이상한 일은 매일 밤마다 꿈 가운데서 A를 만나게 되었다. 그의 꿈을 보고 난 그 이튿날에는 반드시 나의 병이 중해진다. 그리하여 나의 병은 나날이 심해갔다. 그때 나는 이렇게 생각해 보았다.

'A한테는 반드시 사내의 정열을 해롭게 하는 마력이 있다. 그 힘이 독한 버섯과 같이 사내의 정열을 한량없이 매혹하면서도 내용으로는 해를 끼친다. 그렇지 않으면 왜 A를 꿈 가운데서 만나고 난 그 이튿날을 병세가 더해 가는고? 그것이 이상한 일이 아닌가? A의 정열 가운데는 사악하고 생기를 죽이는 그 무엇이 있어서 가지고 항상 그의 주위를 둘러싸고 있다. 그 유해한 무엇이 때때로 고요한 깊은 밤중에 어떠한 악의가 있든지 공간에 파동을 일으켜 가지고 그를 생각하는 나의 잠재의식을 자극시킨다. 그리하여 그와 나 사이에는 매일 밤마다 꿈이 생긴다. 나의 잠재의식은 독한 버섯의 냄새를 맡고 어릿어릿 하는 나비와 같이 나한테로 다시 돌아와서는 그것이 알지 못하게 불길한 암시를 나한테 전한다. 그리하여 나의 병은 해독받은 잠재의식의 발동으로 말미암아 점점 더해간다.'

이렇게 생각할 때 나는 무서운 생각이 났다. 이러한 미신적迷信的의 일이 과연 실지로 있을까? 아니다. 이러한 생각은 모두 다 나의 망상이라고 생각했다. 그러나 그의 꿈을 보고 난 그 이튿날에는 반드시 병세가 중해지는 일을 무엇으로 설명할고?

나는 병석에 누워서 이리저리 생각해 보았다.

오, 오! 알아낼 수 없는 A여! 그대는 왜 꿈 가운데서만 나를 찾는가? 괴로움 가운데서 헤매며 그대를 찾는 줄 왜 모르는가? '여자는 사내에게 대해서 꿈이요 또한 그림자다' 한 타고르의 시구詩句가 생각된다. 나는 그때 영구히 위로 받지 못할 한숨을 쉬고 혼자 잠이 들었다. (끝)

—《영대》(1924년 12월).

대화

미지의 세계
경이와 비애에서
불멸의 상징
월광月光

미지의 세계

제1부

찬호讚皓 : 여보게 무엇을 그리 생각하나. 또 색마色魔한테 붙잡혔네, 그려.

병선炳鮮 : 아! 나는 대체 누구를 사랑하는고? 사랑을 사랑함이 이렇게도 열렬할 수가 있나. 모든 소설의 여주인공을 사랑하는가? 아!

찬호 : 그게 무슨 미친 말인가? 그러지 말고 어서 자백하게. 대체 상대자는 누군가? 옳지, 자네 집 주인 딸일세, 그려. 이름이 승자勝子라던가?

병선 : 아니야. 나는 지금까지 자네를 속여 왔네. 내가 ○○씨를 사랑한다는 말과 또는 내 모친이 생모生母가 아니라든가 또는 내가 방금 폐병에 걸렸다든가 한 말은 거짓말일세. 하나, 나는 정말 어미 없는 고아로서, 또 불치의 병자로서 또는 누구의 연인으로서 항상 애곡哀曲에 느끼는 가운데서 살아왔다네. 이러한 생활을 허위라 할까? 아니야. 내게 한하여는 참생활일세. 나는 이같이 공상을 현실로 수집하며 현실을 공상으로 수집하네. 이것이 내 예술이라네.

찬호 : 자네는 참말 허위가虛僞家일세.

병선 : 자네는 공상을 허위로 아는가? 아니어. 공상처럼 창조적이고

경이적은 없다네. 우리의 열정을 태우는 허다한 예술적 작품이 기실은 공상의 산물이 아니고 무엇이며, 근대생활을 극도로 회의懷疑와 비애悲哀에 들어가게 한 이는 '햄릿' 이란 가공적 인물이 아니고 무엇인가? 여보게, 찬호군, 이 혼돈한 인생을 맹목적인 운명의 제한을 받고 본질적으로 불완전한 우리의 행위를 모든 존재 중에 가장 추상적인 생生에서 공상과 상상을 배척하여 어떻게 자네는 일층 영속적永續的이고 일층 경이한 것을 발견코자 하는고…… 자네는 실상 공상생활을 허위로 아는가? 아니다. 실연失戀과 편련片戀이 실제의 사랑보다도 더 우리의 정열을 고조케 하는 것은 무슨 까닭인가? 여보게, 공상은 예술가에게 실재가 되네. 자네가 신神을 생각하는 것은 한 공상일세. 그러기에 신은 참말 존재가 되었네. 자네는 선善과 진眞을 생각하는가? 이것도 한 공상일세. 하나 선과 진은 방금 자네의 행위를 사배司配하지 않는가? 이와 같이 일체의 존재는 공상적 심리적 존재가 아니고 무엇인가?

여보게, 찬호군. 성자聖者가 되고자 하는가? 그러면 마음을 침정沈靜시킨 후 석가전釋迦傳 같은 것을 탐독하게. 그러면 석가와 같이 인생을 생로병사에서 구제하기 위하여 얼마나 자비한 눈물을 흘릴고. 자네는 또한 비극의 주인공이 되고자 하는가? 그러면 《엘텔의 비애》*나 혹은 《춘향전》을 읽게. 자네는 필경 심각한 정열의 전존재를 다 바칠 터이지. 행위는 실로 우리를 성인聖人이나 애인愛人이 되지 못하게 하네 마는 공상과 상상은 우리로 하여금 성인이 되게 하며 누구의 정인情人이 되게 하네. 실제의 비극 주인공은 아무 것도 향락치 못하지마는 비극 관광자觀光者는 모든 것을 향락할 수가 있다. 이러므로 우리의 덕행은 전혀 공상과 상상에 있다 하네. 우리는 공상과 상상 가운데서만 모든 것을 미화美化할 수가 있어. 우리가 만약 라마羅馬**의 네로 시대에 산다 하

---

* 괴테의 《젊은 베르테르의 슬픔》

** 로마.

면 얼마나 네로를 미워할고? 그러나 상상 가운데서 네로를 비평할 때는 이러한 학주虐主라도 동정할 수가 있다. 그는 화재火災의 시詩를 짓기 위하여 로마 전시全市에 불을 질러 놓았다. 이는 전혀 예술적 충동에서 나온 무사기無邪氣한 유희라 할 수 있네. 그러나 네로가 고대高臺 위에서 로마 시인市人의 울고 부르짖는 소리며 화려한 미술관과 공회당이 다 타며 치열한 불은 주산호朱珊瑚같이 가지가지로 일어나 로마 전시를 멸망케 할 때에 네로는 반드시 창황히 깨닫고 회개하였을 것이다. 그리고 고민에 씌운 뜨거운 눈물은 끊임없이 흘러 마침내 "한우님!" 하고 자기의 죄를 뉘우쳤을 것일세. 이때 네로가 흘린 심각한 눈물은 능히 네로의 죄를 깨끗하게 씻을 줄 믿네. 옳아. 야소耶蘇가 만인의 죄를 용서한 점은 여기에 있다. 즉 죄인의 고민이 그 죄보다도 더 큰 것을 상상함에 있다 하네. 여보게 찬호군. 예술가 전체의 개념은 전혀 공상과 상상에 있어야만 되네. 아! 공상은 속인俗人이 말하는 바와 같이 그렇게 무가치한 것이 아니야.

찬호 : 자네의 말은 전혀 사이비似而非한 역설일세.

병선 : 진정한 역설은 초인超人의 진리라네.

찬호 : 그래, 자네는 사회를 해독하는 죄인을 변호한단 말인가? 자네같이 병적 기형아가 우리 조선에 두 사람만 있어도 망하네 망해…….

병선 : 그러나 나는 병기病氣를 사랑해. 그는 우리의 상상력을 자극시키는 까닭이야. 그러나 나더러 병적이라고는 말게. 내가 병기를 사랑하면 사랑했지 결코 내가 병적은 아니야. 그리고 먼저 자네가 나더러 죄인을 변호한다고 비난했지마는……. 세상 사람들에게 악인이라고 불렸던 사람은 다 자기한테 충직忠直을 다한 사람들이라네.

찬호 : 자네는 참말 진리와 도덕을 무시하는 이단자일세.

병선 : 인류사회에 진화란 법칙이 있는 이상에는 진리 도덕은 항상 부정否定이 된다네. 우리가 만약 진리를 구하려면 그는 예술 가운데서 구

할 것이야. 예술은 모든 존재 중에 가장 완전하므로 진화란 법칙에 사배司配되지 않는다. 인류 사회가 여하히 변화할지라도 '햄릿'의 회의적懷疑的 사상은 영원히 불변할지며, 야소耶蘇가 재림하여 지상낙원을 건설한다 하여도 쇼펜하우어나 도스토예프스키의 비관적 사상은 그냥 불변할 것이다.

찬호: 그러면 우리는 예술을 위하여 전존재를 바쳐야 되겠나?

병선: 자네가 미美와 비애悲哀에서 영원히 감취酣醉하려면 물론 그리해야만 되네. 이에 비로소 자네는 공간의 추악醜惡도 시간의 진투陳套도 다 잊은 후 조화된 황홀경지로 들어갈 수가 있다. 이 경탄할 마계魔界가 우리의 영혼을 완미完美의 이상경理想境으로 들어가게 하는 데 대하여 무엇을 주저하리요. 여보게, 찬호군. 지금도 그냥 현실과 타협코자 하는가? 그는 전혀 실패일세. 자네가 아무리 인생을 향락코자 하지마는 인생은 우리에게 권태와 허위와 후회를 주는 이외에 아무런 행복도 주지 못한다. 우리가 인생을 미제未製의 원료로 취급하여 그 형形을 변하며 새롭게 창조하기 전에는 결코 향락할 수가 없어. 이에 비로소 이 온 세계를 예술화할 수가 있다. 그래야 우리는 광포한 몽상에 의하여 경탄할 기적을 행할 수가 있지 않나?

찬호: 그러면 예술의 사회화에 대하여는 물론 반대일세, 그려.

병선: 예술의 사회화란 말은 예술가를 전혀 모욕하는 말일세. 예술가가 참으로 자기의 창조한 세계가 있다 할진대 이러한 문제는 전혀 논의할 필요도 없지 않나? 이러한 말을 하는 자는 아직까지 자기의 살 세계를 창조하지 못하고 오리무중에서 방황하는 불쌍한 속중俗衆일세.

찬호: 그러나 '예술을 위하여 예술'은 인생을 해독하지 않는가?

병선: 여보게, 그는 오해일세. 왜 그러냐 하면 어떠한 예술이든지 행위하고는 전혀 관계가 없는 까닭일세. 설혹 있다 하여도 예술적 충동에 의한 행위는 단정코 희곡화戱曲化가 되는 까닭에 어떠한 죄악을 행하였

다 하여도 이는 전혀 무감각적無感覺的 (죄악에 대하여) 행동인 고로 그 죄가 그 사람을 해할 수는 없다. 차라리 '예술을 위하여 예술'은 인생을 향상케 한다네. 왜 그러냐 하면 인생은 대개 청신한 경이에 의하여 자각하며 각성하며 개조가 되는 때문에…

찬호 : 자네같이 도덕 무시론자요 악의 찬미자는 참으로 처음 보는걸.

병선 : 여보게, 우리같이 이 경탄할 만한 시대에 난 사람은 할 수 있는 대로 모든 것을 주저치 않고 향락하여야만 되네. 우리의 영혼을 기이한 생명에 도취시킴으로써 행복을 얻는다 주장하네. 내가 악을 찬미함은 악 그것 가운데 미와 경이가 있는 까닭일세. 내가 정사情死와 간통을 찬미함은 여기에 불과 같은 정열이 있는 까닭일세.

찬호 : 그럴 듯은 하네 마는 자네의 말은 너무 비상식적이 되어서 잘 알 수가 없네.

병선 : 누가 상식적常識的을 좋아하기에 그러나? 내게 대하여는 상식, 구린내 나는 합리주의라든가 엄정한 논리만 시인하는 공맹孔孟의 철학이나 도학道學은 전혀 무용일세. 이는 다 우리의 발전을 거부하며 자유를 속박한다. 예술가의 최대 목적은 단지 정조情調와 미美의 창조여야만 될지며 경이와 비장과 절대의 계시여야만 되겠네. 여보게, 찬호군. 우리는 조금도 주저함이 없이 도의道義의 강성剛性이나 인습의 폭력에 눌리지 말고 청신한 예술적 정열에 전존재를 다 바치세.

찬호 : 자네의 말은 일종 마술일세.

병선 : 여보게, 우리가 고상한 비애에 봉착할 때는 현실적 비상사非常事가 아니요 우리 자신을 비장적悲壯的인 몽환夢幻에 던졌을 때일세. 그는 요적寥寂한 밤에 개 짓는 소리를 들을지라도 인생을 조상弔喪하는 일종一種 처비凄悲의 소리로 들리며 만추晩秋에 낙엽 영影을 볼 때에도 그는 우주의 멸망을 예상하게 된다. 아! 찬호군아!! 어두운 바위 구멍을 볼 때에 우리 나체의 수치를 가리고자 할지며, 조그만 비밀의 곡간谷間을 볼

때는 시원하게 울 생각이 날 것이요, 그리고 암야暗夜를 당當하면 별과 달을 이용하여 세계 끝까지 갈 생각이 날 것이요, 그래서 황량한 뜰과 사막은 우리를 평안하게 장사葬死해줄 줄로 믿을 것이다. 이러한 우주의 대비애大悲哀를 체험할 때 우리는 무한한 시적 열반을 깨닫는다. 이렇게 고상한 비애가 우리를 해할 줄 아는가? 아니다. 우리는 이러한 비애에 의하여 다시 정화淨化될 수가 있다. 그러나 현실은 용서 없이 이렇게 고상한 비애에서 우리를 끌어내서 절망과 고통을 가지고 대신한다. 아! 우리는 모든 것을 위하여 예술로 향하여야만 되네. 예술은 우리를 무한히 행복시킨다. 예술은 모든 존재 중에 가장 감상鑑賞키가 쉽다네.

제2부

찬호: 인생에 대하여는 그만하고 그만 두세. 인생을 향락하기는 대단히 어렵다고 자네가 말하였으니. 그러면 우리는 자연을 향락합세, 그려. 자, 병선군. 이리로 오게나, 응. 방금 애석한 석양은 지평선에 누워 있네. 도수稻穗는 묵도默禱하며 황금파黃金波는 도처에 표박할 때가 아닌가? 여보게, 우리는 참말 자연을 향락하세. 아! 자연보다 더 아름다운 것이 어디 있을까? 이뿐 아니다. 자연은 참말로 영원한 청춘과 청신한 희열과 원만한 의지를 가졌다. 여보게, 나는 전원생활을 할 적에는 매양 소년 시대로 돌아온 듯이 마음이 어리게 되네, 그려. 이것을 볼진대 자연은 우리를 항상 젊게 만드네. 근대문학을 말세요계末世澆系의 도회병都會病에서 구제하려면 물론 우리는 자연으로 돌아가야만 되네.

병선: 근대문학이 극도로 진부陳腐 상투常套에 이병罹病된 그 주요한 원인은 자네의 말과 정반대로 자연으로 돌아간 까닭일세. 자네는 자연이 영원한 청춘을 가졌다 하지마는 자연처럼 노쇠한 이는 다시 없어…… 금일의 별은 태고 기만년幾萬年 전前 별이며 금일의 송죽松竹은 몇

천 년 전 송죽일세. 아! 자연이 무엇인가? 지구의 표면은 거진 다 썩어 허다한 저충蛆蟲*이 날칠 뿐이 아닌가? 그리고 자네가 말한 청춘의 혼이 저능아低能兒라네. 그는 아무 의지도, 통일도, 생기도 없는 사해死骸야. 자네는 매양 촌村 근처로 놀러 간다지 마는 자연에서 생활하는 사람을 가만히 보게. 우선 외양부터 거칠고 추하며 변화 없는 단조 삭막한 생활이겠지. 그이들의 유일한 지적 격동은 그 대상이 변소와 냇물에 한限하고 그 종교적 감정은 자연의 맹목적 폭위에 눌리는 미신과 공포에 한하였다. 이렇게 추악하고 몽매한 영향 하에서 쓰인 문학이 자네의 말하는 바와 같이 청신한 경이의 표현일 수가 있나? 이러한 의미 하에서 자연주의의 문학은 그 양식상 전혀 실패라 단언하네.

찬호 : 마는 자연은 우리를 낳은 위대한 모母가 아닌가? 예술의 기원도 내가 생각하는 바로는 자연미에 대한 애모로부터 나온 줄 아는데.

병선 : 그리 생각하는 것이 자네의 근본적 오해일세, 그려. 왜 그러냐 하면 우리는 물론 녹색의 왕국, 넓은 야변野邊에서 백접白蝶을 벗하고 사는 근화菫花를 볼 때 한량없는 미적 감정에 느낀다. 그러나 근화가 실로 고와서 그러는 것은 아니야. 다만 이 꽃이 사랑의 상징인 까닭이며 시성詩聖 셸리**가 시를 지어 읊은 까닭이다. 그리고 또 우리가 무덤 옆에 피는 백두옹白頭翁을 볼 때 비참한 생각이 나는 것은 이 백두옹이라는 꽃이 직접 우리를 향하여 눈물을 흘리는 것이 아니라 당나라 시인 유희이劉希夷***가 백두옹에 대하여 서러운 사정을 말한 까닭이다. 이뿐 아니라 우리가 근菫꽃을 일반으로 찬미하는 원인은 동양의 불교 화가가 이상理想하는 타입인 까닭이다.

아! 찬호군, 자연은 위대한 어미가 아니라 시인이 인생 급 예술의 어

---

* 구더기.
** shelley, percy Bysshe(1792~1822) : 영국의 낭만주의 시인.
*** 초당初唐 때의 시인.

미라 할진대 찬호군아, 저 야전野田 필부匹夫의 농작도 예술적 작품일 것이며 따라서 그이들은 심미가일 것이 아닌가 마는 불행히 저이들은 예술가도 심미가도 아니야. 농부는 만일 밭을 소유하였다 하여도 그 풍경에 대한 미美의 소유자는 못되네. 이것이 우리 교양 있는 사람들과 구별할 점이야, 응. 그이들은 석양이 색채 있는 꿈 같이 봉두峰頭로 넘어감을 애석할 줄 모르며 첫 가을 야반夜半에 월희月姬가 청의靑衣를 입고 무한천애無限天涯로 솟아오를 때 아! 갈등에 싸였던 모든 현실이 청빛 속에서 곤하게 잠들고 만상은 신비와 경이와 비애에서 다시 창조가 될 때 아마 그이들은 철 모르게 잘 테야, 응. 그네들이 소유한 자연은 전혀 죽은 자연이 아니고 무엇인가? 이러한 견지 하에서 나는 예술이 생긴 이후로 자연은 이 예술을 모방하였다 단언하네. 아! 자연은 결코 예술을 낳은 위대한 어미가 아닌 것이 명약관화明若觀火다. 그리고 순 자연미만은 결코 존재될 수가 없다. 진정한 미는 자연에서 망명하여 예술에서 영생永生을 한다.

찬호 : 그럴 듯은 하네. 그러면 자연이 미美도, 의지도, 통일도 없다는 것을 내가 승인하여야만 되겠나? 자, 그것은 그렇다 하네 마는 자연은 평화의 신이야 되겠지? 이것은 의논할 여지도 없지마는 나는 항상 도회都會 구석에서 교제할 적보다도 우정이 돈밀敦密하여지는 전원 같은 데로 원족遠足가서 사귀는 벗이 퍽 다정한데 이러한 견지로 우리가 영원한 평화를 얻으려면 불가불 자연으로 돌아가야만 될 테야.

병선 : 여보, 찬호군. 어쩌면 그리 피상적 관찰을 하나? 그 말은 전혀 어린 아이 말일세. 아니, 자연은 평화보다도 전쟁을 좋아한다네. 왜 그러냐 하면 생존경쟁이란 법칙이 있지 않은가? 자연은 과잉으로 생명을 조제粗製하여 결국은 구주대란까지 일으키지 않았는가? 식물은 산술적으로 증식하고 사람은 기하학적으로 증식되는 고로 전쟁이 일어난다 한다. 만일에 자연이 원만한 의지를 가졌다 할 건대 사람 사람을 제한

하여야만 되지. 하나 자연은 본래부터 한 저능아인 고로 이러한 지식이 없을 것이다. 인인제한론人人制限論을 주창한 이는 자연이 아니고 우리가 아닌가? 찬호군, 자연은 참으로 잔학 무자비 저능아야. 허다한 생명을 학살하기 위하여 생명을 조제하며, 파괴하기 위하여 사상砂上에 집을 짓는다. 작란作亂거리로 우리를 인형으로 취급하는 생각을 하면 우리는 용감히 자연이란 악귀에 대하여 반발의 기旗를 들 것이다 마는 불쌍한 우리 가운데는 너무나 몽매하고 용기가 없어서 이런 줄을 모른다. 게다가 또 자연을 은인같이 섬기고 노예 노릇을 하는 악현상은 실로 인류 역사상의 일대 치욕이라 하겠다. 자네도 동경에 좀 있어서 보았지마는 빈민굴 같은 데는 인인人人 과잉에 영양부족 또는 병균으로 인하여 얼마나 참혹한 생활을 보내는가? 자연은 이같이 도회에서는 인류를 피병疲病으로 학대하고 촌에서는 우리를 저능아 되게 함으로써 회욕詼辱한다. 그러나 우리는 예술과 과학에 의하여 자연이란 마수에서 벗어났다. 예술은 우리의 생명을 천당 문까지 연장하였으며 과학은 우리를 피병疲病에서 구제하였다. 금번 오태리墺太利*의 과학가科學家 슈타이너**의 불로장생 회춘법回春法에 대한 신발명은 실로 경탄할 만한 가치가 있지 않은가?

여보게, 찬호군. 평화를 좋아하는가? 그러면 우리는 더구나 예술을 향하여 전력을 집주集注하여야만 되네. 예술은 결코 우리를 해하지 않아. 자네가 지금 비극을 보고 온다 하세. 그러나 그 눈물에는 결코 고통이 없다. 아! 찬호군. 예술은 결코 우리를 해하지 않아. 우리를 항상 청신한 감정에서 살리는 이는 실로 예술 외에 또 없지 않은가? 전세계가, 전인류가 자연과 인생을 벗어나 예술화가 되는 날에야 우리는 아주 평화하고 우아하고 경이한 생활을 할 수가 있어. 아! 예술, 예술! 예술보

---

* 오스트리아.
** Steiner, Rudolf (1861~1925) : 고대의 신비주의를 현대 의학, 예술로 되살리고자 한 문화운동가.

다 이 세상에 또 더 경탄할 바가 어디 있는가.

찬호 : 자네는 예술지상주의자일세, 그려……. 지금 말한 자네 말은 참 진리일세. 그러나 또 한 가지 내가 제출할 것은 언어에 대한 말일세. 사상의 자子가 아니요 사상의 모母인 언어의 기원을 볼진대 언어는 자연의 사정에 대한 기호가 아닌가? 그리고 보면 특수한 자연의 사정은 우리의 모든 정신적 상징이 아니고 무엇인가? 쫓아서, 인류의 문화는 자연이 발명하지 않았는가?

병선 : 여보게, 찬호군. 언어가 자연한테로 돌아갔을 때는 우리가 야만이던 것을 생각하여야만 되지. 원시민족의 언어를 가만히 참고하여 보면 실로 망측하기가 한량이 없어. 언어에는 겨우 감정을 표하는 규성과 불규칙한 잡음밖에 없었다. 그러다가 차차 자연을 떠나서 언어는 상형문자만 스케치하는 이외에 고상한 시가詩歌를 가지게 되었다. 이와 같이 언어가 사상의 모母이며 시가가 된 그 유래는 자연으로 돌아갔을 때가 아니요 자연에서 나왔을 때이다. 이것은 지방어地方語와 도회어都會語를 비교하여 보면 잘 알 수가 있지 않은가? 자네의 말과 정반대로 자연은 문화의 큰 적이야. 아! 자연이 대체 무엇을 의미함인가? 자연은 무식한 노동자에 불과하다고 단언하네.

찬호 : 자네는 이상히 흥분했네, 그려. 자, 그러면 자연은 전혀 실패인가?

병선 : 찬호군, 자연에 대한 말은 그만 두세. 자연은 실로 본질적으로 불완전하고 무의식적 맹목적 현상에 불과하다. 그는 부절不絕히 낭패하며 모순하며 해학을 농하는 저능아이다. 항상 잔인한 유희를 좋아하는 불령한不逞漢이다. 찬호군, 우리는 모든 것을 위하여 예술로 향하여야만 되네.

찬호 : 자네는 오늘 저녁 여러 가지 경탄할 말을 많이 해 주었네. 자, 원족 겸 다마천多摩川에 나아가 한양閒養이나 하세 그려.

병선 : 이때껏 말하지 아니 하였나? 자연에 접하면 두뇌가 명정酩酊해지며 모처럼 고찰한 것도 다 잊어버리기에…… 찬호군, 그러지 말고 나하고 함께 춘희春姬 양한테 가서 음악이나 듣세. 그이는 참 음악에 천재가 있는 걸. 우리들의 꿈을 실현하여 미지의 세계를 보여줄 사람은 오직 춘희 씨 뿐이야.

—《개벽》(1921년 6월).

경이와 비애에서

장소 : 일– 여류음악가의 집

동선東宣 : **병호**炳浩군! 자네는 지금 말하기를 인생과 자연은 향락키가 대단히 어렵다고 하였지. 그리고 예술은 모든 존재 중에 지고한 현실이며 그의 목적은 단지 그 자신을 위하는 예술이라야만 되겠다고 말하였지. 그러면 요즘 말하는 소위 사실주의에 대한 군의 비판은 어떤가?

병호炳浩 : 현대 작가 중에서 주장하는 사실주의의 사상은 전혀 타락이 된 무가치한 것일세. 저희들은 하등 예민한 암시도 없이 또는 관찰과 기질의 선택도 없이 전혀 맹종적 술법을 가지고 조잡한 일상생활을 난사亂寫한다. 저희들의 작품은 마치 신문의 3면 기사와 같이 단지 사소한 다반사를 묘사함으로써 가장 현실에 철徹한 듯이 말한다. 그러나 예술의 최고 목적은 인생과 자연이란 평범한 울타리에 심각한 전설을 창조하는 데 있다. 여보게, 동선군. 몰취미한 실제 생활이 우리의 갈망하는 신비한 도원향桃源鄕을 보여줄 줄 믿나? 아니다. 예술을 창조하는 것은 결코 실생활이 아니어. 그는 도리어 우리의 상상적 분야를 오탁케 한다. 우리는 할 수 있는 대로 실생활과는 멀리 해야만 되네.

동선 : 자네는 대단한 몽상가인데.

병호 : 모든 몽상은 다 심각하네. 그리고 진정한 예술적 작품은 다 심각해야만 되네.

동선 : 자네의 심각은 대체 무엇을 의미하나?

병호 : 극치의 장식적, 과장적, 광열적, 비극적, 고혹적, 경이적 요소를 가진 작품은 다 심각하다 하네. 이 이외의 작품은 다 무가치한 작난거리일세. 여보게, 동선군. 저 오스카 와일드의 예술적 정열을 과장적, 장식적 양식을 떠나서 어떻게 볼 수가 있나. 그는 《살로메》며 《도리안 그레이》가 증명하네. 그리고 또 보드레르의 위대함을 저 이단적, 광열적 의식을 떠나서 어떻게 이해할 수가 있으며, 도스토예프스키나 솔로구프나 포나 또는 레오파르디의 예술이 병적, 비극적, 경이적 의식을 떠나서 무엇이 위대하리오. 저희들이 이같이 심각한 작품을 영원히 예술상에 끼치게 된 것은 말할 것도 없이 그이들의 예술적 정열이 항상 과장적, 병적, 비극적, 경이적 의식에서 살던 까닭일세. 여보게, 동선군아. 속인들이 비웃어서 말하는 병적이니 이단적이니 하는 것은 지금 와서는 우리에게 한 새로운 환상이 되었다. 이같이 세계는 방금 새로운 미美에 대하여 동경과 갈망을 가졌네.

동선 : 아! 아! 허무한 말도 다 있다.

병호 : 옳을세. 예술적 조건에서 시현示現이 된 대상물을 떠나서는 그 이외의 모든 것은 내게 대하여 전혀 허무일세. 내게 대하여는 가정적 기분이라든지 민족적 감정도 불관不關이야. 아, 동선군아! 인생이 대체 무엇인가? 인생을 의식한다 함은 결국 습속적習俗的의 유전병에 걸리는 것이 아니고 무엇인가? 실로 우리는 혹 어떤 때 이 조잡 혼란한 인생이라도 의식하려 한다. 이럴 때 인생은 그만 사라져 버린다. 우리는 아무리 인생을 추집하려고 애쓰지마는 불행히 인생의 실체는 유전병이다. 그래서 우리가 고상한 향락을 인생에서 발견하려고 가까이 할 때 인생

은 우리에게 전염傳染 미균黴菌*을 끼치고 달아난다. 이럴 때 우리는 인생에 대하여 복수할 수도 없어 단지 끝이 없는 아픔에 화석이 되고 말 것이다.

동선 : 그러면 자네나 또는 나도 인생의 일분자一分子인 이상에는 똑같은 불행을 받네 그려.

병호 : 물론일세. 더구나 그 아픔은 영원이다. 그래서 인생의 모든 불행은 다시 어찌하지 못할 불행일세. 하나 우리는 예술이란 고혹적蠱惑的의 복욱馥郁한 소리를 듣고 이러한 불행을 잊게 되어서 아! 위안의 가득한 저 첼로의 소리는 인생이 아직까지 받지 못한 위안이다. 그는 콜떼에 대한 룩쿠쓰의 위안보다도 더 클 것이다. 그리고 저 교설嬌舌을 농弄하는 클라리넷의 소리는 어떤가? 그는 또한 클레오파트라의 정화情話보다도 더 아름다울 것일세. 그리고 저 서러워서 애타는 듯한 바이올린의 울음소리는 어떤가. 그는 인간세계에서는 아직까지 맛보지 못한 설움일세. 그러나 우리는 이 서러운 소리를 듣고 무한한 행복에 느낀다. 인생은 불행과 고통으로 말미암아 영원히 실패하였지마는 예술은 이같이 불행과 고통에 싸인 울음 소리를 가지고 영원한 승리를 얻었네. 아! 동선군아. 예술은 만능인 고로 결코 실패하지 않는다. 생각하면 얼마나 불사의不思議한 일인가. 비통이 인생에 대하여는 무한한 불행이던 것이 예술에 대하여는 무한한 행복일세, 그려. 먼저 말한 것과 같이 비애는 예술의 본질일세. 하고何故요 하면 예술은 우리에게 대하여 위대한 경이이다. 그러면 경이에 대하여 먼저 비애가 있을 것이다.

동선 : 그러나 비애를 심리학 상 견지로 보면 미완성의 양식樣式일세.

병호 : 아! 누가 완성을 바란다고 하나? 세상 사람들이 흔이 불완전하니 하는 것 가운데는 우리가 무한한 암시성을 볼 수가 있다. 여기에는

---

* 곰팡이균.

창조에 대한 제한이 없어…… 그는 미켈란젤로나 로댕의 예술 가운데서 볼 수가 있으며 기타 심각한 현대 예술에서는 이러한 미완적의 양식이 근대사상의 경향이 되었네. 그리고 이러한 미완적의 양식은 예술의 창조성을 무한히 고조高調하였다. 하고何故오 하면 모든 악덕이며 죄악은 우리 감정에 대하여 위대한 매력을 가진 까닭일세. 그는 보들레르에 의하여 발견이 되고 와일드에 의하여 완성이 되었다. 아! 동선군, 세상 사람이 흔히 악덕이니 불건전하니 병적이니 이단이니 하는 것 가운데는 실로 불사의不思議한 매력이 있었다. 그러나 오래 동안 이 다종다양한 미美를 우리는 몰랐었다. 그래서…….

동선 : 자네는 이것을 미라 하는가!

병호 : 최고의 미는 비애적이요 이단적인 까닭일세. 그러나 나는 현실적 경험에 대한 비애며 병기病氣를 찬미함은 아닐세. 어디까지든지 초자연적 열정에 대한 우리 창조의 애망哀望, 환언하면 예술의 경이에 대하여 우리 생의 경솔을 찬미하는 말일세. 여보게, 솔로구프의 《독毒의 원園》의 주인공인 청년의 유혹이며 좇아서 그 '안챠르'의 독향毒香은 우리가 얼마나 반기어 맛보고자 하는 바인가? 그리고 또…….

동선 : 자네는 참 위험한 인물이야.

병호 : 그러나 위험 가운데는 큰 창조가 있다. 정사情死는 생에 대하여 일대 위험이 되네. 여기에 한 불멸의 찰나가 있지 않는가. 이같이 세상이 위험하다 하는 것 가운데는 항상 위대한 창조가 있네. 그리고 또 세상이 병적이라 하는 것 가운데는 심각한 구극究極의 표현이 있다. 이와 반대로 세상이 건전하니 또는 보편적이니 하는 작품이 그 실은 비창조적이며 허위가 많아. 우리는 적어도 톨스토이 일파의 예술관을 그대로 긍정할 수가 없다. 아니 그의 소위 예술의 임무는 원시 기독교적 감정을 선전하는 데 있다 한 것은 실로 시대지時代遲보다도 고물취故物臭나는 말이 아니고 무엇인가. 여보게 우리는 예술을 위하는 예술을 위하여 톨

스토이의 편집광적 경향을 통매痛罵하세. 페이터*가 말한 바와 같이 예술은 무수한 세력을 장치藏置한 창고이다. 그러면 여기의 우리가 행복을 얻을 길은 승려적 명상이라든가 또는 윤리적 표준 하에서 회득會得할 바가 아니오. 이 경탄할 다종다양한 예술미에 대하여 심각하게 감동할 능력 즉 기질을 가지는 것이 필요하다. 그래서 일체의 사물을 거부함이 없이 이것을 미화하며 예술화하여 우리의 생활 그것을 향락하는 것이 우리에게 대하여는 다대多大한 행복일세. 동선군아, 세상은 톨스토이의 천재를 크다 한다. 그러나 톨스토이의 천재가 우리에게 무엇을 끼치었나. 이같이 그의 천재는 벌써 우리에게는 무의미하다 할 수밖에 없네. 물론 그는 누구보다도 인류의 양심을 몹시 자극하였다. 그러나 인생의 모든 불행이며 악덕이 일시적이 아니요 영원적인데 대하여 무슨 효과가 있으리요. 메테르링크**의 본 바와 같이 인생은 불령不逞한 운명의 지배를 받고 있다. 날마다 보는 3면 기사의 모든 죄악과 불행이 일시적이 아니요 영원적임을 깨달을 때에 아! 우리는 공포에 질식하고 말 것이다. 그러나 동선군, 곡해하지 말게. 예술이란 최고 현실세계에서 인생을 관조할 때는 그는 한 이야기책에 불과하다. 또한 조잡한 전설에서 불과하다. 그러나 우리는 이것을 가지고 위대한 현실을 창조할 것이야. 현재의 육안으로 보이는 향락키 어려운 인생과는 전혀 다른 인생을 창조하세. 먼저 말한 바와 같이 심각한 정조情調를 창조하세.

동선 : 예例의 경이적, 비극적, 이단적 작품 말인가?

병호 : 여보게, 동선군. 의논은 그만하고 저 고적한 달과 더불어 경자京子 씨의 만도린이나 듣세, 그려…… 여보 경자 씨! 모차르트를 하나 들려주시지 못하겠소.

경자 : 모차르트는 잘 모르는데요…….

---

* Walter Peter (1839~1894) : 〈페이터의 산문〉으로 유명, 독일 유미주의의 철학적 기반을 마련하였다.
** Maurice Maeterlinck (1852~1949) : 벨기에의 극작가.

병호 : 그러면 쇼팽을 들려주시구려. 저번 피아노로 하시던 야곡夜曲이 좋은데요. 여보게, 동선군! 들창을 좀 열게. 경자 씨가 타시는 피아노를 저 달이 들으면 하계下界로 나려올 터이니 달은 옛적부터 음악을 좋아한다네, 응.

경자 : 달이 음악을 좋아하는 것이 아니라 음악이 달을 좋아하지요. 자! 들으세요. 지금 탑니다.

동선 : 참 도취적 음율인데.

병호 : 여보게 주악奏樂 시에 회화會話는 전혀 불허不許일세.

* * * * *

병호 : 왜 그만 두세요? 경자 씨, 나는 지금 쇼팽을 듣고 말할 수 없는 애감哀感에 느끼었습니다. 소년 시대에 무인도 이야기를 듣고 서러워하던 그와 같이…… 아니요. 내가 직접 무인도로 표류하며 꽃 한 송이가 큰 파라솔 같은 것을 보며 대공大空을 수놓는 공작의 떼를 바라보며 기타 이름 모를 풀들이 대지를 덮어 아름답게 한 것을 볼 때에 아! 그뿐만입니까? 어여쁜 관구冠鳩의 눈은 붉은 사랑에 타며 풍염한 가람조伽藍鳥*는 나체로 넘을넘을 하는 녹수綠水에서 목욕하며 황금 앵무鸚鵡는 공간을 날아서 주렴을 엮을 때 아! 아! 경자 씨, 나는 혼자였습니다. 끝이 없는 외로움에 나는 울었습니다. 이 같은 경애와 비애를 보여준 이는 대체 누구입니까? 경자 씨의 천재는 나의 애타는 꿈을 실현하였습니다. 경자 씨, 이번은 베토벤을 들려주시오…….

동선 : 여보게 밤도 깊었으니 집으로 돌아가세. 음악은 내일 또 와서 듣지.

경자 : 아아, 참, 마누라께서 기다리시겠습니다.

병호 : 여보게 먼저도 말했지마는 가정은 예술에 대하여 큰 적이야. 우리가 진실한 예술가가 되려면 절대적으로 가정적 기분에서 떠나야만

* 펠리칸.

되네. 자! 경자 씨, 그러지 말고 한 곡조만 제발 더 해 주세요…… 경자 씨는 나의 모든 생각과 꿈을 가지고 있습니다. 여기에 경자 씨 미점美點이 있어요. 아! 경자 씨는 예술과 인생 사이에 한 천사의 임무를 가지고 있습니다. 경자 씨는 내게 대하여 유일한 이상이며 시적詩的입니다. 우리가 경자 씨의 천재를 애모하는 것은 베토벤이나 쇼팽의 웅변을 들려주는 까닭이지요. 대리석 가운데서 잠자는 부동의 미인을 깨워 영혼을 주신 까닭이지요…

경자 : 그러나 저는 비너스와 또는 막달렌 막달라 마리아 같이 구원久遠의 여성은 아닙니다. 타고르의 시詩에 있는 '부동의 미美'와 같이 저의 흑발이며 흰 수족이며 장미색의 미소는 영영 아름다울 것이 아닙니다. 언젠가 세월의 폐허가 저의 흑발과 흰 수족과 붉은 볼에 쌓이고 쌓여서 마침내 추악한 노파가 되겠지요. 아! 병호 씨, 동선 씨! 그때에는 두 분이 저를 버리시겠지요. 저의 음악은 거칠고 쉬어서 쇼팽의 비애를 흐리게 하며 열정은 싸늘하게 재가 되어 클레오파트라의 생명을 어지럽게 할 때 물론 두 분께서는 저를 버릴 것입니다.

병호 : 그러기에 경자 씨는 할 수 있는 대로 미美를 잘 보존해야 됩니다.

동선 : 자네는 어째서 그리 냉정한 말을 하나. 경자 씨가 미美가 있든지 없든지 우리 사이에 정情만 있으면 되지 않나? 여보…… 경자 씨 우리 사이의 정은 영원히 불변할 것입니다…… 그리고…….

병호 : 여보게, 우리가 이상하는 예술세계에서는 인정이란 말은 전혀 없네. 왜 그러냐 하면 모든 인간적 정은 다 무가치한 까닭일세. 그는 영속적이 아니고 일시적이며 실재성이 아니고 환몰적인 까닭이야. 아무리 열렬한 과거라도 현재에서 볼 것 같으면 다 꿈같이 보이네. 그러면 이왕以往 실재라고 하던 것은 지금 와서 우리 감관을 속인 허위물虛僞物이 아니고 무엇인가? 그리고 또 현대 우리 사회에서 문제인 부자父子 소송訴訟이며 부부간 살인은 어떤가? 이같이 골육骨肉을 같이한 부父와 자

子의 사이에 싸움이 일어나며 백년을 해로할 연인 동지가 서로 적대하는 인간적 정에 대하여 무엇을 집착하리요. 동선군! 결국 인생은 영원한 실패일세.

동선 : 그러면 우리는 전혀 자포자기일세.

병호 : 그러나 자포자기는 우리에게 대하여 최후의 승리이다. 하고何故오 하면 포기의 순간적 심리는 모든 인간적 욕구의 근저를 절멸시키므로…… 여보 경자 씨! 우리의 정情은 물론 인간세계에서 영속치 못할 것입니다…… 하나, 경자 씨는 드문 천재를 가지시지 않았어요? 그 천재는 장차 쇼팽이나 또는 파라의 천재같이 인류의 영혼을 힘의 극도까지 고상翶翔시킬 위대한 것입니다. 아! 경자 씨의 천재는 나의 모든 욕망과 고혹蠱惑의 창조주입니다. 아니 경자 씨뿐이 나의 전존재를 다 바칠 정인情人이지요. 경자 씨가 그 천재를 버리시지만 않으면 영원히 나는 당신을 사랑할 터입니다.

경자 : 천재의 생명이 그리 길까요?

동선 : 천재의 생명은 무한하지요.

경자 : 아! 동선 씨! 병호 씨! 저는 두 분의 영원한 벗입니다. 그리고 저는 두 분을 위하여 영원한 청춘의 소유자가 되지요……. 병호 씨! 저는 오늘밤이 말할 수 없이 섧습니다. 예술적 위안을 가지고 이 설움을 좀 즐겁게 해주시지 못하세요, 네?

병호 : 경자 씨! 우리의 설움은 끝이 없는 설움입니다. 이러한 설움에는 철학도 종교도 다 소용이 없어요. 철학은 너무 개념적이요 논리적이 되어서 불같은 오뇌懊惱 속에서 애타는 우리게는 도리어 동정이 적습니다. 그리고 종교도 너무 장원長遠한 피안에서 우리를 부르기 때문에 조급한 우리에는 다 쓸데가 없지요. 정자貞子가 말한 바와 같이 우리의 위자지慰藉地*는 다만 예술뿐입니다.

* 위로하고 도와주는 땅.

동선 : 자네의 악마적 예술이 우리의 오뇌를 구할까 의문인데.

병호 : 아! 자네는 아직까지 선입관념에 붙잡혀 야단이야. 모든 악덕은 세상이 아는 바와 반대로 조금도 추악한 것이 아니야. 왜 그러냐 하면 도덕과 선이 매양 시대지時代遲인데 대하여 악마적 사상은 매양 시대를 앞서는 까닭일세.

동선 : 도덕이 시대지란 말은 참말일세.

병호 : 아! 이때껏 사회에서 악인이니 또는 위험인물이니 하고 저주를 받은 사람들은 실로 위대한 인물이야. 저희들의 역사는 다 참으로 살아보겠다는 강렬한 자기애에 대한 고민의 상징일세. 그들은 무엇보다도 자아에게 충실하였다. 이러한 사람 가운데 대표적 인물은 먼저도 말하였거니와 예술가로서 네로의 생활을 찬미하네. 그는 참으로 인생의 폐허와 진애塵埃를 벗어나 순純 정조情調세계에서 살았다.

동선 : 자네의 사상을 지금 와서 잘 알겠네. 즉 말로는 악을 찬미하면서 실행치 않는 공상적 악마주의일세 그려.

병호 : 내게 대하여는 실행이니 행위이니 하는 것은 말도 그만두세. 실행이라고 하는 것은 상상력이 없는 동물한테만 한하여 있는 것일세. 이 세상이 한 이야기책이라 할진대 그는 말할 것도 없이 정조의 세계야만 될 것이다. 여보게, 동선군! 세상은 실연자와 몽상가들이 소유할 세상일세. 실행이라고 하는 것은 와일드의 본 바와 같이 순간의 생명도 없는 것이다. 동선군! 음악이 최고의 예술이 됨은 정조의 창조주인 까닭일세. 그러나 나의 정조주의情調主義는 반드시 비애적悲哀的이요 이단적異端的이야만 되어…… 내가 화류계를 좋아하지 않는 것은 물론 내 성정性情에도 있지마는 이는 너무 환락적인 까닭일세. 모든 환락이며 성공이며 만족이며 완정完定을 내 예술관으로 보게 되면 도리어 불완전한 양식이야. 아! 우리의 취할 바는 단지 비애와 경이이다. 이 두 가지는 모든 예술의 최고한 양식일세.

경자 : 병호 씨! 예例하면 어떠한 작품을 경이와 비애의 표현이라 하셔요?

병호 : 회화 상으로 표현된 것은 비어즐리*와 뭉크와 뢰푸스**와 호들러*** 등의 작품이지요. 이 이외에도 물론 입체파라든가 미래파 가운데서 볼 수가 있습니다. 경자 씨도 작년 전람회에서 보셨지마는 호들러의 수많은 작품 중 〈야곡夜曲〉이란 그림은 대체 얼마나 몽환적 정조에 가득한 그림일까요. 아! 그 매혹적인 밤공기에 외로운 이국적의 아득한 풍경이며 더구나 그 맞은 편에서 반짝반짝하는 전등은 우리에게 말할 수 없는 도회의 복잡한 비밀을 일러줍니다. 이 그림을 볼 때에 우리 혼은 부드러운 청빛 속에 안기어 시간과 공간을 절대로 초월한 후 힘의 극도까지 선경仙境의 유락愉樂과 영예의 꿈을 실현하여 볼 수가 있지요.

경자 : 아! 나의 사모하는 호들러의 예술은 순전한 색채와 정조의 창조이지요. 이러한 견지로 그의 예술은 고금古今 화가 중에 독보라 합니다. 현대인을 종교나 철학에서 구제한 이도 역시 호들러를 두고 누구를 찾겠습니까? 현실을 농화朧化****하여 집집을 궁전화宮殿化하며 회색과 녹색을 가지고 절대의 미인을 창조하며 높은 연돌烟突*****을 가지고 네로의 고대高臺를 제조하는 것이 다 호들러의 힘이 아니고 무엇인가요.

동선 : 여보게, 호들러 말은 그만하고 비어즐리나 뢰푸스의 예술이나 좀 말해주게.

병호 : 아! 비어즐리 말인가? 이 세계적 민감 화가의 예술은 내가 말하지 않아도 경자 씨가 잘 아는 바와 같이 〈페로의 사死〉란 작품이 전 가치를 다 말한다 하네.

---

* Beardsley, Aubrey Vincent (1872~1898) : 영국의 화가, 삽화가. 《살로메》의 삽화로 유명하다.

** Christian Rohlfs (1849~1938) : 독일 표현주의 화가.

*** Hodler, Ferdinand (1853~1918) : 스위스의 표현주의 선구자.

**** 흐릿하게 하다.

***** 연기를 배출하는 장치, 일종의 굴뚝.

경자 : 네. 비어즐리의 예술은 저도 대강 압니다. 《살로메》 원화原畵는 제게도 있는 걸요.

동선 : 뢰푸스와 뭉크의 예술을 들어볼까.

병호 : 아! 뢰푸스의 〈악惡을 심는 자〉란 작품은 얼마나 경이인가? 나는 이 그림을 볼 때에 항상 보들레르의 〈칠인七人의 노인老人〉이란 시를 생각지 않을 수가 없다.

경자 : 병호 씨! 〈악을 심는 자〉란 작품은 여자를 모욕한 것이 아니야요? 그 따위 그림을 다 걸작이라고 하시니까 저는 참 모르겠어요.

동선 : 여보게, 경자 씨의 감정 상할 말은 그만 두고 뭉크의 말이나 하게.

병호 : 아! 나는 누구 누구 하는 화가보다도 뭉크를 좋아하는 걸. 그의 〈위안慰安〉이든가 〈부르짖음〉이란 작품을 볼 때에 얼마나 우리의 마음은 아프며 서러운고? 병열病熱과 눈물과 경련에서 그린 그의 선조線條처럼 우리 혼의 평화를 어지럽게 하는 것은 없어. 우리는 마음껏 울고 싶고 힘껏 부르짖고 싶다. 석모夕暮의 대공大空과 대해大海가 붉게 익어갈 때 그의 부르짖음은 더욱 더 심할 것이다. 한 조각 구원의 희망도 없는 흉조凶兆의 대공大空을 향하여 목소리를 다하여 부르짖을 때 그의 절망과 공포는 일층 심할 것이다. 그러나 이 심각한 절망의 표현은 우리에게 대하여 한 새로운 환상일세. 여보, 경자 씨, 우리는 이러한 환상 가운데서 형용할 수 없는 느낌을 받을 수가 있습니다. 이같이 온 우주에 대한 영원한 설움과 절망과 공포를 발견할 때에 우리는 누구를 믿고 살겠습니까? 아! 경자 씨! 당신은 쇼팽과 베토벤의 설움을 가지고 우리의 설움을 위안시키지요. 뭉크의 〈위안〉 같이 당신은 상아 같은 팔목으로 우리를 얼싸 안고 같이 울면서 위로할 줄 압니다. 그때 우리는 소녀같이 양수兩手로 볼을 가리고 더욱 더욱 울 것입니다. 경자 씨! 이 울음이 우리에게 대하여 얼마나한 행복일까요. 네! 아! 경자 씨! 나의 마음은

지금 서러워 애탑니다. 제발 쇼팽을 한번만 더 들려주시구려.

경자: 병호 씨가 미美의 정신을 경이와 비애에서 출발하여 우리에게 예술의 본질을 말한 것은 잘 이해합니다. 지금까지 세상은 얼마나 병호 씨를 학대하였나요. 그러나 병호 씨의 이단異端은 얼마나 아름다운 이단일까요. 아! 병호 씨! 저는 누구 누구보다도 병호 씨를 좋아해요. 세상이 아무리 병호 씨를 욕하고 버리더라도 저 한사람은 영영 당신의 벗입니다.

동선: 아니, 여보게. 지금 경자 씨는 말했지마는 이단 이단 하니 대체 무엇을 이단이라고 하나?

병호: 경이驚異가 즉 이단異端일세. 이는 새로운 의미의 발견이며, 미지未知 미견未見의 경지를 창조하네. 좀더 구체적으로 말하면 생에 대하여는 사死이며, 신에 대하여는 악마며, 동성애에 대하여는 이성애며, 자연미에 대하여는 기교미며, 현실에 대하여는 몽상이며, 향토애에 대하여는 이국정조를 이단이라고 하네. 이러한 입장에서 자연주의의 작품을 볼진대 얼마나 천박한고…… 자연주의의 예술은 우리에게 아무것도 계시하지 못한다. 그는 단지 기지旣知의 세계뿐 우리에게 알려 준다…… 그리고 여보게 먼저도 말하였거니와 현실주의의 사상일세. 만일 일부 문사에서 현실주의를 자연주의적 주의로 해석할진대 그 역시 나는 대大 반대일세. 진정한 현실주의는 일상 다반사이나 또는 사건의 갈등만을 묘사함이 아니요 예술적 조건하에서 새로이 시현示現된 미지未知 미견未見의 경지를 심각하게 묘사하는 데 있다 하네. 여보게 동선 군! 모파상의 참회록이라 할 만한 《수상水上》이란 단편집에서 우리는 공명을 얻을 수가 있다. 여기에는 그가 이때껏 지켜온 현실주의적 태도를 회한悔恨한 글이 있네. 그 글은 즉 이러하다.

> 인간하고는 전혀 다른 생물이며, 다른 재미며, 다른 식물이며, 다른 유성遊星이며, 다른 발명이며, 다른 모험이 나올 대 막幕을 어떻게 아니 구할

고? 누구든지 인간의 얼굴이 일향불변一向不變하는 데 대하여 동물이 종족의 원시로부터 끝까지 저희들 정액 가운데서 전해오는 불변의 본능에 의하여 단지 산다고 하는 기계에 지나지 못하며 일향불변하는 데 대하여 어떻게 혐오의 정情을 일으키지 않을고? 자연의 광경이 영구토록 동일하다는 데 대하여 또는 쾌락이 전혀 단조單調하다는 데 대하여 어떻게 증오의 정을 일으키지 않을고?…(중략)…아! 아! 만약 시인들이 공간을 정복하며 유성을 따며 별다른 세계를, 별다른 생물을 발견하여 사물의 본질이며 형식을 변화해 준다 하면…… 항상 나를 변화 많은 경탄할 미지의 경지로 가게 해 준다 하면…… 나를 위하여 경이한 지평선상에 신비의 문호를 열어준다 하면 아! 나는 기쁨을 가지고 주야로 저희들의 글을 읽겠지마는 그러나 저희들은 실제 무력하여 단지 언어의 변경을 위주爲主할 뿐이요 초상화가와 같이 내 자신을 그대로 보여주는데 지나지 못한다.

여보게 동선군! 이 글은 모파상의 숨김없이 고백문일세. 인간의 무미평범한 것이며 우주의 비속한 것이며 사상이 단조 무변화를 모파상은 얼마나 미워하였는가. 그래서 이러한 현실을 예술에 재현하는 자연주의자를 그는 증오하였다.

동선 : 옳아. 자연주의는 자네의 말과 같이 확실히 시대지時代遲일세.

병호 : 경자 씨! 어쩌면 이리 깊은 밤일까요, 네? 기이한 생명의 본능이 방금 우리 뇌를 어지럽게 할 때입니다. 제발 피아노 곡을 하나 들려주시오, 네. 이런 때는 무엇보다도 음악입니다. 음악은 별별 이상한 세계를 보여 준다오. 베토벤을 들을 때는 과거도 전혀 없어지며 또는 혐오의 의식이나 회한의 의식도 없어지고 희열의 추상에는 비애가 있고 쾌락의 추상에는 고통이 같이 하는 괴이한 세계를 볼 수가 있어요. 아! 어쩌면 이리 이상한 세계일까요, 네? 그리고 이 같은 경이의 세계를 보여주는 이는 직접 경자 씨가 아니고 누구입니까? 경자 씨는 내게 대하

여 미지의 정인情人이지요. 나의 호기심이며 상상력을 자극시키는 이는 오직 경자 씨뿐입니다. 당신의 복욱馥郁한 목소리를 들으며 모란엄 같은 수족을 볼 때 나는 항상 당신을 더 잘 이해하려고 애씁니다. 그러나 당신은 내게 대하여 영영 알 수 없는 정인입니다. 나는 이것 때문에 몹시 애를 써요. 아니, 애를 쓰기 위하여 나는 경자 씨를 사랑합니다.

동선 : 여기에 경자 씨의 매력이 있다네.

경자 : 병호 씨! 저는 당신을 영영 사랑합니다. 병호 씨의 예술은 제게 대하여 전생명입니다. 저는 병호 씨를 위하여 경이와 비애의 세계를 보여드리지요.

병호 : 경자 씨, 오늘밤은 서로 밝히기로 할 터이니 피아노나 많이 들려주구려, 네. 이같이 조용한 밤에 쿨쿨 자기는 너무 애석해요. 경자 씨의 피아노곡을 들으면 잎 그늘에서 잠자는 뜰 장미도 정령 잠을 깰 터입니다.

경자 : 병호 씨! 참말 마누라께서 기다리시지 않아요?

병호 : 경자 씨! 어쩌면 그리 내 말을 신용치 아니 하오? 가정이 무엇이며 사회가 무엇입니까? 이는 다 우리의 적입니다. 나는 참으로 가정에 들어갈 것 같으면 불유쾌하기가 한량이 없어요. 부모며 처자가 내게 대하여 무슨 이해가 있으며 내가 또 그이들한테 무슨 이해가 있겠습니까? 그이들은 우리를 볼 때에 한 기생충으로 보겠지요. 우리 역시 그이들을 볼 때에 인생의 색채나 미美에는 전혀 동정이 없는 돈물沌物*로 볼 수밖에는 없습니다. 우리가 각고 근면하여 저희들에게 보여주는 미와 색채에 대하여는 고맙다는 보수는 고사하고 도리어 이를 이토泥土 중에 내 던지지요. 이는 우리가 인종할 수 없는 최대한 모욕입니다. 사회는 이같이 우리 예술가들을 말라죽게 합니다. 경자 씨! 우리는 절대로 개

---

* 어리석은 존재.

인주의를 표방치 않을 수 없어요. 개인주의 하에서만 우리는 살 수가 있습니다. 예술은 모든 전통적 관념을 벗어나서 단지 개성의 창조적 발전에만 전력하여야 되지요. 아! 신이 무엇이며 인생이 무엇이며 정의가 무엇이며 선이 무엇입니까? 괴테의 시구와 같이 모든 물物은 우리에게 대하여 아무 것도 아니지요.

경자 : 그러면 예술은 절대로 사회와 인연을 끊어야 됩니까?

병호 : 물론이지요. 예술이 우리한테 주는 아리따운 정조는 사회가 가장 미워하는 바입니다. 왜 그러냐 하면 사회라는 단체는 단지 전통적 정신을 영속적으로 안정시키기 위하여 우리를 먹여 살리는 까닭이지요. 그 보수로 사회는 우리에게 대하여 생산적 요구며 노고를 강제합니다. 그래서 정조情調를 위주하는 예술은 사회의 안목으로 보아서 일대 적입니다. 경자 씨! 어떻든지 우리는 사회와 가정하고는 절대적으로 인연을 끊어야 되지요. 이러한 의미 하에 우리는 물론 개인주의를 극단으로 표방치 않을 수 없습니다.

경자 : 참 그래요… 동선 씨! 그렇지요, 네?

동선 : 글쎄요. 하여간 병호군이 말할 때는 그럴듯합니다마는…….

병호 : 여보게 동선군. 자네도 좀 곰곰이 생각해 보게…… 우리들이 공동생활이라 하는 현대 사회조직의 기초는 무엇이며 가정이라고 하는 소위 부자 부부간 관계의 근대적 기초는 무엇인가……. 이는 말할 것도 없이 자연이 우리에게 준 냉혹한 운명에 대하여 맹목적 굴종을 강제하는 단체가 아닌가? 이가 우리의 창조력이며 행복이며 사랑을 도외시함은 숨김없는 사실일세.

동선 : 자네 말은 좀 철저해 가네.

경자 : 아! 가을밤은 처량도 하여라. 병호 씨! 동선씨! 저는 오늘밤이 말할 수 없이 서럽습니다요. 두 분의 말씀을 들을수록 저는 인간을 떠나서 사회를 떠나서 어느 믿을 데 없는 고독한 경지로 떨어지는 듯이

생각이 되어요. 마치 이국풍토로 표박하여 다니는 유랑자의 서러운 모양으로 견딜 수 없습니다.

병호 : 여기에 우리가 애써 구하던 경이와 비애의 세계가 있지요.

경자 : 그러면 병호 씨! 저는 두 분을 모시고 이러한 세계로 가려 합니다.

병호 : 마는 경자 씨여! 이 세계는 혼자밖에 가지 못하는 세계입니다.

경자 : 아! 어쩌면 이리 이상하고 서러운 밤인가요, 네…… 병호 씨.

병호 : 경이와 비애를 떠나서 우리 세계는 또 없습니다. 경자 씨 이 두 가지는 위대한 예술의 원형이며 인간의 최고한 느낌이지요.

(1월 30일 作)

—《개벽》(1922년 3월).

불멸의 상징

인물 : 시인, 악마, 신 —

나는 모든 포기와, 망상과, 처참과, 심비深秘 속에서, 한 애연한 난조亂調를 듣는다. 그래서 나의 열망은 천지괴멸天地壞滅과 창조 사이에 새로운 미美를 얻고자 애쓴다.

나는 유한에서, 무한에, 영원에서 찰나에, 부유하는 방랑아이다.

모든 사상事象에 대하여 비극적 의미를 발견한 때는 자기에게 충실을 다한 때이다.

완전한 자의 이상은 불완전한 것이다.

* * * * *

시인 : 오! 오! 친애하는 악마여. 너는 우주의 모든 비밀을 다 가지고 있구나. 네가 묵묵히 몽상하는 나로奈路의 꽃에는 모든 경이와 알지 못할 설움과 고혹蠱惑이 숨어 있는 줄을 안다. 상상력의 부단한 나의 동요가 항상 구극究極의 비밀을 찾고자 애쓸 때 나의 타는 입술은 회색 공간에 붉은 선조線條를 그려 가면서 네게 이렇게 묻는다.

영구불멸의 상징은 무엇이냐? 요정이여! 인류의 영육靈肉을 힘의 극도까지 고상翶翔시킬 술術은 무엇이냐? 새로운 예술의 제작을 공급할 재료는 누가 가지고 있느냐? 오! 악마여 세계는 장차 너의 열망대로 기필코 몽상가와 이론자와 전패자戰敗者와 변태자의 소유가 될 줄로 확신한다. 그리고 인간은 아직껏 몰랐었던 너의 요염한 미모를 처음으로 보고 기절할 때 신은 코카인을 마시고 너한테 은근히 추파를 보낼 때가 있으리라. 요정이여! 과학자가 새로운 별(星)을 발견하여 기괴한 생물과 자연의 변태적 법칙을 알려주며, 예술가가 새로운 충동과 암시에 의하여 양식様式의 기적을 행할 때 너의 미모는 더욱 더욱 시간을 불멸케 하며 공간을 새롭게 할 것이다.

오! 나의 유일한 여왕이여! 절대무궁의 쾌락은 무엇이냐? 인간과 자연 사이에 불사의不思議할 전설의 농무를 일으켜 조잡한 본능을 생활과 연애와 욕망에서 유리遊離시킬 마술은 누가 아느냐? 인류의 생활의식을 어떤 신비한 정조에 의하여 순화시킬 힘은 누구에게 있는고? 그리고 생에 대한 모든 중하重荷를 해제시킬 힘은? 마신魔神이여, 그대일 것 같으면 나의 모든 오뇌를 가볍게 할 수가 있을 것마는…….

오! 마녀여, 너는 방금 구름을 호흡하고 강을 밟노라. 그리고 푸른 별꽃은 일일이 네 머리터럭에 매어 달려 바람에 동요가 되는가 싶다. 그러나 네 주위에 있는 모든 풍광이 하나도 자연 같이는 아니 보여. 강 위를 흘러가는 붉은 꽃송이도, 천공을 비추는 흰 바람도 다 인공적 자연인가 싶다. 나는 네 주위를 볼 때에 처참하고 이상한 생각이 난다. 장차 무슨 일이 생길는지. 또는 방금 무슨 일이 생기고 난 뒤인지 알 수가 없구나. 그러나 나는 저 파라솔보다도 더 큰 꽃을 바라볼 때에 풀잎이 구름을 떼어 올라간 것을 볼 때에 참을 수 없는 고혹을 깨닫는다. 더구나 물빛이 시커먼 것을 볼 때에 그 물 건너서 너와 밀회할 것을 생각할 때에 오! 소름이 끼친다.

방금 너는 붉은 그물(網)을 가지고 붉은 꽃송이를 강에서 건지노라. 그물 사이로 붉은 피가 흐르지 않느냐. 그러나 나의 유일한 마녀여. 네 입술은 석류보다도 더 붉어 내 가슴을 태우노라. 네 눈은 흑진주보다도 더 검어 내 마음을 방황케 하노라. 처량한 요정이여, 나의 열망은 단지 너와 밀회하는 데 있다마는 상아보다도 더 희고 찬 어신御身을 포옹할 때 나는 몇 번이나 미끄러져서 애망哀望을 달達할 수가 없겠구나.

마녀 : 시인아, 영구불멸의 애인은 오직 나뿐이다. 나는 한 찰나에서 능히 억만億萬의 세기를 볼 수가 있으며 또 감각의 정수精髓를 불후케 하기 위하여 일체의 사물을 유동시킬 수도 있으며 미美의 항구성을 위하여 시간의 연장을 막을 수도 있다. 그리고 생명의 무궁을 위하여 창조의 완성을 파괴할 수도 있다.

시인 : 오! 처참하고 교격矯激한 미美여. 그대일 것 같으면 설혹 난조이지마는 내 망상을 찬미할 수가 있다.

마녀 : 시인아, 나는 네게 절대 고귀의 향락을 가르쳐 주마. 신과 같이 나는 가렴한 향락을 대여할 위선자는 아니어. 신은 만족이니 행복이니 하는 허영적 향락을 가지고 인간의 안목을 어둡게 하며 조잡한 종족의 유전遺傳과 본능을 충동하기로 위주하지마는 그 실實은 신이 창조한 어떠한 것이든지, 태양이든지, 생물이든지, 풍우이든지, 기타 모든 법칙이 하나도 인간의 쾌락을 위하여 창조한 것은 없다. 단지 자기의 유일한 마술인 운명을 위하여 너희를 속일 따름이다.

물론 너희는 어떤 정도까지 행복을 얻었다 하자. 그러나 그 순간부터 너희는 격심한 고통과 비애로써 그 행복을 반상返償치 아니할 수가 없다. 여기에 너희 불행이 있구나. 더구나 너희는 고통과 비애에 대하여 사소한 지식도 욕망도 없을뿐더러 고통은 내게 대하여 너무나 적나적赤裸的이므로 너희의 허영은 이러한 새로운 미美에 대하여 아무러한 감흥이 없을 것은 당연한 일이다. 그러나 나는 네게 절대 불멸의 쾌락을 가르치마……. 네가 일찍이 싫어하고 피하던 추醜에 대하여 또는 네가 두려워하고 미워하던 흉변에 대하여 나는 일락적逸樂的의 유흥을 생명과

힘을 초월하여서라도 음미할 수가 있다. 이는 가장 처참한 해골과 아부산*과 육체와 아영餓靈**의 교향악인 동시에 모든 환상과 미래가 현실 이상의 현실성을 발휘하며 모든 실현의 추고醜苦가 공상 이상의 감취酣醉 경지境地를 현출現出할 때이다.

오! 나의 유일한 벗이여. 내게 대한 너의 동경은 진실로 무한한 세계에 바치는 주린 혼의 구원이다.

시인 : 악마여, 너를 사모할 때 나의 혈관은 육肉에서 비등하여 혼은 소사燒死할 듯이 부르짖는다.

마녀 : 그러나 사死와 절망은 새로운 해탈이다.

시인 : 일체의 사물의 망각하는 것이 사가 아니냐.

마녀 : 일체의 사상事象을 잊는다 함은 일체의 사상을 다시 창조한다는 말이다. 지금 네 감관感管으로 보고 듣고 식별하는 것보다는 아주 별다른 것을 보며 듣는다는 말이다. 사는 네게 대하여 지고지상至高至上의 쾌락인 동시에 장엄 장중한 양식이다. 생生은 네게 대하여 가장 추상적이요 비정신적이되, 사死는 극적인 동시에 관념화한 현실이다. 영묘한 모루히네의 정향精香을 가지고 네게 군림할 때 너는 모든 추악과 허영을 다 잊고 오직 평생에 알지 못하여 그리워하던 세계로 평생에 소유치 못하여 애타던 세계로 갈 수가 있다. 이같이 사는 전혀 자기 환상의 독창적인 동시에 절대적 객관의 불순 분자를 배척한다. 오! 사여. 유한을 무한케 하며 평범을 심각케 하며, 일체의 사물을 비장화悲壯化하는 사여. 시인아 사의 찬미가를 고창하여라. 그러면 예술의 천궁은 영구히 미美와 비애에 싸여 빛나리라.

시인 : 비탄의 죄녀여. 너의 미묵眉墨***은 독사와 같구나.

---

* 힌두교나 자이나교의 성산聖山 중 하나.

** 굶주린 영혼.

*** 눈썹 화장품. 여기서는 화장한 검은 눈썹.

마녀 : 그러나 비탄은 구극의 감미적 경험의 체험인 동시에 죄는 내 의지를 심각케 표현하여 주는 힘이다. 그리고 누구든지 범죄 심리에서 살 때는 참으로 자기 자아한테로 돌아올 수가 있다.

시인 : 가장한 네 말을 들을 때마다 나는 무서운 꿈을 보는 듯하구나.

마녀 : 꿈은 희곡화戱曲化한 현실이다. 그리고 가장은 네가 아직까지 체험치 못한 이상의 현실성이 있다. 그가 항상 네 감정을 과장하는 것 보아도 알 수가 있지 않으냐.

시인 : 악마여, 나의 마음은 공포에 싸였다. 그러나 네 입술에 내돋는 독을 맛보고 싶어. 만일에 그것이 연애라고만 할 것 같으면. 오! 잔혹한 애인이여. 해독있는 네 말을 들을 때마다 독으로써 독을 참는 듯한 극렬한 도취와 경련에 대한 비통의 쾌감을 깨닫는다. 친애하는 여왕이여. 나의 모든 정력은 전부 네게 바친다. 너의 독 있는 육肉의 향기를 맡기 위하여 나의 혼은 오랫동안이나 수고로웠었다. 더구나 너의 육은 불멸의 일락일 것을 안다.

마녀 : 음탕한 시인아! 만일 너의 정열이 썩어 저충蛆蟲이 되어서도 그냥 고뇌와 설움을 참겠다 하면… 애인이여! 나는 너를 포옹하겠다.

시인 : 너를 위하여서는 나의 정열과 행복을 영원한 오뇌에 바쳐도 좋다.

마녀 : 이상의 더 높은 무한한 상징 세계에 고상翶翔하려면 오뇌의 항로를 밟아야 된다. 애인이여! 만족과 환락은 불완전한 자의 이상이되, 비애와 고뇌는 완전한 자의 이상이다.

시인 : 오! 설움의 악마여. 모든 미美는 처량하여라. 청광靑光 가운데서 나는 너와 밀회하리라.

마녀 : 애인이여! 나는 너를 위하여 많은 독을 장치하여 두지. 그리고 고통과 신비를 친밀케하기 위하여 음일淫逸과 마취를 가지고 너의 권태병을 낫게 하겠다.

시인 : 오! 최고 최악의 마녀여. 나의 육肉은 녹아 쓰러지는 듯한 포옹에 질식하였다. 너의 독은 내 전신에 퍼져 내 가슴 바다를 끓게 한다. 내 청춘은 파선의 경종을 울리고 내 음악은 설움의 세월을 보낸다. 네가 '불멸의 상징'을 보라고 내게 명할 때 오관五管은 모호하여 단지 반색의 공간을 볼 따름이다. 그러다가 괴이한 생명의 충동이 나의 어지러운 뇌 가운데 일어날 때 이유 없는 회한과 환희와 음일의 의식이 산산한 가을밤의 달빛 같이 고혹蠱惑할 짓을 보이며 내 옆을 흘러가더라. 그때 허공에는 별이 화화火花와 같이 퍼지고 녹색의 가벼운 바람은 버들실 같이 공간을 빗겨 흐를 때 너와 너의 형자兄姊들은 청춘을 품에 안고 "시인이여" 하고 나를 부르더라. 오! 이것이 오직 일 찰나의 경험에 불과할는지는 모르나 마녀여, 정열의 격동은 나의 생명을 지옥문까지 연장하였다.

나는 이때 너의 미모를 보고…… 반드시 여기에는 고상한 신비가 숨어있는 불멸의 표백과 상징의 전당일 것이라 생각하였다. 진실로 너희의 미美는 우리 시인들이 몽상에 의하여 천백번이나 장엄한 세기를 과거에서 미래를 통하여 애써 찾던 이상의 양식이다. 이로 말미암아 우주의 세월은 얼마나 낭비가 되었는고. 그리고 암우暗隅에서 탐구하던 우리의 피비疲憊한 힘이 얼마나 우리의 창조력을 마르게 하였는고? 따라서 인류의 모든 행위의 가치와 이상의 광휘와 생명의 고조를 얼마나 저상沮喪*케 하였는고. 그러나 너의 위대한 암시에 의하여 새로운 세계가 방금 나한테 나타나게 되었다. 오! 너 있는 전당殿堂의 구원한 축연과 고혹이 있기를 원한다.

마녀 : 너는 꿈을 보고 있구나. 시인아, 네 눈은 영원을 투시하고 네 입은 죄의 전도서를 읽고 네 손은 악을 조각한다. 오! 충실한 예술가여

* 방해하여 없애다.

네가 방금 밟고 있는 대리석 단에는 너와 같이 애타는 동녀童女가 숨어 있다. 그리고 네 주위에는 울음소리를 기다리는 허다한 토스카*의 음색이 있다.

시인 : 오! 너 있는 전당에는 월광月光이 파상波上에서 무도하는가 싶다. 을녀乙女가 하나씩 둘씩 물에 빠질 때 바다는 만호가 되는가 싶다.

마녀 : 너는 설움의 전설을 보고 있구나. 네 눈은 탄선灘船**의 정황政況을 보며 네 입은 사死의 비밀이 생의 비밀보다 큰 것을 말하며, 네 손은 먼 무인도를 가리키노라. 그러나 너 있는 내 영토에는 허다한 동녀들이 화륜花輪과 진주를 가지고 네 청춘을 장식코자 한다. 진주는 화가花嫁***의 모양을 하고 꽃은 성상星霜이 되어 너를 맞고자 하지 않느냐.

시인 : 오! 너 있는 영소靈所에는 요염한 화가가 나의 동정童貞을 엿보고 있다. 그리고 성상星霜은 우리의 청춘을 빼앗고자 한다.

마녀 : 너는 운명을 두려워하는가 싶다. 그러나 내 영토에는 운명이 나체가 되어 희생자와 밀회하기를 바란다. 방금 네 옆을 지나가는 내 동무를 보아라. 양귀비꽃과 같은 어여쁜 나체를 네게 바치고자 하지 않느냐.

시인 : 오! 양귀비꽃보다도 더 어여쁜 마녀여. 너는 왜 질투가 없느냐? 나는 너 하나만을 사랑한다.

마녀 : 너는 다종다양한 미美를 사랑하여라. 항상 겸양하는 마음을 가지고 네 영토에서 살기를 바란다. 여기에는 모든 것이 다 평등이요 박애이다.

시인 : 저 마녀의 일단一團은 운 것 같다. 그네의 목검目瞼은 폭풍우에 젖은 근화菫花 같고, 호흡은 치열한 향로香爐 같다.

---

* 푸치나의 오페라.

** 여울에 떠 있는 배.

*** 꽃같은 신부.

마녀 : 그이들은 자기네의 향락을 위하여 울고, 번민하고, 절망하고, 고통한다.

시인 : 저희들은 진홍의 야회복을 입은 듯하다. 그네의 머리는 까만 버섯(茸)같고 그 수족은 백합 엄과 같다.

마녀 : 그이들은 젖빛 같은 육체에서 양귀비꽃 같은 붉은 피(血)를 좋아한다.

시인 : 저희들의 음성은 위험과 해독에 가득하나 쇼팽의 애곡哀曲보다도 더 섧구나.

마녀 : 언어상의 해독은 덕의德義보다도 더 매력이 있고 감화력感化力이 있지 않으냐. 해독이 덕의보다도 더 고상한 것이 해독은 심리적으로 전혀 네 마음을 개벽開闢하지마는 덕의는 겨우 선입의 소극적 능력밖에 충동시키지 못한다.

시인 : 저 마녀의 일단은 조용히 무슨 생각을 하는가 싶다. 그렇지 않으면 왜 저런 모양을 하고 있을까. 마치 인생의 신비를 상징적으로 표현코자 하는 동화극의 장면 같구나. 그네의 호흡은 피아노 위에 엎드러진 실연자의 한숨 같지 않으며, 그 눈에는 새로운 경이에 깨인 표박자의 감격이 보이지 않는가? 오! 저희들의 목전에는 기괴한 초목이며, 자색의 사해四海며, 황금색의 향분이며 벌의 둥지 같은 등색橙色의 달빛이며, 적등赤燈 같은 벌떼가 신기루 같이 보이는가 싶다. 그렇지 않으면 왜 저런 모양을 하고 있을까. 나는 그것이 알고 싶어. 하얀 이마는 마치 월견초月見草* 모양으로 허공을 우러러(仰) 무슨 암시를 받는 듯하다. 만일에 내가 극밀히 저희들을 신비한 계단에서 만날 때가 있으면. 오! 쾌락 가운데서 활동하는 내 에네르기가 열광하여 취약한 저희들의 깨끗한 젖가슴 뚜껑을 열어볼는지 알 수 없으나, 오! 아니다. 나는 그네들의

* 달맞이꽃.

섭어囁語*를 듣고 긴장한 내 감정을 조용히 녹여 저희들과 같이 형용할 수 없는 비애 이상의 미묘한 전동顫動을 받을는지도 알 수 없다. 그러나 상궤를 일逸한 미美여. 네가 만일 내 영靈을 모멸하여 육을 탐하는 음외淫猥한 마녀라 할 것 같으면? 오! 아무 것도 좋다. 단지 공포의 권태만 일으키지 않을 것 같으면 네가 음녀이든가 동녀이든가 요술녀이든가 무슨 상관이 있느냐?

마녀 : 시인이여. 이리로 가까이 오너라. 저 마녀의 일단은 새로운 비애와 고통과 최면을 얻기 위하여 저런 모양을 하고 있다. 결코 그네들의 쾌락을 사마邪魔하여서 아니 된다. 저희들은 자기 쾌락을 방해하는 자에게는 잔혹한 복수를 한다.

시인 : 악마여. 나의 마음은 섧구나.

마녀 : 오! 밤은 깊어 고요하구나. 내 영토는 청광靑光에 싸여 최면할 때가 왔다. 시인이여. 최후의 포옹으로 너를 위로하여 주마. 이별은 섧지마는 네 환상은 거진 종막이 되었다.

시인 : 도색桃色의 네 양협兩頰**은 어느새 청수정靑水晶같이 변하였구나. 오! 별은 반딧불같이 변하고 구름은 청백한 소폭이 되었다. 나는 무한에서 신비로 신비에서 영원으로 돌아온 듯이 생각이 된다.

마녀 : 오! 너의 환상은 거진 다 되었다. 시인이여. 이별의 설움은 향기로운 가을 석양같이 애석하구나.

시인 : 오! 오! 친애하는 악마여.

* * * * *

시인 : 악마를 이별한 나는 폭풍우의 흘러가는 노주蘆舟와 같구나. 내 심해心海는 설움과 눈물에 적시었다. 그러나 흑운黑雲과 선풍旋風이 요행히 내 배를 싸 올려 또 한번 반드시 저 흩어진 천체天體 외에 인도하여

---

* 소근거림.
** 두 뺨.

줄 것 같으면 오! 나는 내 환상의 돛을 높이 달고 대기 속을 방랑하면서 애인을 찾겠다마는 자연은 우돈愚頓하여 내게 기적을 보지 못하는구나. 오! 무능한 자연아! 나는 내 창조의 정열을 사주하여 네게 기적을 강행하겠다. 보라! 불쌍한 내 절망이 분노하여 번갯불 속에서 호읍할 때 새로운 희망은 적기赤旗를 천궁문天宮門 앞에 세우고 내게 역진을 명한다. 오! 악마여. 나는 또다시 너와 밀회할 수가 있구나.

신 : 망령된 시인아. 왜 너는 나를 존경치 않느냐? 나는 너를 위하여 자연이란 위대한 노동자를 두어 네게 건강과 식물과 쾌락을 주지 않았느냐?

시인 : 자연은 내게 대하여 벙어리(啞)요, 귀머거리(聾)요, 장님이다.

신 : !!

시인 : 신아! 나는 너의 존엄을 단지 악마적 존재에서 본다. 위선과 교활한 가운데서도 너의 악마적 순실성을 발견할 수가 있다. 오! 야심의 신이여. 너는 지금까지 인간을 몹시도 괴롭게 하였다. 인간은 이것을 겨우 깨닫게 되었다. 그리고 너의 허영은 전혀 이 때문에 파산을 당하게 되었다. 네가 명예와 권위로써 마녀를 소유하겠다는 야심은 그만 수포에 돌아갔다.

신 : ! ! !

시인 : 신아! 너의 환락과 평화도 오래지 않으니 어서 빨리 전비前非를 회한悔恨하고 나와 같이 울어다오.

신 : ! ! !

시인 : 너는 아직까지 천국의 허영을 몽상하느냐. 선인善人과 너의 식자息子되는 야소耶蘇까지도 평화와 만족과 환락에 대하여는 벌써 권태가 된 줄을 모르느냐? 우리들이 지옥문을 영롱하게 장식하고 눈물로써 불을 껐을 때 야소는 극밀히 우리한테로 와서 감사와 찬미의 말로써 위로하여 주었다.

신 : 아! 결코 그런 일은 없다. 시인아! 제발 이로부터 너무 말하지 말아다오.

시인 : 나는 결코 네게 심판의 선고를 하는 것은 아니다. 또는 네가 우리의 쾌락을 사마하였다는 데 대하여 복수하고자 하는 것도 아니다. 단지 너의 회한을 가다릴 따름이여.

신 : ! ! !

시인 : 오! 오! 저 발자취 소리를 듣지 못하느냐? 누가 오는가 싶다.

신 : ? ! !

시인 : 오! 섭어囁語를 듣지 못하느냐? 누가 나를 부르는 것 같다.

신 : ! ! !

시인 : 공기가 복욱馥郁*한 도색桃色으로 변한 것을 보려므나. 양귀비꽃이 하나씩 둘씩 땅에 떨어진다. 누구를 위하는 예물일까?

신 : ! ! !

시인 : 신아! 그리 겁낼 일이 아니다. 이로부터 필경 내게 경사가 오리라.

신 : ! ! ! !

시인 : 지옥의 쾌락을 내게 보고하려 오는 마녀인가 싶다.

신 : 오!!

마녀 : 사랑하는 시인이여. 이렇게 모호한 대기 속에서 극밀히 나를 만나겠다는 소망은 무엇인가?

신 : 오! 오! 마녀여!

시인 : 악마여, 신이 기절하였구나.

마녀 : 시인이여. 신의 기절이 우리에게 무슨 상관이 있는고.

시인 : 오! 친애하는 악마여.

(7월 장마에)

—《개벽》(1922년 9월).

---

* 향기가 성하다.

월광

인물: 몽녀夢女, 망령, 해골

*　*　*

몽녀: 모든 현실의 풍속을 덮어 싸는 신비한 월광이여. 너는 장려한 오로라의 효신曉神과도 다르고 또는 하얀 극북산極北山을 물리치는 벽해碧海의 청포靑泡빛과도 다르다. 네가 비춘 그림자에는 고아한 춘정春情이 있고 네 냄새에는 형용키 어려운 미묘한 정감이 있고 네가 가는 섭어囁語에는 데빌*의 애연한 설움 소리가 숨어 있다.

오랜 과거에나 또는 먼 장래에 누가 능히 너의 처비凄悲한 미美를 알겠느냐. 그러나 나의 감관感官이 몹시 예민하고 관념이 황홀하여 무한과 찰나 사이에 있는 구곡구절의 길을 감쌀 때에 그래서 가장 요해키 어려운 변조적의 음향을 듣게 되며 아직까지 없었던 청색의 미세한 난사광亂射光을 볼 때에 나는 너를 이렇듯이 알았다. 오! 잠자리 눈 같은 월광이여.

---

* devil. 악마.

망령: 요녀여. 그대의 말은 한없이 고상한 세계의 내용과 형形을 상징한다. 그대의 눈은 마치 막막한 지평선을 빛 날리는 흑맥과 같지 않는가.

해골: 오! 그대의 양협兩頰은 야회복에 매어 달린 홍진주와 같고 수족手足은 가을볕을 부딪는 박화薄花와 같고 그대의 향기는 풋고초苦草와 같이 고상하구나. 새벽 하늘을 빗질하는 듯한 그대의 별눈이여. 암만해도 그대를 인간세계에 두기는 애처롭다.

몽녀: 오! 그대가 생전에는 나와 연인동지戀人同志였었다. 그대를 이별하고 나는 얼마나 서러운 날을 보냈는고. 그러나 이렇게 깊은 밤에라도 그대를 볼 것 같으면…… 상아로 조각한 듯한 어여쁜 그대의 얼굴을 볼 것 같으면 옛날이나 지금이나 무엇이 다르겠느냐. 그리고 망령아! 너는 생전에 나를 퍽 사랑하였다. 그러나 나는 그대의 사랑을 갚지 못하여서…… 그대는 나를 이별하고 어떠한 세계를 방황하였는고?

망령: 동무여! 어서 저 요녀를 우리의 마술경魔術境으로 인도하자!

해골: 요녀여, 나는 그대가 말한 것보다 일층 더 이상한 세계를 보고 왔다. 그대를 이별한 나는 찬란한 인광燐光의 세계로 갔었다. 부육腐肉의 향기로운 냄새가 관능적으로 나를 몹시도 고혹蠱惑할 때에 가신伽噺*과 같은 무르녹는 공상이 인광 속에서 전개가 되자 부지불식간에 나는 불가항적의 신비한 힘에 끌리어 재릿재릿하게 녹아 스러지는 듯한 일락경逸樂境으로 들어가게 되었다. 이때에 본 광경을 다 무엇이라 형용하면 좋을고. 무한제애無限際涯에 피어 나오는 근화槿花의 방일放逸한 꿈이라 하면 좋을까? 또는 강 언덕을 장식하는 저 사절화四節花의 피고 또 피는 광경일까? 인간세계에 집착하던 사랑이며 자선이며 희생이란 비속한 감정을 전혀 초월한 세계. 증오와 비통이 때때로 고고한 감정에서 샘솟

---

* おとぎばなし. 신비로운 옛날 이야기.

아 독약미毒藥味의 아즐아즐한 쾌감을 주는 세계의 기적을 다 무엇이라 형용할 수가 있을고. 그리고 모든 광선이 곡선이 되어 비치는 광경이며 또는 밤만 되는 세상에…… 여기 사는 주민들의 얼굴이 다 자극성의 매력을 가지고 입술은 몹시 희고 안색은 시시각각으로 변화하여 의사는 언어보다도 표정에 의하여 발표하고 행복은 양심의 구속을 전혀 떠나 자유자재의 대상을 선택하는 세계의 내용을 일일이 무엇이라 설명할고. 오! 애인이여. 우리는 오늘밤에 힘껏 취하여 가지고 감흥이 식기 전에 우리의 세계로 함께 가자!

몽녀: 오! 갈잎이 바람에 우수수 하는구나. 게(蟹)가 갈꽃을 몰고 내 옆을 어정어정 기어간다. 그대여! 나는 여기가 좋다. 여기서 매일 밤 그대를 만나는 것이 한없이 기껍다.

망령: 요녀여. 나는 그대를 이별하고 마치 정신병자의 언어를 해득하려고 애쓰는 변태심리학자의 모양을 하고 어둑한 길에서 주저주저하였다. 이때 나의 적막과 설움을 다 무엇이라 말할까? 알 수 없는 주위의 사정과 똑똑치 않는 발걸음에 몽롱한 대기 속에서 갈팡질팡할 때에 어여쁜 여데빌이 내 옆을 지나가면서 “오! 망령아! 네가 구하는 진리는 저 유현경幽玄境의 삼림 속에 있으니 나를 따라 오너라” 하기에 같이 갔었다.

그대여 내가 보고 온 마계魔界의 광경을 일일이 말하면 그대는 얼마나 경탄할고. 그러나 이것을 도저히 언어로써는 표현할 수가 없다. 초자연적의 비밀을 비속한 언어로써는 표현키가 어려워…… 그러나 강强이 이것을 말로 번역하여 볼진데…… 제 일 여악마女惡魔의 기괴한 쾌락적 생활이다. 그이들의 마음은 언제든지 청백한 동월冬月같이 쉽고 벽공을 수놓는 공작같이 교격矯激하고 구월의 폭풍같이 자유스럽기 때문에 행복을 의미하는 것도 이왕 우리와는 대단히 다르더라. 일례를 들면 고통에는 고통으로써 위안을 하고 비애에는 비애로써 위안을 삼더라. 한 동무가 서러워하면 다른 이들은 와서 비장한 전설을 들려주며 어디까지든지 비극적으로 살려는 경향이 많더라. 그리고 그이들에게는 일절 시간이나 공간의 관념이 없기 때문에 춘하추동이 일 찰나를 통하여 같이 유동할 때도 있더라. 그래서 그이들은 미추美醜에 대한 구별의 여유까지 없는 격심한 도취경에서 사는 것을 보았다.

나는 그이들의 신비한 계통을 알려고 오래 동안이나 여악마의 자세를 숙시熟視하였다. 그러나 미美에 대한 고찰이 선풍旋風과 같은 환희에 싸여 저희들의 비밀을 찾는 것보다도 내 자신에 샘솟는 전광과 같은 행복의 계시가 찰나에서 찰나의 인상을 결뉴코자 애쓰는 듯한 절정의 비애가 내 혼의 평화를 어지럽게 하였다. 기필코 저희들의 신비한 마술의 미세한 파동이 내 관념을 변형하였다 생각하였다. 아니 그 적에는 이러한 반성적의 여유도 없었을 터이지…… 나는 동화극에서 보던 순례자 모양으로 곳곳마다 잃었던 신비를 찾지 않을 수가 없었다. "잃었던 찰나를 다시 찾아라. 그렇지 않으면 장차 올 찰나를 꼭 붙들어라. 영원은 찰나의 조반繰返*이요 무한은 찰나의 비극에서 비롯함을 확신하여라……."

나는 이때 미에 대한 찰나의 우월성을 체험하기 위하여 용기를 가다듬어 마녀단魔女團에 돌진하였다. 그리고 그 중 제일 예쁜 여악마를 하나 붙들고 힘껏 포옹하였다. 그의 몸이 보들한 나체의 결과인지 그의 젖가슴이 내 품안에 묻혔을 때 나는 황홀하였다. 그러다가 그의 눈과 입모습이 점점 요녀 네 얼굴과 같아 가는 것을 보고…… "내 전생의 욕망이 이와 같은 불가해의 마계魔界에서 재현이 되는 것을 그윽이 의식하게 될 때에" 아! 내 품에 안기었던 마녀는 스러져 간 곳 없고 나는 그만 그 당장에서 기절하고 말았다. 오! 애인이여. 그대의 젖뚜껑은 비 맞

---

* 반대 면에서 끌어내다.

은 백장미와 같구나. 어서 나와 함께 마계로 들어가자. 양귀비꽃 그늘과 같은 그대의 눈자위와 인삼의 향기 같은 그대의 호흡을 일일이 다 형용할 수도 없다.

몽녀: 오! 그대의 말은 너무나 황당하다…… 망령아! 갈잎에 숨어 있는 애연한 음색을 듣느냐? 청광青光 속에 뽀얀 갈꽃의 해득해득한 것을 보느냐. 오! 나는 여기가 좋다. 여기서 매일 밤 저 월광과 한데 섞이는 것이 한없이 기껍다.

망령: 요녀여. 나는 그대를 사랑한다. 우리가 보고 온 세상은 자연적 가치 이상의 미가 있다. 거기에는 그대가 사랑하는 달이 겨우 백척고百尺高 되는 선인장 위에 있다. 그래서 그것을 상아의 환한 살(矢)로 쏘아 땅에 떨어뜨릴 수도 있다.

몽녀: 망령아! 그대의 나라는 회화가 없지 않느냐?

망령: 그러나 음악은 있다. 허다한 동녀들이 노래를 부를 때에 흐르던 물과 달아나던 성상星霜이 황홀히 노래를 듣고 발걸음을 돌이킬 때가 있다. 그래서 그이들은 일절 늙는 것을 모르고 단지 무한한 청춘을 구가謳歌할 따름이다.

몽녀: 그대의 나라는 의복이 없지 않는가?

망령: 저고리와 치마가 무슨 필요가 있는고. 그이들은 식물을 대단히 사랑하는 고로 화속花束과 같이 자기 몸을 살핏한 꽃 이파리로 가리울 따름이다. 그리고 거기에는 일절 동물이 없기 때문에 아무리 무성한 삼림과 꽃밭을 싸다녀도 징그러운 벌레가 없다.

몽녀: 오! 나는 저 갈꽃을 바라볼 적마다 처량한 생각이 난다. 그러나 박꽃보다도 더 희고 앵두꽃보다도 더 뽀얀 것을 볼 때에 내 마음은 아득하다.

해골: 요녀여. 그대가 매일 밤 우리와 만나는 것도 필경은 우리가 영원한 미美에 바치겠다는 신비한 힘에 감응이 된 까닭이다. 그대와 같이

인간적 가치 이상의 미를 가졌든가 또는 심리상 이양異樣의 감화를 받은 이는 마땅히 경탄할 생애를 보낼 특권이 있다. 자! 그대 자신의 행복을 위하여…… 이 마주魔酒를 마시고 우리를 따라 오너라…… 나는 그대를 참으로 사랑한다.

몽녀: 마주를 마시면 어떻게 되는가?

해골: 신경은 몹시 아즐아즐하고 섬유는 녹아 스러진다.

몽녀: 그대여! 나는 그래도 여기가 좋다. 바들바들 떠는 저! 갈잎의 희허欷歔*를 들을 때는 내 마음이 어떻겠느냐.

해골: 오! 나의 세상은 여기보다 더 황홀하고 더 아름답다. 별은 쉴새 없이 동요가 되고 광채는 실실히 빛 날린다. 그리고 청색과 적색의 키스며 황색과 백색의 포옹이며 도색과 흑색의 섭어囁語며 곡선과 직선의 교체를 바라볼 때에 나는 기이한 시적 광휘에서 사는 것 같이 생각이 되었다. 그러나 이 막연한 세계는 내가 정복할 세상이 아니고 내 마음을 빼앗길 곳인 것을 깨달았다. 아무리 기이한 생명의 수태를 받은 세계요 또는 생존의 권위가 일락과 화사만을 탐한다 하자…. 그러나 이렇듯이 내 마음을 요마妖魔의 미락媚樂과 같이 아는 것은 대체 어떠한 매력이 이 인광계燐光界에 숨어 있는고……. "오! 우주의 일대 계시자인 미여. 그대는 황량한 마계魔界에 아직까지 없었던 장려한 꽃을 심었다. 모든 생명은 다 그대의 기적에 의하여 처음으로 비롯하였다. 만일 그대가 없었으면 우리의 존재는 얼마나 무의미하고 천박하였을고?" 장엄과 경이에 대한 열광한 나의 의식이 미의 지고한 광휘에 도달하려할 때 나는 울었다. 그대여, 나는 이때 비애에 대한 의식의 무한 법열을 깨달았다.

몽녀: 나는 지금도 그대를 사랑한다.

해골: 그러면 어서 이 마주를 마시고 네 혼과 작별하여라. 그리고 우

* 흐느낌.

리를 따라오려므나.

몽녀: 오! 맛이 퍽 향기롭구나. 이 술은 정녕코 선주仙酒이다. 심장은 몹시 가벼워지고 형용키 어려운 초연初戀의 향기가 난다. 그리고 내 젖뚜껑은 재릿재릿하기가 한량이 없구나. 오! 그대여. 나를 꼭 한번만이라도 안아다오.

망령: 오! 그대여.

몽녀: 내 눈은 그믐밤을 꿰뚫을 듯이 밝아진다. 오! 저기 저 별을 지나서 그 위에 또 별을 지나서 그 위에 또 별을 지나서 한없이 먼 곳까지도 보이는 듯하다.

* * * *

해골: 망령아! 저 광녀狂女의 요염한 시해屍骸를 좀 보려므나. 그의 수족은 채송화 잎같이 똥똥하기도 해라.

망령: 그대여. 사랑은 영靈의 번농물飜弄物도 아니고 또는 감정의 노예도 아니어. 다만 고요한 형태에 향하여 자기가 전에 은닉하였던 정열의 율동을 감수하게 되면 그만이다. 사랑은 결코 영적 교환도 아니고 또는 감정상 융통도 아니다. 이것들은 단지 상업적 무역에 불과하다. 그러므로 심각한 사랑에 느낄 때는 연인의 적순赤脣이 자기 고뇌에 대하여 벙어리가 되며 저의 마음이 방황하는 우리 혼에게 문을 닫을 때이다. 그는 사랑의 목적이 고통과 침묵을 향락하는 데 있는 까닭이다.

해골: 오! 그대의 말은 진리이다. 그러므로 한 어여쁜 형태에서 불령不逞한 영靈의 망동이 있던가? 또는 균열적의 감정의 주름살이 보인다 하면 이는 미의 파멸이라 할 수 있다. 한없이 고요한 저 요녀의 시해를 보라. 거기에는 영과 감정을 탈화脫化한 지고지상至高至上의 초자연적 생명이 흐를 따름이다. 이럼으로 시해는 특수한 예술품이다.

망령: 한없이 고요히 잠든 요녀여, 그대의 침묵은 무엇 때문의 상징인고? 세상의 모든 미와 비애는 다 그대의 것이 아닌가? 물결치고 흘

러가던 음향 속에 사라지는 허다한 성상星霜도 그대 외에 또 다른 화가花嫁를 맞고자 하지 않는다. 모든 시대의 전설은 다 그대의 신비한 미의 계통을 풀어보려고 애쓸 것이다. 그러나 그대의 영원한 침묵은 시인의 열정에 의하여 다시 시키고 또 시키어 그래도 그대의 침묵이 시인에게 한층 더 한 불가해의 정열을 고취할 때에 시인의 몽상은 전광과 같은 영화靈火에 현훈眩暈*하여 자기 혼자의 격정과 곤혹에 그만 넘어질 것이다. 그대는 이와 같이 후일의 세계를 창조하고 세월을 윤식潤飾할 것이다. 오! 그대는 이렇듯이 인생을 지배할 것이다. 요녀여, 나는 그대를 포옹한다. 그대 볼에 발린 홍분紅紛이 떨리는 내 입술에 묻힌다. 나는 그것을 나비 깃에 붙는 양귀비꽃의 화분인가 한다. 나는 취하였다. 그러나 그대의 비밀은 아직 기억하고 있다. 사랑이여. 영원히 새로워라.

해골: 사랑과 자유는 죽음의 나라에서만 있는 법이다. 나는 아무러한 저항과 조격阻隔없이 그대를 사랑할 수가 있다. 요녀여. 나는 그대를 옛날에 잃었던 보옥寶玉같이 생각한다. 그러나 나는 그것을 보이지도 않는 먼 나라에 던져 버렸다. 그대는 지금 이 세상 사람이 아니어. 나는 그대를 먼 나라에 있는 미희美姬와 같이 생각한다. 그래서 밤이 가고 낮이 가고 달이 지나고 해가 오되 그대는 그냥 먼 나라에서 살 것이다. 그러나 그대와 나는 '오늘밤'을 기억한다. 오! '오늘밤'만을 기억한다. 밤이 오고 낮이 가고 달이 지나고 해가 오되 '오늘밤'의 행복은 있을 수가 없다. 그대는 '오늘밤'만을 사모하고 서러워하여라. 그대는 '오늘밤' 이외에는 더 늙지도 않을 영원한 청춘이다.

몇 세기를 경과하여 설혹 시인이 "님이시여. 나는 그대를 사랑합니다. 왜 대답이 없어요?" 하고 부르짖을 적에 그대의 대답은 역시 '오늘밤' 하고 말 것이다.

---

* 현기증 나다.

여러 시인들은 그대에 대한 큰 신비를 알고자 저희들의 상상은 미래에서 과거를 통하여 부단히 동요가 될 것이다. 그러나 모든 세기를 다 찾아보아도 '오늘밤' 이란 특별한 때는 없을 것이다.

저희들은 마침내 자기 혼자의 애망哀望과 정열 때문에 숨차서 넘어질 것이다. 그대는 이와 같이 후일의 세상을 정복하고 지배할 것이다.

오! 고귀하다. 장중한 '때' 는 영원히 불멸할지어다.

(1922. 11월 作)

—《개벽》(1922년 12월).

평론

중성주의

세인世人이 중성자中性者에 대하여 너무나 냉정하고 연구가 없을 뿐 아니라 혹자는 변태성이라 하며 또 심한 자는 병적病的 내지 사회의 기형아畸形兒라 하여 혹평 훼폄毁貶함을 나는 심히 유감으로 안다.

중성中性처럼 양성兩性의 단장短長을 잘 조화하고 개성의 향상과 인생의 발전에 공헌하는 자가 없나니 나의 이러한 취지로 중성자의 생리적 연구 내지 성性의 관계, 사회의 관계를 진술코자 한다.

1. 중성자의 생리조직

중성자의 생리상 조직은 (특히 남男을 지指함) 별별別別로 보통 남자와 이상이 없으나 그 특징에 대한 신경조직은 파頗*히 복잡정묘複雜精妙하여 민감적, 정서적, 곡선적으로 되었다. 이 점으로 중성자는 부인의 우아한 정서적 기질을 많이 가졌음으로 일반이 부인과 근사하다. 그 개성적 특징은 일반으로 열정적이요, 정서적이요, 창조적이요, 비애적이요, 고독적이요, 호기적이요, 섬세적이다. 이 점으로 관찰하건대 많이

* 자못, 두드러지게.

천재의 기질과 유사하다.

중성자의 대부분은 예술가, 문학가, 종교가에서 많이 발견하는 민감이며 신비적 정서 내지 영묘한 감정적 활동이 있기 때문에 그이들의 처하는 세계는 실로 미적美的이요, 신비적이요, 정서적이다. 그러므로 피등은 평범한 꽃 한 송이를 볼지라도 한없는 애愛와 영원한 쾌미를 음미할 수가 있으며 또 파사하는 녹림綠林의 음영을 볼 때에도 어떤 신비한 물체의 상징인 줄을 추상할지라. 이같이 피등의 세계는 도徒히* 감각적이 아니요 지성과 정감의 흥분한 종교요, 피등으로 도히 미美에 구니탐닉拘泥耽溺하지 않고 일선의 진리를 탐구할 예술이다. 피등의 성격은 대개 외면적인 광열이요 발랄한 감정은 배척하고 항상 내면적인 심각하고 정숙한 감정을 취하려한다.

중성자는 여성의 우아한 정서적 기질과 남성의 이지적 기질을 발췌한 중간성이다. 여성의 결함은 일반으로 창작적 재능, 사색적 능력이 결핍함으로 아직까지 여자의 대예술가, 대과학자, 대종교가라는 이름이 없으며 그리고 여자는 일반으로 추상적 문제에 흥미가 없으며 사물에 대한 회의성이 없다. 이것이 아직까지 여자로서 대발명가가 없는 이유이라. 그리고 여자는 사물을 객관적으로 관찰치 못하고 주관적으로 관찰한다. 이는 필시 여자가 이기적이요 항상 맹목적 감정에 지배되는 이유라. 시是에 반하여 남성의 결점은 일왈一日 감정의 지둔이요, 이왈二日 도덕력의 부족이다. 즉 용기, 대담, 결심 등의 도덕력과 공포, 동정, 애정, 비애에 대한 감정이 여성보다 일반으로 발달되지 못하였음으로 남성의 결점은 이같이 인류의 가장 근본적이요 특성인 감정과 도덕력이 결핍 지둔하다.

그러나 중성자는 이러한 모든 남성이나 여성의 결점을 교정하고 가

* 다만.

장 고상하고 우아한 점만 균조均調*한 것이 즉 중성이다. 여자의 동정심과 애정과 대담과 결심과 남자의 이지적, 사색적, 창조적인 것을 중성자는 능히 양자를 다 겸부하였다. 우右**의 말은 특히 남성을 의미하였으나 좌左***에는 특히 중성적 여자에 대하여도 간단히 진술하고자 한다.

……****도 격렬하고 활동적이요 충직하고 방담放膽*****하다. 그러므로 본래 여성의 결점이 너무 약하고 무능하고 의뢰적이고 소극적임으로 사회에서 기생충이란 작명綽名을 얻었다. 그러나 나의 주장하는 중성적 여자는 현금 남녀 계급타파 시기에서 자기의 권리와 자유를 절규하기에 사호些毫도 남자와 손색이 없으며 피등은 정치상으로나 경제상으로 능히 자기의 권리 행복을 주장할만한 활동능력이 있다. 이러므로 근대 참정론자이니 자유연애이니 하고 주장하는 부인은 다 중성적 여자라 하여도 과언이 아니게 되었다. 시고是故로 나의 주장은 중성中性 주창主唱이 되었다.

2. 중성자의 성 문제

성性의 문제는 물론 남녀 문제를 의미함이 되겠고, 남녀문제는 연애문제, 결혼문제, 남녀 동권同權 문제를 의미함이라. 나는 중성자와 성적 관계를 말하기 전에 연애문제, 결혼문제, 남녀 동권 문제에 관한 관견管見을 말하고자 한다.

(가) 연애문제이니 흥미 있는 문제이다. 우리의 영적靈的 급及 정서적

---

* 균형이 맞게 조화롭다.
** 오른쪽, 가로 편집 상에서는 위.
*** 아래.
**** 영인 과정에서 맨 왼쪽 한 줄이 잘려 나감.
***** 기탄 없이 자기의 사상을 토로한다.

생활의 대부분인 연애는 인류진화의 큰 공헌이며 개인이 가정을 결뉴하여 국가를 조직하고 가정이 국가와 결뉴하여 사회를 조직한 것이다. 연애는 위대한 일이다. 우리가 사회를 위하니 국가를 위하니 하는 것도 결국의 목적은 연애라는 보수를 얻으려 함이오. 문학이니 음악이니 예술이니 하는 것도 그 결국은 연애에 대한 무한 영원한 시적 흥미를 감상하려 함이 아닌가?

이같이 연애는 우리 생의 큰 욕구며 큰 목적이로되 세인들은 왕왕 연애의 실재성을 무시하며 혹자는 심지어 연애를 육욕과 혼동하며 우又 심한 자는 연애는 육욕을 영원히 계속코자 하는 수단에 불과하다 하여 연애의 영묘한 정서적 활동을 무시하려한다. 이는 생계에 악착하는 세인이 아직까지 추악한 물욕에 혹닉되어 물질적 생활 이외에 정신적 생활을 알지 못함이며 동물적이고 이기적이고 연적戀的인 원시적 유전성을 탈해하지 못한 고故이라. 세인이 자유연애를 불가不可라 함도 필시 연애의 신성과 정신생활의 자유적 의지를 무시함이라. 아니, 세인은 육적 생활 이외에 순전한 정신생활을 하기에는 지식과 정서가 지둔하다.

그러면 어떻게 하여야 우리는 물적 외에 고상한 정신생활에 들어가 우리의 행복을 증진시킬까? 이러한 정신생활을 경영함에는 적어도 우리는 민감적이고 열정적이고 곡선적인 정서를 요구한다. 시고是故로 나는 중성자에게 이러한 모든 정서적 활동을 기대한다. 그러면 중성자는 연애에 대하여 어떠한 접근성을 가졌는가? 전술과 여如히 중성자는 예민한 정서의 소유자이므로 연애의 무한 영원한 시적 취미를 음미할 수가 있다. 중성자의 연애는 대개 성욕적이 아니요 정서적이므로 피등의 애愛는 최最 열렬할뿐 아니라 일생애에 계속할 수가 있다. 그리고 중성자는 여성에 근사하므로 여성의 감정상 요구를 잘 이해함으로 중성자의 연애는 합리적이요 이해적이요 매우 행복적일 것이다. 중성자는 사소한 애수에도 강렬한 정서와 동정과 민감이 있는 고로 애인에 대한 무한한 애정과 동정을 경주할 수 있다. 이같이 중성자의 애정은 극단으로 영적이요 차且 농밀함으로 현금 사회의 추악이 극한 물욕에만 침닉한 남녀의 동물적 이기적 애정과는 동일로 어語할 것이 아니다.

(나) 결혼문제이니. 종래로 결혼문제에 대하여 여간予看* 충돌된 원인이 무엇인가? 필시 남자는 여자를 가리켜 마물魔物 불가해라 하고 여자는 남자를 가리켜 골계 방탕하다 하여 상호의 이해와 교섭이 없다. 이러므로 남자나 여자나 그 육적 요구는 이해하지마는 그 정신적 요구는 이해하지 못함으로 결혼 내지 연애 문제에 모순충돌이 생生한다. 결혼은 육肉과 육 사이의 결합이고 영靈과 영 사이의 결합은 아니라. 즉 전적 이해가 아니라. 그러면 어떻게 이리 남녀의 호상互相 이해교섭이 없었는가. 이는 무타無他라. 남녀는 선천적으로 생리학 상 혹은 감정상 차이가 너무 현격한 고故이라.

그러면 어떠한 수단방법으로 양자를 잘 조화할까? 나는 또 중성자의 성性에 대한 전적 이해를 기대한다. 결혼이 적어도 연애를 영원히 계속함에 큰 수단방법이고 정서생활의 무대라 할진대 중성자는 결혼에 가장 이상적 양인良人이 아닌가? 그리고 중성자는 남녀 양성의 공평 정당한 조화자調和者가 아닌가? 이러므로 중성적 남자로 하여금 여성의 비밀을 알 수가 있고 중성적 여자로 하여금 남성의 정면을 볼 수가 있다. 종시從是 이 남녀는 원만한 가정을 조직하고 무한한 사랑을 향락할 수가 있다.

(다) 남녀 동권同權 문제이니. 절유竊唯하면, 일방에는 격렬한 부인 참정론자가 있으며 또 일방에는 상尙 칠거七去 삼종三從의 질곡을 탈脫치 못

* 내가 보기에.

한 부인도 있고 병역, 공업, 경영에 종사하는 부인이 있으면 또 일방에는 부엌과 안방에서 안한安閑한 생활을 보내고 있는 부인도 있다. 이것이 다 무슨 이유인가? 필시 여성의 섬약한 체질과 이지와 활동력과 진보성이 결핍한 원인이다.

즉 옛적 여자 그대로 있기 때문이 아닌가? 나는 남자가 전적으로 이해하고 남녀가 동일한 직업 내內에서 동일한 권리와 행복을 향수하려면 중성적 여성의 배출을 요구한다. 현금의 세계는 문화상으로나 정치상으로나 종교상으로 과학상으로 근본적 대혁명이 기起하였다. 오인吾人의 신지식으로 능히 강대한 자연력을 정복하여 거의 공간 시간에 제약을 배제하며 수저水底에는 잠항정潛航艇, 공중에는 비행기로 도저히 수천 년 전 인人이 몽상치도 못할 신사업을 실현하게 되었다. 이같이 세계는 찰나 사이에 격렬한 변화를 생生하는 동시에 여자도 부엌이나 문내門內에서만 한거할 수가 없게 되었다.

즉 여자도 이제부터는 자가自家의 무한한 행복을 증진시키며, 신운명을 개척하여야만 될 시기가 왔다. 그러면 여자는 어떠한 수단방법을 가지고 정치상 혹은 경제상 내지 문화상으로 남자의 속박을 탈脫하여 행복한 생애를 보낼고? 여자는 그 우아한 정서적 활동 이외에 정치, 경제, 예술에 이르기까지 자기의 활동력을 확장하여 신新행복을 향락할지며, 남자도 정치나 군사상 활동 급及 생활 이외에 우아한 정서적 활동 급及 시적詩的 생활을 요구 하여야만 되겠다. 이러므로 나는 남녀 양성을 잘 조화한 중성자가 세상에 많이 나서 사회에 개조를 도모하며 인생의 무한 행복을 증진시키기를 기대한다. 이같이 인류진화의 큰 문제인 남녀문제에 입각하여야 먼저 우리가 통절痛切히 생각하는 바는 인간 최대의 행복을 향락하며 최대의 자유를 회득會得코자 할진데 우리는 중성자의 큰 공헌을 염두에 망각할 수가 없다. 시고是故로 나의 주의는 남성이나 여성이 다 중성으로 진화되자는 말이다.

3. 중성자와 사회

중성자가 이렇게 종족진화 인류행복의 큰 공헌자로되 세상은 피등을 도리어 변태성이라 하며 기형아라 하여 훼폄毁貶한다. 나는 이 점에 대하여 소위 학자라 하는 자도 이것을 변명하려 하지 않으며 차且 중성의 우아한 기질을 주장하려 하지도 아니함을 분개하며 아울러 피등의 무능한 것을 가책코자 한다. 중성자는 인류 진화의 표본으로 가장 완전한 인격이다. 하고何故요 하면 현금 문명인의 특색은 전체로 안면이 소小하고 비교적 두뇌가 크고 신체의 모毛가 소小하고 골격이 섬세하다 한다. 그러면 이러한 특색은 남자보다도 여자 가운데서 많이 발견할 수 있는 즉 여자와 근사한 중성이 보통 남녀보다도 더 문명적이다. 그리고 근대 청년은 대개 남성과 여성 사이에 중간성을 가졌다고 어느 학자가 말한 일이 있다. 이것이 인물이 점점 중성으로 진화되는 자연법칙이 아닌가 한다.

이렇게 가장 완전하고 진화된 중성은 사회에 대하여 어떠한 공헌을 하며 사업을 하는고. 이것이 중성주의의 큰 문제이다.

중성의 신경조직이 이미 정서적이요 민감적이요, 곡선적이므로 그이들의 사업은 종교, 문학, 예술 방면에 최적당하다. 고로 고래 종교가, 예술가, 문학가의 대부분은 다 중성자임을 발견하였다. 종從하여, 고래의 걸사傑士, 문학가, 소설가는 전부 중성임을 발견한 것은 우리가 피등의 전기나 작품 가운데서 잘 알 수가 있다.

이같이 중성자의 사회상 공헌은 다시 별언瞥言할 바가 없이 위대하다. 인류의 모든 진보가 다 중성자의 공헌한 바이며 우리가 무한한 애愛를 향락할 수가 있고 지智와 신비에 대한 영묘한 정서적 취미를 음미할 수가 있는 것도 실로 중성자의 덕택이다.

이같이 중성자의 종교적, 예술적, 문학적 공헌은 실로 정치가나 군사가軍事家의 공헌에 비교할 바가 아니다. 아니 정치나 군사가 우리에게 얼마나한 행복을 주었는가. 정치가는 조세를 높여 우리의 경제적 안정을 위협하며 군사가는 우리의 생명을 항상 피비질식疲憊窒息케 하지 않았는가?

나의 주장하는 중성자에는 군사의 흥미를 가진 자가 없다. 이는 전란戰亂의 잔인한 야만적 행위보다도 더 평화와 문화를 사랑함이다. 나의 조사한 바에 의한 즉 금번 전란의 영향으로 사자死者가 도합都合 칠백팔십칠만인이요 전비戰費가 삼천이백억원이다. 아! 전쟁의 해독이 얼마나 우리의 생명을 협박하는고. 나는 세계 평화를 위하여 아니, 전 인류의 행복을 위하여 중성자가 많이 나서 활동하기를 기대한다.

나의 생각으로는 치민治民하는 데는 과학보다도 예술이고, 정치보다도 종교며, 정책보다도 사랑인 줄을 안다. 아울러 세계는 기필코 예술과 문학과 종교의 힘으로 지배될 줄을 믿으며 또는 그렇게 되기를 축원하는 바이라. 금번 전란의 영향으로 인류는 다 평화와 문화를 사랑하게 되었으며 건조무미한 정치 군사에서 이제는 한아閑雅하고 취미 있고 영묘한 세계로 이거移居하게 되었다.

아! 조선의 청년들이여! 조선에 나서 조선을 위하여 일하고자 하는 청년들이여. 군사나 정치가 벌써 우리의 영靈을 구하고 생生의 욕구를 완전히 표현치 못할 것을 관파觀破하였는가? 공명심 명예심에 뜬 영웅숭배자들이 주려 가는 영을 무엇으로 구하며 색채가 없는 우리의 생을 무엇으로 찬란케 할까? 우리 가운데는 큰 정치가도 필요하지마는 정치 군사보다도 더 예술, 종교, 문학이 필요치 않은가? 어서 어서 우리 가운데도 민족적 운동이 일어나야만 되리라. 나의 민족적 운동은 즉 문화운동을 의미함이다. 일본인의, 노서아인露西亞人*의, 인도인의 문화운동

---

* 러시아인.

은 있지마는 조선인의 민족적 운동은 아직까지 없소. 나는 우리 조선을 위하여 애통의 눈물을 금치 못한다. 아! 조선의 여자들이여! 부엌에서 키질하고 있는 여자들이여. 우리 이천오백만 생령生靈의 어미여. 당신의 세계는 부엌과 안방 이외에도 또 다른 세계가 있는 줄은 아시오? 구투舊套인 칠거삼종七去三從의 질곡도 다 버리고 아첨, 섬약纖弱, 허영, 교완嬌婉도 다 버리고 아주 격렬하고 활동적이고 정서적이고 충직한 중성적 여자가 될지라.

아! 영웅풍의 허식을 좋아하는 청년들이여. 군사나 정치의 공명적 생활에서 좀더 고상하게 예술적 종교적 문학적 세계로 이거移居하시오. 이러한 모든 취미 있고 우아하고 열정적이고 이타적인 생애를 보내려면 먼저 중성적 남자의 곡선적 정서와 창조적 이지적 재능을 모방하여야 할지로다. (完)

—《매일신보》(1920년 1월 30일).

최근의 예술운동
—표현파(칸딘스키 화론)와 악마파

서언緖言

민감 열렬한 우리의 혼은 재래의 모든 기성관념을 떠나서 기적에 싸인 환상의 광야를 활보하게 되었다. 그러나 우리는 환상의 기적을 극도로 향락한 결과로 재래의 온화한 안주경安住境을 버리고 오직 저녁별에 길게 늘어진 우리 자신의 뒷그림자를 돌아보며 울게 되었다. 그렇다고 우리는 또다시 자연과 인생한테 돌아가서 우리의 수소愁訴*를 고할 수는 없다. 병적으로 민감하여진 우리의 관각官覺은 자연의 미를 보기 전에 벌써 조경粗硬** 평범한 퇴굴적 유원한 시취詩趣의 권태가 된다. 그리고 자연의 풍광이며 인간의 타입이며 또는 우주가 의외 비속한데 대하여, 생활이 단지 무의미한 중하重荷에 불과하는 데 대하여, 또는 연애며 명예며 성공이며 만족이며 환락이 우리의 행복을 사기詐欺하는 데 대하여, 어떻게 증오의 염念을 일으키지 않을고? 행인지 불행인지 우리는 자연과 인생을 다 통과하여 왔다. 우리의 감취酣醉 경지는 어디까지든

* 시름 어린 하소연.
** 거칠고 굳어 있다.

지 환상의 기적을 향락하는 데 있다.

근대 예술가 중에 가장 이채異彩를 발휘한 보들레르나 포나 솔로구프나 레오파르디나 또는 고흐며 비어즐리며 뭉크며 칸딘스키의 예술이 현대인에게 얼마나 불사의不思議할 매력을 주었는가? 새로운 경이에 눈뜬 근대인들은 여기에 비로소 청신한 창조력을 가지고 다종다양한 미를 표현하였다. 그 중에는 독일의 신흥예술인 표현주의를 위시하여 19세기 이후로 일어난 유미파唯美派와 악마파와 미래파와 입체파와 후기인상파와 신고전주의와 상징파가 있다.

이 중에도 가장 근대성을 가진 표현파와 악마파의 현실 위협은 우리에게 대하여 일대 기적이라 할 수 있다. 기자記者가 이 논문을 초草하는 동기는 근자에 표현파의 영화 〈카리가리 박사〉*를 본 데 있다. 이 극劇의 심각한 인상은 일생의 잊지 못할 기념이다.

그리고 표현파의 자연관과 예술관이 기자 자신의 자연관과 예술관에 대하여 공명共鳴을 주는 점이 있는 고로 이 글을 초하기 시작한다.

1. 표현주의의 주장

자연을 초월하여 영혼의 진동을 무한히 고조하는 표현파 사조의 격류가 전패국戰敗國인 독일에서 일어나자 예술가는 물론 보통인까지도 일대 경이에 눈을 뜨게 되었다. 표현파의 사적 고찰에 대하여 인상파 이후로 일어난 후기 인상파를 위시하여 반反 인상파 즉 입체파라든가 악마파(물론 자연주의를 통과한 악마파를 운云함)의 운동을 아는 독자는 표현파도 역시 반인상주의에서 즉 후기인상파보다도 더 격렬히 자연격리에 전입한 예술인 줄을 개관적으로 짐작할 줄 안다. 그래서 여기에

---

* 1919년 로버트 비네가 만든 영화. 최초의 표현주의 영화로 알려져 있음.

말하고자 하는 바는 간단히 표현파의 진수를 개조서個條書*로 작성하여 감상하여 본 후 영화극 〈카리가리 박사〉에 대한 회화적 인상과 극근劇筋에 대한 변태심리학적 관찰을 하고자 한다. 먼저 표현파의 이론을 개조서로 작성하여 볼진대

一.

자연의 인상을 여실히 재현코자 하는 재래의 예술은 전혀 타락한 예술이다. 예술가 자신의 내계內界에서 발효 율동하는 즉 주관의 약동 분탕奔蕩에 의하여 자연을 마음대로 변형하며 개조하여 자아의 예속을 만들어 대상을 극복하며, 창조권의 무한자유를 획득하여 색채는 전혀 표현에 충만하며 윤곽은 대담히 초자연적의 형태를 의미하고 그래서 우리의 영혼이 무한히 생활할 세계는 표현파의 예술이다. 자연은 벌써 인류의 동격同格도 아니다. 표현파의 예속이다.

二.

재래의 감상가鑑賞家는 회화에 대한 이해와 판단의 범주를 소원적溯源的으로 현실과 번역하려 한다. 그러나 이는 대단한 틀림이다. 표현파의 회화는 전혀 현실로써 번역치 못할 신비 기괴한 선과 색채로써 되었다. 그러나 표현파가 현실 모방을 피하는 원인은 유미파와 같이 현세계가 추악하고 재미없는 이유가 아니고 방향과 목표가 별종인 까닭이다.

즉 표현주의 회화는 우주에 유일한 창조자의 제작품인 동시에 박물관에 있는 출품 모양으로 자연의 작품 옆에 자기의 작품을 진열할 수는 없다. 그러므로 감상가는 자연의 작품을 보던 동일한 의식으로 표현파를 보지 말고 특수한 의식 하에서 감상하여야 된다. 즉 표현파의 회화를 볼 때에 우리는 중생重生해야만 된다.

---

* 조목이나 조항으로 나누어 쓴 글.

三.

표현파에 대한 색채와 선은 관능적 선율 배합에 기인한 정신의 흥분이다. 그러나 순 예술적 의도에서 나온 색과 선인 동시에 자연 모방의 잔재殘滓가 없다. 그리고 표현파는 인류의 질식 고통에서 또는 대도시의 처참한 비밀 가운데서 음악과 색채와 향기의 착종錯綜한 교향악을 듣는다. 저희들의 혼은 격동적으로 긴장하고 예민하고 신비적이요 미로적迷路的이요 맥진적驀進的이요 영결적永結的일다.

四.

예술품은 절대적일 것이 당연하지마는 이것을 상대적으로 하는 것은 자연이다. 자연을 재현하는 것은 물론 예술가를 내적 충동에서 외계의 노예 되게 하는 것이다. 예술의 진眞은 외계와 일치하는 것이 아니라 예술가의 내계內界와 일치하여, 재현하는 것이 아니요 표현하는 것이다.

이상의 개조서는 순전히 회화 상 관념인데 기자의 본 바로는 표현파의 문학적 방면보다도 회화적 방면이 일층 표현파의 진체眞諦를 발휘한 듯 하다. 물론 어떠한 신흥 예술이든지 문학방면보다도 회화 방면이 선진先進하여 완성이 됨은 예술사상의 사실이다. 그리고 심각한 예술경藝術境에 들어가려면 무엇보다도 회화적 지식의 수득修得에 의하여 자기의 세계를 먼저 색채와 선의 배합으로 장식할 필요가 있는 것은 기자의 역설力說하는 바이다.

표현파에 대한 자세한 소식은 기자가 직접으로 본 영화극 〈카라가리 박사〉를 소개코자 한다.

— 영화극 〈카리가리 박사〉의 경개梗概

작자 : 마이어, 야노이츠 양씨兩氏

인물 : 카리가리 박사, 잠자는 남자 세자레, 후란시쓰, 제인, 아랑

유령의 지하실 같은 어두침침한 토병土塀[*] 앞에서 후란시쓰라는 광청년狂青年이 부첨附添의 노의老醫와 더불어 이야기를 한다. 그런데 이 정신병원에 수용한 환자 중에 단지 후란시쓰 혼자만 발광한 원인을 모르며 또는 정말 광인인지 아닌지 그것도 결정적으로 판명할 수가 없었다. 그래서 원장과 후란시쓰 전속의 노의老醫는 열심히 후란시쓰에 대하여 연구에 몰두하던 중, 어떤 날 노의는 후란시쓰를 광정廣庭의 한 구석에 끌고 와서 있노라니까 우연히 어린 광녀狂女(후란시쓰 물어物語 중의 연인 제인이란 미인)가 백의를 입고 소리도 없이 그림자와 같이 후란시쓰 앞을 지나갔다.

후란시쓰는 돌연히…… "오! 저이가 나의 허혼녀許婚女입니다. 저이와 내가 이전 지낸 말을 하면 참으로 불사의不思議할 일이야요" 하고 후란시쓰는 반쯤 일어나 하늘의 일방一方을 쳐다보며 "오! 나의 생지生地는 저 홀즈탄오고입니다. 어떤 명절 밤에…" 하고 후란시쓰는 전신에 힘을 다하여 열심히 자기의 과거사를 이야기하는 중 부지불식간에 광포狂暴한 후란시쓰의 두뇌는 전율할 일대一大 환상을 그려낸다.

"그런데 나는 아랑이라는 친구(형이상학에 몰두하는 학구적 인물)와 함께 야시夜市 구경을 갔습니다. 야시 한 모퉁이에서 카리가리 박사(원장)가 종을 울리며 '23년 간 잠자는 남자를 구경하시오' 하고 선전하기에 나는 호기심에 끌리어 아랑과 함께 입장하여 본 즉 장내는 처참하게도 살기가 등등한데 카리가리 박사가 23년 간 잠자는 남자를 시커먼 관에서 열어 보이더이다. 그런데 잠자는 남자의 얼굴은 일견一見에 기절하게 만치 공포심을 일으키더이다 (물론 이러한 장면을 일일이 상연한다) 그

---

[*] 흙담.

의 눈은 해골같이 시커멓게 패이고 입은 사자의 입술 같이 너푼너푼하더이다. 카리가리 박사가 잠자는 남자에게 암시를 하니까 잠자던 남자는 돌연히 시커먼 눈을 번쩍거리며 나오더이다. 일동이 공포에 위압이 되자…… 카리가리 박사는 잔혹한 표정을 하면서 일동에 대하여…… '이 잠자는 남자는 예언을 하니 누구든지 물어라……' 하기에 친구 아랑이가 선참 나서서 물은 즉 잠자는 남자는 명령적으로…… '너는 내일 아침에 죽는다' 하고 선언하더이다. 너무나 의외에 우리는 종일이나 불안스러웠습니다. 그러다가 정말 그 이튿날 아침에 아랑은 누구에게 찔려 죽었습니다. 그리고 또 나의 연인 제인을 그날 밤에 누구인지 살인미수를 하고 도망하였습니다. 나중에 알아보니까 다 카리가리 박사가 잠자는 남자에게 암시를 주어 살해한 줄을 알았습니다. 그래서 나는 카리가리 박사의 뒤를 쫓아갔습니다. 자기의 비밀을 폭로한 박사는 어두운 골목을 찾아 자꾸 달아나더이다. 나는 그냥 뒤를 밟아 가다가 박사가 정신병원으로 들어가는 것을 보고 나도 같이 쫓아 들어가매 박사는 어느덧 없어지고 다른 의사들이 있더이다. 그래서 그 의사에게 물은 즉 '카리가리 박사라는 이는 이 병원에 없습니다' 하고 도리어 나를 이상히 보더이다…… 그러나 '나는 분명히 보았으니 찾아 주시오 카리가리 박사는 잠자는 남자를 이용하여 살인을 하였습니다' 하고 나는 박사의 죄상을 일일이 말한 후 인해 2층으로 올라가서 원장실로 들어가 본 즉 카리가리 박사가 능청스럽게 원장이 되어 잔혹한 웃음을 띄우고 나를 눈빨더이다. 나는 그만 놀라 뛰어나왔습니다. 그리고 원장이 잠잘 적을 이용하여 여러 의사들과 더불어 원장실로 들어가 수색을 하였습니다. 여러 문서를 뒤지다가는 박사의 비밀일기를 보았습니다. 그 일기에는…… 이왕에 카리가리 박사(현재의 후란시쓰가 몽상하는 카리가리 박사가 아니고)가 있었는데 잠자는 남자에게 암시를 주어 영혼의 불사의한 현상을 연구한 사적이 있다. 그래서 원장은 다년多年 카리가리 박사의 학설을 연구하여 자기도 기어이 카리가리 박사가 되리라는 결심을 하여 정신과학 연구에 몰두하였습니다. 그리고 원장의 염두에는 마치 해탈하려는 수도자의 열심을 가지고 항상 '오! 카리가리가 되어라. 카리가리가 되어라…… 오! 카리가리!' 하고 마치 연인의 이름을 부르는 듯이 열렬하였다 합니다. 그러자 원장의 열망은 마침내 카리가리의 진체眞諦를 회득會得하게 되었다 합니다. 그래서 원장은 한 몽유병자를 이용하여 잠자는 남자를 만들었다 합니다…… 여기까지 일기를 본 즉 살인의 도괴道魁는 현 원장인 것이 분명하였으므로 우리는 인해 원장을 포박하였습니다……" 하고 후란시쓰가 열심히 말한다.

부첨附添의 노의는 광인의 이야기가 너무나 기발적이요 조직적인데 대하여 놀랐다. 그리고 노의는 후란시쓰 광증에 대하여 무슨 재료를 얻은 듯이 인해 후란시쓰를 데리고 원장한데로 갔다.

후란시쓰는 원장을 보고 "오! 나의 친구를 살해한 카리가리 박사…… 나의 연인을 모살 하려는 놈!" 하고 부르짖는다.

이까지의 이야기는 전혀 무근無根한 사실이다. 후란시쓰의 광란한 두뇌가 자기 마음대로 거짓 만들어 놓은 허무의 사실이다. 그러나 이 이야기가 기발하면서도 얼마나 조직적인가 후란시쓰의 망상은 능히 현실을 압도하리만큼 가능적의 힘이 있다. 현실 상 사실 이상으로 더 분명하고 힘있고 장엄하지 않는가? 현실에 대한 환상의 승리 즉 대상을 극복한 영혼의 무한 자유의 약동이 이것이 아닌가? 이러한 환상을 변태심리학 상으로 관찰하여도 또한 흥미 있는 일이다. 독자 가운데 변태심리학을 연구한 이는 아마 이 극에 있는 사실과 흡사한 현상을 발견하겠다. 그런 즉 변태 심리학 상으로 이 극을 볼진대 변태 심리의 현상은 결코 병적이 아니요 분방한 영혼의 부르짖음이라 할 수 있다.

그런데 카리가리 박사에 대한 이상 개경槪梗은 극히 간단할뿐더러 이 극의 인상이 회화적 효과에서 얻을 것이 많은 고로 배경에 대하여 말하고자 한다. 이 극의 배경화가는 헬만 와름 씨와 월터 레리히 씨라 한다. 배경을 볼 때에는 마치 보들레르나 포의 작품이나 또는 입체파의 시를 읽을 때에 얻는 인상과 비슷한데 가옥의 건물은 전혀 결정체의 빙괴氷塊와 같고 문창門窓과 주柱는 삼각형으로 되고 창 앞으로 비치는 광선은 구인蚯蚓*이 지나간 형상으로 꼬불꼬불하게 되었다. 그리고 건물은 방금이라도 넘어질 듯이 기울어졌다.

이 배경을 볼 때에 누구든지 첫째 인상은 불안과 공포와 신비적의 의식일 것이다. 부자연하게 길게 흐려진 무시무시한 광선이며, 기형적의 수목樹木이며 북극의 얼음산을 보는 듯한 건물이며 불각佛閣의 제단과 같은 계단이며 백색과 흑선黑線이 서로 엉킨 길(路)을 볼 때에 나는 황홀하여 어쩔 줄을 몰랐다. 나의 호기심을 일으키던 화성火星의 세계로 내가 오지 않았나 하는 생각도 없지 않았다. 나의 눈에는 경이에 대한 감사의 눈물이 흘렀다.

그런데 표현파에 대하여 예술사학 상으로 관찰할진대 결코 대전大戰 이후에 일어난 예술이 아니다. 하고何故오 하면 인상파의 반동으로 일어난 예술은 다 각기 표현파와 공통점이 있는 까닭이다. 그러므로 악마파나 입체파나 상징파를 다 총괄하여 표현파라 이름 하여도 예술사적으로는 안 될 말이 아닐 줄 안다. 그러나 악마파나 표현파나 상징파의 기교상 내지 사상상 특징은 각각 차이가 있다.

이상 표현파에 대한 비판은 기자記者가 파지把持하고 있는 신악마주의의 입장에서 설명한 점이 있고 또는 순전한 회화적 감상에게 비판한 것을 부언한다. 제2항에 말할 칸딘스키 화론畵論에 대하여는 이 작가의 화풍을 컴포디소나리즘**이라 한다. 그런데 도금到今하여 표현파의 사상과 동일할뿐더러 즉 표현파 화가 중의 일인이라 하여도 무관하기에 표

---

* 지렁이.

** compositonalsm, 구성주의.

현파 화론畵論을 소개하는 뜻으로 칸딘스키를 말하고자 한다. 그러나 칸딘스키의 화론이 전全 표현파의 예술을 말하는 것은 아니다.

2. 칸딘스키 화론

—정신적 혁명. 반물질주의적, 반사실주의적 경향

예술을 삼단三段으로 구별하면

(一) 물상物象의 인상을 그대로 표현하는 예술(인상주의)

(二) 내적 특성을 무의식으로 표현하는 예술(즉흥악卽興樂)

(三) 숙고하여 내적 감정을 표현하는 예술(콤포디션)

예술의 원시시대로 현대에 이르기까지의 발달 과정을 삼기三期로 대별하면

(一) 실용적 요구에서 난 예술의 시대(원시시대)

(二) 예술은 실용적 요구에서 겨우 독립하여 정신적 요구에 의하여 창작하는 경향이 낳은 시대(발전 도상의 시대)

(三) 실용적 요구는 전혀 일소一掃하고 순수히 심령적 예술의 시대(정점頂點 시대)

그러면 최고의 예술은 전혀 물상의 형사形似를 떠나서 색채와 선조線條에 의하여 화가의 정감을 상징해야되겠다. 마치 작곡가가 단음單音을 조합하여 자기 내심內心의 비밀을 표현하며 새로운 율동의 세계를 창조하는 것과 마찬가지로.

예술은 사실에서 나가 미美에 들어가야만 되겠다. 그리고 진실한 예술미는 순수한 '콤포디션'에 의하여 표현이 된다. 순수한 '콤포디션'

은 내적 감정을 의식적으로 표현한 것이라. 그러므로 미美는 심령의 상징적 표현에만 존재한다.

이상으로 칸딘스키 화론에 대한 간단한 해설이다. 칸딘스키의 그림을 보면 무엇을 형상하였는지 전혀 불명하고 단지 당돌한 선묘線描와 초자연색超自然色의 도색으로써 그렸다.

칸딘스키 이외에 표현주의의 원칙을 탐용探用한 화가는 독일인 아돌프 에르브슬로*와 알렉산더 카놀트** 등이 있는데 카놀트는 입체주의를 가미하여 결정結晶한 형태를 그린다.

3. 악마파 (유미파)

—퇴폐미의 작가 보들레르

보들레르의 예술은 모든 위대한 데카당 예술과 같이 표면상으로는 악에 대한 봉화捧化이되 실은 영원한 미美에 바치는 희생이다.—A. 시몬즈

보들레르는 예술이란 천공天空에 전무후무한 처참의 광채를 날려 아직까지 없었던 전율을 창조하였다 —유-고.

(가) 이단적 영육합일靈肉合一의 미美

관능의 괴기한 유락愉樂 속에 민감한 영靈의 안정을 발견하여 불사의할 예술적 도취경을 창조한 이는 보들레르이다. 그는 영육靈肉을 동일한 이단적 존재로 간파하였으므로 신적神的 존재는 즉 악마인 동시에 인생은 단지 그 영影에 불과하였다. 어떻든지 보들레르는 선악 대립의 범속견凡俗見도 초월하여 또는 바이런류의 단순한 윤리적 사탄주의도

* Adolf Erbslh (1881~1947) : 독일 표현주의 화가.
** Alexander Kanoldt(1881~1939) : 독일 표현주의 화가

타파한 후 악마 일원론자一元論者가 되었다.

> 너 사탄이 지배하는 고귀한 벽공碧空에 또는 네가 묵상하는 나로奈路에 오 영화가 있기를 바란다. ―시집《악惡의 화花》
>
> 그대는 가을의 하늘이요 빛 잃은 장미일러라. 내 혈해血海의 설움은 물결치고 물러가서 떨어지는 것은 내 쓴 입술인데 맛은 쓴 홍수洪水와 같더라. 그대의 손은 가벼워서 내 정기精氣 없는 가슴 위를 미끄러진다. 그대가 구하는 것은 아! 사랑이여, 더럽히었다. 그대의 아치牙齒와 조爪*와 또…… 아! 아! 그만 두어라. 내게 다시는 구하지를 말아라. 개들이 먹어 픈 산란 정情을…… ―단곡용어短曲冗語.

그는 이같이 연애를 일부러 불신성不神聖하게 불렀다. 그의 미의식은 물론 모든 부자연과 부패상태에서 쇠멸의 인광색燐光色을 가지고 사死와 병기病氣와 요적寥寂을 장식하였다.

> 한없이 내리붓는 빗줄기는 넓은 옥사獄舍의 철봉과 같더라. 이때 무시무시한 침묵의 지주蜘蛛가 오! 내 폐부肺腑에 망網을 던지노라. 이러할 때더라. 절간에 종소리가 공연히 떨려 나오매 갈 곳 없는 망령亡靈은 대공大空에 향하여 처참한 울음소리를 들리니 장송가도 없는 송장 관棺은 내 마음 가운데를 지나가며, 패배한 희망은 호읍號泣하고 잔혹한 고뇌는 제 마음대로 숙인 내 머리 위에 검은 기를 박더라…… ―우울의 일절一節.

보들레르는 이러한 심각한 우울 속에서 재릿재릿한 독약미毒藥味의 쾌감을 찬미하였다. 그러나 이러한 우울과 부자연 속에는 악마는 물론

---

* 손톱.

신도 존재되었다. (여기에 신은 영靈을 의미함) 즉 영육이 합일하여 찬미하는 세계이다.

(나) 염세적 인공론人工論

미에 대한 대다수의 오류는 18세기의 허위도덕관에서 생겼다. 그 당시 자연은 모든 선과 미美의 토대같이 생각이 되었다. 그러나 자연은 우리게 아무것도 계시하지 못한다. 자연은 단지 우리에게 강제로 먹이며 재우며 또는 건전 불건전을 불구하고 주위에 부딪치게 한다. 자연은 죄악의 고문顧問이다.

보들레르도 표현파와 같이 자연을 전혀 무시하였다. 그리고 천연과 현실에서 이탈하기 위하여 우월한 인공의 권위를 발휘시켰다. 그래서 보들레르의 미인관은 천연의 미를 은닉하고 홍백분紅白粉의 인공적 매력을 발휘하여야 미인美人이라 하였다.

포의 산문시 〈풍경〉같이 인공적으로 위대한 예술적 풍경을 창조하는 것이 미美의 본령이라 하였다. 여기에 대한 소식은 그의 산문시 〈이중二重의 실室〉, 〈여旅의 고혹蠱惑〉과 〈초자硝子 감옥嵌屋〉 가운데와 그의 논문집 〈인공적 천국〉에 자세히 써 있다.

이같이 보들레르는 자연과 현실을 어디까지든지 예술화하려고 노력하였다. 그러므로 고통에 대할 때에는 단지 이것을 냉정한 색과 음과 향내의 인상으로 알고 연인의 눈물을 보더라도 이것을 한 풍경으로밖에 아니 보았다.

보들레르는 악마주의자 중에 본존本尊이므로, 그의 예술을 끝까지 알려면 직접으로 그의 작품을 읽는 것이 최량最良의 수단인 줄 안다.

보들레르 이외의 악마주의 부류로 편입할 이는 유미적 경향을 가진 와일드와 레오파르디와 솔로구프와 포이다. 결론으로 와일드의 예술론을 말하고 그만 두겠다.

4. 와일드의 예술론

—예술지상주의의 이론

예술의 제1계단은 추상적 장식으로 공환적空幻的 불존재不存在를 취급하여 순수한 공상적 쾌감의 작물이어야 될 것이다.

제2계단은 인생이 이러한 청신한 경이에 황홀하여 마계魔界로 들어감을 빌며 예술은 인생을 미제未製의 원료로 취급하여 그 형形을 변하며 새로운 형상을 조성造成할지며 사실은 전혀 발명發明하며 상상想像하며 몽상夢想하여 예술과 현실간, 미문체美文體와 장식적裝飾的, 이상적理想的의 취급으로써 불가입성不可入性의 방벽을 축성할 것.

제3계단은 인생이 교묘하게 예술을 공막경空漠境으로 미행尾行할 때라.

—가공架空의 퇴폐頹廢 20혈頁*.

예술이 인생을 모방함보다 인생이 예술을 모방함이 많다. —동同 47혈.

사실주의자는 공중公衆이 보는 세계를 묘사한다. 그러나 공중은 아무것도 보지 못한다.—동 47혈.

악예술惡藝術은 인생과 자연한테 돌아가는 데 있다. —동 52혈.

인생은 사실주의자보다 앞서고 낭만주의자는 인생보다 앞선다."—동同 53혈.

이네스코 : 그러면 우리는 모든 것을 위하여 예술세계로 가야만 되나?

길버트 : 옳을세 왜 그러냐 하면 예술은 결코 우리를 해하지 않는다. 우

* 頁은 '쪽'.

리가 극장에 가서 흘리는 눈물은 예술의 작용으로 정묘무해精妙無害한 정서의 형型일세. 우리가 운다 하세. 그러나 우리는 무엇을 손損하였나? 우리가 또 슬퍼한다 하세. 그러나 그 슬픔은 결코 고통이 아니야. —예술가인 비평가 167혈~168혈.

비비안 : 호외戶外에는 인간이 추상적이 되며 비인격적이 되네. 그리고 인간의 개성은 전혀 없어질뿐더러 자연은 대단히 무돈착無頓着*하여 감상키 어렵다네. —가공의 퇴폐 3혈.

비비안 : 자연은 그 자신의 암시가 없다.

워즈워드는 호수에 갔다. 그러나 그는 호반 시인이 아니다. 그는 자기가 이전부터 숨겨 둔 암시를 돌(石) 가운데서 발견하였다.

물론 그는 호주湖洲와 더불어 담의談議하였으나 그의 걸작은 그가 자연에서 얻은 것이 아니요 자기 상상에서 얻었다.—동상同上 19혈.

사이일 : 그러면 자연은 풍경화가를 모방한단 말인가?

비비안 : 옳지. 가스등을 어렴풋하게 하고 모든 집을 괴물의 그림자와 같이 보이게 하며, 시가市街를 방황케 하는 저 불사의不思議할 연색鳶色의 새매는 즉 인상파의 화가를 떠나서 어떻게 볼 수가 있나. 과거 10년간의 런던 기후의 변화는 전혀 이 예술의 특수한 영향이 아니고 무엇인가…… 자연을 인생을 낳은 위대한 모母가 아니고 우리가 창조한 것일세. —동상 38혈~39혈.

비비안 : 선善이며 악惡의 행동을 선동코자 하는 교훈적 예술과 육욕적肉慾的 예술의 저급한 형식을 제하면 기타 모든 예술은 불후不朽일세. 왜 그러냐 하면 모든 종류의 행동은 윤리적 방면에 속한 까닭일세. 예술의 목적은 단순히 정서의 창조이야 되겠다. 이러한 생활방식을 비실제非實際라 할 수가 있을까? 아! 비실제는 무지한 범인의 생각하는 바와 같이 용이한

* 안정된 상태로 있지 않다.

것이 아니어. —예술가인 비평가 177혈.

진정한 비평은 보통의 의미로 불공평하고 불합리하고 불충실하고 부도덕하다. 왜 그러냐 하면 문제의 양방면을 보는 사람은 아무것도 못 보는 것과 같이 참 위대한 예술가는 자기의 기질로 선택한 조건을 떠나서는 타他 작물의 미를 시인할 수가 없다. 그리고 예술은 열정이다. 그러면 사상은 정서의 색채가 됨으로 고정하는 것보다 차라리 유동하고 변화한다.

예술은 결코 과학적 정견定見이나 도의적 강성剛性에 지배되지 않고 직접 영혼에게 말한다. 그는 예술이 우리에게 신성한 형식을 창조하는 동시에 광포狂暴한 형식을 창조하여 주는 것을 보아도 예술이 합성적合成的 미美인 것이 명약관화明若觀火이다.—예술가인 비평가에서 약역略譯.

— 소설《도리안 그레이》에서……

도리안, 저를 데리고 가세요. 우리 둘이 밖에 없는 세계로 갑시다 네! 저는 도저히 자기가 무관심한 열정은 모방할 수가 없어요. 이 불과 같은 열정으로 모방하겠어요…… 아! 도리안! 도리안! 무슨 의미인지 알겠지마는 설혹 모방할 수가 있다 하여도 현재 우리들의 열정을 무대 앞에서 하는 것은 우리의 사랑을 더럽히는 줄 압니다. 도리안, 어서어서 저를 먼데로 데리고 가셔요……" 하고 이 가련한 소녀가 애원하는데 대하여 도리안은…… "그대는 나의 사랑을 죽였소. 귀녀貴女는 지금까지 나의 환상력을 자극하여 주었지마는 지금은 호기심까지도 자극시킬 수가 당신은 없어요. 내가 귀녀를 사랑한 것은 당신이 경탄할 만한 배우인 까닭이며 천재와 지식을 가진 까닭입니다. 귀녀는 위대한 시인의 몽상을 실현하여 예술이란 그림자에 형形과 내용을 준 까닭입니다마는 이제 와서 귀녀는 이 모든 것을 다 버렸소…… 아! 천박하고 미욱한 소녀여. 사랑을 하면 배우짓을 못한다는 말이 무슨 비위 거슬리는 말이요. 이로부터 당신과는 영영

절교요……." ―도리안 121혈.

二. 심미론審美論

나는 확신하네. 누구든지 자기의 생활을 충분히 하려면 두 말 없이 모든 감정에 형식을 주며 모든 사상에 표현을 주며 모든 몽상에 현실을 줘야만 된다. 그러면 중세기풍의 모든 병폐를 잊고 신희랍주의적新希臘主義的 이상理想에 청신한 희열의 충동을 얻을 수가 있다.―도리안 11혈.

나는 비밀을 사랑하네. 왜 그러냐 하면 비밀은 근대생활을 신비적 경이적으로 하게 함으로 누구나 보통 평범한 사실도 그것을 은닉만 하면 유쾌하다네. ―도리안 11혈.

도리안은 괴이한 요소를 가진 모든 관능 자극에 몸을 바쳤다. 어떤 때는 로마 구교舊敎의 고행이며 의식에 흥미를 두고 혹 어떤 때는 다윈주의의 유물론에 흥미를 두기도 하였고, 모든 사상과 정열은 뇌세포와 신경 섬유의 작용으로 인생의 영혼은 생리적 조건을 떠나서는 아니 되겠다는 학설에 일종 기괴한 유락愉樂을 발견하며 혹은 또 향료연구에 몰두하며, 혹은 음악에 느끼며 또는 승려의 복장을 하고 여러 가지 상상을 자극하기조차 하였다. ―도리안 195혈.

이부터 극단히 증오하던 추醜가 지금 와서는 사랑하게 되었다. 추醜는 일종의 현실이다. 야비한 훤화喧嘩며 문란한 생활의 조야粗野란 소우騷櫌가 인상의 심각한 현실성을 가졌으므로 예술의 우아한 선이며 색의 자극보다도 일층 더 극렬하다. ―도리안 258혈.

음악을 들은 후에는 범치 않은 죄와 자기의 것이 아닌 비극에 느낌을 받네. 이같이 음악은 사람들이 아직 알지 못하는 미래를 창조하여 주며 눈물에 싸인 비애의 정으로 사람의 혼을 느끼게 하네. ―예술가인 비평가 100혈.

"예술은 미美의 창조이다…… 미학은 윤리학보다도 고상하다."

"비평의 임무는 작품 중에 미美의 인상을 타 형식으로 또는 새로운 양식으로 번역하는 데 있다."

"회화에 대한 상상적 작품이 혼을 감동시키는 소이所以는 인생의 진리며 철학적 진리를 전하는 데 있지도 않고 또는 보고적 수법의 숙련의 결과도 아니요, 문학적 회상으로부터 오는 효과적 보수報酬도 아니다. 다만 색채의 창조적 사용이다."

"가면의 진리는 형이상학의 진리이다."

三. 비극론 (옥중기獄中記)

"행운이며 쾌락이며 성공은 조야粗野 평범할는지 모르나 비애는 모든 존재 중에 가장 민감적이다."

"고통은 환락과 달라서 가면을 쓰지 않노라. 예술의 진리는 본질적의 관념과 우연한 존재 사이의 교접도 아니다. 또는 영影과 형形의 유사類似 형태와 투명한 수정 면面에 비추는 그 형체의 유사도 아니어. 그는 또한 공막空漠한 산언덕을 울려 나오는 산언山諺*도 아니다. 예술의 진리는 어떤 물物과 그 자신의 결합이다. 내면을 표현하는 외면이며 구체화한 심혼이며 영靈이 활약하는 육체이다. 이러한 이유로 비애에 비할 만한 진리는 없다. 그리고 비애는 절실한 현실이다."

"거의 2년 동안이나 나는 이 뇌옥牢獄에서 살았다. 그래서 광포한 절망과 말할 수 없는 비애를 맛보았다. 공포와 무기력한 분노며 고뇌며 소리 높은 고민이며 소리 지를 수 없는 고통이며 아연한 설움을 맛보았다. 나는 고통이란 모든 고통을 다 지나왔다……. 그러나 나의 고통이 끝없다는 관념을 향락하려면 동시에 비애를 무의미하게는 인종할 수

---

* 메아리.

없다…… 뜰에 파묻힌 보옥寶玉과 같이 내 본성 가운데 깊이 파묻힌 것은 겸양謙讓이다."

"나는 전혀 무일문無一文으로 머리를 둘 곳 없는 사람이다. 그러나 세상에는 이보다 더 나쁜 일이 있다. 정직히 하는 말이지마는 나는 세상에 대하여 악의를 가지고 뇌옥牢獄을 나갈 때에도 언제든지 기쁨을 가지고 집집으로 돌아다니며 걸식을 하자…… 그리고 내 마음에 사랑만 있으면 여름에는 서늘한 풀밭에서 자고 겨울에는 따뜻한 도총稻叢 문뜨락에서 자는 것을 조금도 개의치 않겠다. 인생의 외형外形은 지금 와서 내게 아무것도 아니다…… 아! 나는 지금 얼마나 개인주의에 도달하였는가… 그러나 나의 여정은 멀고 나의 밟는 길은 형극荊棘이 있구나"

"입옥入獄 최초의 일년은……오직 힘없는 절망 가운데서 양수兩手로 턱을 고이고…… 아! 무서운 종국終局이다…… 했지마는 지금 와서는…… 아! 어쩌면 이리 경탄할 시현始現이냐 하고 부르짖는다."

(부언附言 : 이상은 와일드의 논문집 기타 여러 작품에서 발췌한 바인데 예술지상론과 심미론에 대하여는 기자가 전자前者에 모某 지상에 비평한 바이다. 그래서 이번은 와일드를 빼고 레오파르디나 혹은 포의 데카당 철학을 소개코자 하였으나 와일드의 옥중기는 어떻게 보든지 데카당 예술의 대표작인 동시에 그의 예술론은 누구 누구보다도 일층 유미파의 특징을 발휘하였으므로 와일드를 재차 소개하는 바이다. 이번은 순전한 번역으로 되었다.)

(1922. 9월)

—《개벽》(1922년 10월).

사회주의와 예술

—신개인주의新個人主義의 건설을 창唱함

1

사회주의의 이상은 사유재산을 공적 재산으로 하고 경쟁을 협력으로 하여 인간의 물질적 행복을 보증하며 따라서 사회를 적당한 기초와 환경으로 수정하여 철두철미 일개一個 건전한 유기체를 조직하려는 데 있다. 그러나 이러한 미쁜 이상이 한 큰 권력 하에서 전개가 되면, 다시 말하면 현 노국露國*과 같이 중앙 집권이란 정부권력 하에 경제적 전제주의에 의하여 인간의 경우를 수정한다 하면, 이는 현재 국가가 계급적 권력으로 무장한 불합리한 타락적의 사회제도보다 더 비참한 타락적 생활에 들어갈 것을 말해준다.

현 노국은 노동자의 세계이다. 모든 산업을 노동 정부의 지배 하에 두고 정부는 마치 대자본가와 같고 국민은 노동자의 자격을 가지고 나날의 임금을 가지고 생활할 뿐이다. 요컨대 현 노국의 권력적 사회주의는 전 인류를 노동화勞動化하고 기계화하여 인간의 정련精鍊된 향락이든

---

* 러시아.

지 매력魅力, 교화教化, 우미優美에 대한 주관적 쾌락성을 근절한 후 명정酩酊한 비개성적 단체적 오락기관을 건설하여 인간으로 하여금 비상非常히 제한된 본능에서만 살게 한다.

2

먼저 사회주의는 인간의 정신적 방면을 전혀 무시하고 단지 물질적 능력을 가지고 경제 조직 제도하에 인류의 만반萬般 사상事象을 율律코자 한다. 저희들의 적은 첫째는 종교요 둘째는 예술이다. 우리는 지금까지 사유재산제도 하에서 제한된 개인주의에서 살아왔다. 그러나 우리 가운데는 위대한 예술가와 철학가와 종교가가 많이 있었다. 그이들은 자기 자신을 넉넉히 아름다운 양식에 의하여 표현하고 또는 전 인류의 최고 이상을 어느 부분까지 실현하여 온 위인들이다. 그러나 지금은 권력적 사회주의의 실시를 쫓아 미래의 모든 불합리한 계급적의 전제주의는 물론이나 예술가의 유일한 전당殿堂이었던 개인주의까지도 박해와 험축險逐을 받게 되었다.

그러나 사회주의의 현실은 개인주의로 하여금 사유재산제도에서 구제하여 예술가의 인격완성을 일층 상상적 분야에서 표현시킬 동기가 되었다. 그러면 사회주의의 가치는 단지 예술가로 하여금 진정한 개인주의로 인도하는 데 있다.

권력적 사회주의가 인류의 최고 이상을 표현하여 인격의 신비를 일층 황홀하게 상징치 못할 것은 사실이다. 사회주의는 단지 우리로 사유재산 제도에서 구제하여 예술의 상상적 분야에서 건전한 개인주의를 수립케 하는 데 있다마는 우리의 기대하던 바는 불행히 '권력'이란 의의意義에서 실망이 되었다.

물론 우리는 모처럼 사회주의에 의하여 사유재산제도에서 구제를 받았으나 방금 우리가 수립할 신생활 표준은 미리 권력적 사회주의에 의하여 위협을 받게 되었다.

3

만일 전 세계가 현 노국과 같이 권력적 사회주의화가 된다 하면 물론 예술은 타락할 수밖에 없다.

현재 노국의 예술가처럼 비참한 생활을 보내는 이는 없다. 적노국赤露國의 정책 상 종래의 예술을 부르주아 제도하에서 발달하여 온 예술이라 하여 배척한 결과 예술가들은 창작의 자유를 잃고 호구糊口에 곤란하게 되었다. 모든 출판은 선전용의 인쇄물뿐이고 기타 신문 잡지는 발매금지가 되었다. 요행 출판하게 될 원고는 미리 국립출판소 정치부에서 검열한 후 저자에게 향하여 도리어 검열 요금을 막대히 받는다 한다. 이같이 언론기관의 압박과 생활의 위협을 받는 예술가는 마음대로 자기의 소신을 말할 수도 없고 창작 상 전혀 자유를 잃게 되었다.

그런 즉 권력적 사회주의가 얼마나 예술의 적인 것을 대강 짐작하게 되었다. 사회주의자들은 예술을 자본 계급 이상으로 증오하며 예술지상주의의 작품은 소위 '예술취藝術臭'라 하여 극력 배척하는 모양이다.

적어도 예술은 모든 계급의식을 초월하여 단지 예술 개체를 위하는 독립적의 계통이야만 될 것은 기자가 여러 번 주장하여 온 바이다. 그러면 예술은 부르주아니 또는 프로니 하는 계급의식을 전혀 떠나서 인생이 무한히 생활할 자유스러운 세계야만 되겠다. 만일 적노국의 현상과 같이 예술이 비상非常히 제한된 노동문학에서만 발달을 허한다 할진대 당래의 예술은 일문一文의 가치도 없이 될 것이다.

4

사회주의자들은 전 인류를 노동화함으로써 지금까지의 고독한 노동 비애의 심리를 자위코자 한다. 얼마나 자포자기의 정책인가? 우리는 장래의 사회를 일체 임의적 협동으로 해야 되겠다. 그리고 인생과 노동을 멀리할 것을 생각해야만 되겠다.

노동의 예술화는 우리들의 개성과 일치할 자발적 협동에서만 찾을 것이다. 그러면 권력적 사회주의가 예술의 분야를 제한하며 따라서 인간의 영적靈的 방면을 무시함은 얼마나 유치한 정책인가

임의적 협동에서 나오지 않은 노동이 얼마나 인간의 영적 능력을 마비시키는 것은 우리가 자본주의하에서 넉넉히 경험하여 온 바이니까 사회주의가 또 경제적 협력을 가지고 무장한다 하면 그 정책 하에서 지배를 받는 예술가의 생활은 부득이 타락할 수밖에 없다. 아! 권력적 사회주의를 박멸하자. 그리고 우리의 인격을 한없이 확장하고 개성을 자유롭게 할 신개인주의를 건설해야만 되겠다.

소위 인도人道란 미명美名 하에서 멸망해 가는 현 적노국의 예술은 선전용의 출판물밖에 아무 가치 있는 예술적 창작이 없게 되었다. 명상名狀할 수 없는 기아가 지배하며 언론의 자유와 행동의 자유까지도 없이 소요騷擾 리裏에서 개인의 권리가 유린되는 나라에서 정신상의 창작이 있을 리가 만무하다.

현 노국의 예술가들은 정신상으로든지 물질상으로든지 극감가極轗軻* 불우한 경우에 있다. 매일 빵에 대한 부단의 우려와 언론 압박으로 창작력을 마비시키고 있다. 우리는 노국의 현상을 우리 일같이 생각하고 그릇된 사회주의를 모방하여서는 아니 되겠다. 적어도 한 주의 사상을

* 감가 : 때를 만나지 못하여 불우한 모습.

세우려면 모든 예술과 철학적 도정道程을 통과할 필요가 있는데 현 조선에서 떠드는 사회주의자들은 인생관 상上에 아무 확정한 철학적 인식이 없이 단지 생활방책으로서 그러는 것 같다. 얼마나 한심한 일인가. 그네들의 말을 듣건대 예술은 일문一文의 가치도 없이 보는 듯하며(물론 그자들은 예술이란 개념부터 모르고 덮어놓고 배척한다) 사회주의자가 아니면 사람된 가치가 없다고까지 한다. 걸핏하면 주의의 적敵이라 하여 구타하며 비평에는 인신 공격에 지나지 못한다.

조선에 사상계를 인도하려는 신인은 이 점에 대하여 깊이 주의하기를 바란다.

5

사회주의자가 준봉하는 학설은 철두철미 유물사관에 기초를 두기 때문에 인간의 물질적 능력만 숭배하게 된다. 그러므로 미래파의 사상이 현 적노국에서 많이 환영되는 모양이다.

모든 것이 물질적인 고로 여자에 대하여는 성욕밖에 요구할 것이 없으며 상상想像 상의 연애는 무가치하게 본다. 이는 그네들이 성욕에 주린 색마인 것을 증명하는 동시에 정신 생활의 무한한 법열을 알지 못하는 저뇌아低腦兒임을 스스로 폭로시키는 것이다. 그러면 그네들의 향락 생활은 식욕과 성욕뿐인가?

조아粗野 무교양한 사회주의가 장래에 꽃다운 세계를 건설치 못할 것이며 따라서 권력적의 유물적 사회주의가 예술에 일대 적인 것을 미리 알았다.

그러면 우리는 어떠한 주의 사상에서 자유스러운 예술적 표현을 할고?

6

신개인주의! 이것이 우리의 유일한 안주경安住境이다. 먼저 우리는 지금까지 횡도橫道로 들어갔던 개인주의를 사유재산제도에서 구제하여야만 되겠다.

우리는 인격의 완성을 소유관념에서 구하여서는 아니 되겠다. 모든 명예, 지위, 재산은 도리어 우리의 인격을 더럽히고 발전을 저해한다. 인생 최고 가치는 무엇을 소유한 것이 아니요 어떤 것을 깨달은 데 있다.

깨닫는다 하는 말은 물론 인격의 순화를 의미하는 말이다. 소유관념에서 나온 모든 쟁투, 노고, 질투는 얼마나 우리의 인격을 더럽혔는고. 물질을 소유하기 위하여 생활을 노동화 하는 것은 너무나 잔혹한 일이다. 물질은 소유할 것이 아니요 소비할 것이다. 우리의 이상대로 개인주의가 사유재산제도에서 떠난다 하면 개인주의는 일층 아름다운 시대를 낳을 것이다.

온 세계가 다 상상력을 자극시키는 신비한 전설의 나라로 변한다 하면 즉 주의적主義的 또는 개인적個人的 미의식에서만 살게 될 개인주의의 세계로 된다 하면 사람들은 각각 인인隣人의 생활양식을 경이의 눈동자로 보게 되며 따라서 청신한 자극을 받을 것이다. 우리는 지금까지 제2자연인 소위 단체의식에서 개성의 무한 자유와 주의의 분방 약동을 제한하였다.

신개인주의가 장래의 세계를 꽃답게 창조한다 하면 먼저 지배 권력 소유란 관념은 일체 없어질 것이다. 그리고 개인은 서로 서로 아름다운 것을 창조하기에 전 인격을 바칠 것이며 사회는 그 보수로 유용한 것을 개인에게 제공할 것이다. 그러면 장래의 생활방식은…… 개인은 소비자가 되고 사회는 생산자가 될 터이다.

7

개인주의의 세상이 되면 첫째 남의 생활을 간섭하며 심판하는 일은 절대 없을 것이다. 그리고 권력자에 대한 피압제의 반항이 없을 것이고 따라서 우리의 인격은 마치 광야에서 자유로 자라나는 화초가 무한한 대공大空을 향하여 자기의 정서를 표현하는 것과 같이 한량없는 자유의 전인격을 표현할 수가 있다.

그렇게 되면 우리는 지금까지 불완전한 양식이라 하여 혐오하던 추醜와 죄악을 가지고라도 능히 인격의 완전을 실현할 수가 있다. 왜 그러냐 하면 이러한 경이의 시대에서는 일체의 죄악이 심리적 폭풍에 지나지 못할 터이니까 정서에 대한 율동뿐일 것이다. 마치 어떤 무서운 음악을 듣고 범犯치 않은 죄에 깨닫지 못할 무슨 쾌감을 얻는 것같이 죄악의 양식이 일신一新될 것이다. 이렇게 되면 벌써 죄악이 아니요 한 광폭한 정서적 작용이라 할 수가 있다.

아! 그렇다…… 그 시대가 올 것 같으면 우리는 모든 사상事象 가운데서 상징을 얻을 수가 있다. 더구나 추醜는 해방된 미美로써 최고의 상징을 시현示現할 것이다. 간통은 정열을 고조한 애愛의 기교로서, 자살은 최고 의지와 정서를 표현한 희곡으로서 각각 절경의 미를 표현할 터이지.

우리의 인격 실현은 모든 제한과 방식을 떠나서 창조권創造權의 무한 자유를 획득한 후에 얻을 것이다. 권력적 사회주의가 우리의 인격완성을 저해할 것은 이상의 논論으로 보아서도 증명되는 바인 즉 우리는 전력을 다하여 신개인주의를 향하여 출발하지 않으면 아니 되겠다. 유물적 사회주의가 우리 영靈의 자유를 압제하여 예술가로 하여금 내적 충동에서 외계外界의 노예가 되게 하는 것은 얼마나 증오할 일인가?

물론 어떠한 단체든지 결국은 전통적 사상을 우리한테 씨 뿌린다. 그러면 사회주의란 큰 단체가 설혹 국가단체와 같이 계급적 전통을 파괴하여 평등平等 무차별無差別 하게 한다 하여도 그 이면에는 더 강대한 권력적 전통적 관념을 건설하는 것이다. 그래서 개인을 경제적 구속에 의하여 정신상 발전을 제한하며 생산 기술의 발달을 좇아 공동생활을 크게 경영하는 동시에 군중심리로 하여금 어떤 추상적 대大 권력勸力에서 탈선치 못하게 하고자 함이다. 그래서 우선 사회는 철학상의 사상을 간섭할 계획으로 인류의 생활 표준을 유물사관에서 출발케 하여 인간의 영적 능력을 집합하는 예술이며 종교를 박멸코자 한다. 예술에 대하여는 상징주의, 낭만주의와 같은 비교적 정신적 능력을 고조한 예술은 배척하고 물질숭배인 미래파의 예술을 이용하는 중이다. 이렇게 되면 예술은 성욕뿐을 충동시키는 저급한 형식으로 변할지며 인간의 물질적 본능만 자극시키는 실용적 예술뿐이 되고 말 것이다. 우리는 모처럼 실용적 요구는 전혀 일소一掃하고 순수히 심령적心靈的 예술에 도달하여 인생의 비밀을 일층 새로운 율동에 의하여 표현코자 하는 정점頂點 시대에 있지 않는가? 그러면 유물적 사회주의가 정점시대에 있던 예술을 다시 끄집어내려 원시시대로 타락시키는 것은 무슨 까닭인가?

우리는 원시시대로 돌아갈 수는 없다. 인간의 감각생활은 벌써 불사의不思議할 상징세계의 암시를 받아 예술의 신비를 깨닫게 되었다. 우리의 관능은 정감情感을 상징하는 색채와 선조線條 배합을 꿈꾸고 있지 않는가? 그리고 실용적 요구에서 멀리 떠난 미의식의 고상한 경지에 이르고자 한다. 우리는 대리석 가운데서 잠자는 고운 동녀童女를 몽상하고 돌연히 무한한 열정을 경주傾注할 수가 있으며 또는 인간의 혼을 심오한 곳까지 탐구하여 치열한 환희와 비애의 선풍旋風을 구경할 수도 있으며, 그리고 현실을 혐기하는 시인들이 몽중夢中 소요逍遙에서 고결한 환희에 고무되어 열렬한 색채를 가진 황홀한 인생을 시현할 때 우리는 이것을 비실제非實際의 광경이라 하여 배척하겠는가? 아니다. 우리의 감각 생활은 벌써 신비한 예술의 문을 두드리는 중이다. 우리는 관능파 미인을 요구한다. 무슨 까닭인고? 그 관능세계의 색채와 미를 가지고 새로운 영감에 부대끼자는 원願이다. 미지의 세계에 통하는 예비적 감성인 까닭이다. 이같이 우리의 이상하는 관능생활은 상징 중에도 상징이다. 관능의 실용적 요구에서 떠난 미美를 의미하는 말이다.

벌써 관능은 생리적 요구와는 멀리 떠나 가장 선명하면서도 불가해不可解할 어떤 형形과 내용을 가르치고 있다. 우리는 거기서 점점 변태 심리의 암시를 받는 중이다. 그러나 병적病的은 아니다. 왜 그러냐 하면 물론 어떤 내용이든지 표현할 수가 있는 고로 결코 병적은 아니다. 우리는 정신병자의 언어 가운데서도 심각한 무슨 암시를 얻을 수가 있다. 이러한 생활의식을 병적이라 하여 능히 배척하겠는가? 아니다. 이는 관능을 상징하여 얻는 영혼의 무한無限 율동을 의미함이다.

이같이 우리의 영혼이 무한히 생활할 세계는 개인주의 하에서 발달될 예술이다. 우리는 예술을 향하여 전존재를 바치지 않으면 아니 되겠다. 왜 그러냐 하면 예술은 우리에게 대하여 어떻게 복잡한 정서든지 능히 표현하여주는 까닭이다. 그러므로 우리는 예술을 떠나서 단열코 생활을 창조할 수가 없다.

8

그러나 사회주의는 우리의 이상을 압도한다. 절대의 자유에서 인격의 완성을 찾으려면 일정한 방식 즉 형型에 맞추어서는 아니 된다. 권력은 민중으로 하여금 일정한 형形에 단속함이 아닌? 사회는 민중을 위하여 민중으로 하여금 민중을 간섭케 하며 민중은 자기 최면에 걸린 것과 같이 자기 자신의 개성과 주관을 부지불식간에 눈 어둡게 만든다. 그리고 사회는 안가安價한 향락을 제공하려 한다. 눈어림의 오락물로써 민중을 속이고자 함이 아니냐.

현재 적노국의 오락기관으로 보면 극단순極單純하고 무내용한 흥행물을 도처에 펴놓았다. 무지한 민중은 다 자기의 개성을 잃고 얼빠진 사람같이 보고 있다. 그러나 민중은 무엇을 보고 무엇을 느끼었는지 모른다. 기뻐하되 자기의 기쁨이 아니요 슬퍼하되 자기의 슬픔이 아니다. 모든 정서적 흥분은 자기의 내적 충동에서 일어남이 아니요 외계에 번농飜弄* 되는 동시에 예술의 작품도 또한 민중에게 번농이 된다. 무교양한 민중에게 알게 쉽도록 하노라고 예술가 자신의 정련된 지력知力을 떠나고 문체文體를 떠나서 일체의 예술적 가치를 방척放擲 내팽개치다.

한 작품이 참신한 생명이 있을 리가 만무하다. 그리고 그 무생기無生氣한 작품을 감수하는 민중의 정조情調가 역시 이취자泥醉者의 명정酩酊한 심리상태와 같을 것이다.

사회주의의 정책은 결국 민중의 무지함을 이용하여 권력 의지한테 맹목적 굴종을 시키는 동시에 개성을 눈 어둡게 하는 안가安價한 향락을 제공한다.

그래서 민중은 지성과 감성의 구극究極 체험이 없이 또는 작품의 미를 새로운 양식으로 접수할 비평적 기질이 없이 무생기無生氣 무기력無氣力한 기분에 들어가고 만다. 이렇게 된 민중은 벌써 인생을 상상적 분야에서 관조할 수가 없게 된다. 모든 쾌락은 단조單調하여지며 따라서 인간의 생활은 아무 변화 없이 평범하여지므로 인생으로 하여금 경탄할 미지의 경지로 들어가게 못할 것이다. 아! 이러한 생활방식을 우리는 인류가 이제껏 도달하여 온 최고의 이상이라 하겠는가?

그런즉 우리는 권력을 사용하여 인간의 영적 능력을 제한하는 유물적 사회주의와도 타협할 수가 없으며 또는 인격의 가치를 소유관념에

---

* 마음을 동요시키다.

서 찾는 자본주의와도 타협할 수가 없다.

인생은 지금 최강렬最强烈히 완전 무한히 생활하려 한다. 어떠한 관념이든지 전통이든지 권력이든지 인생을 구속할 수는 없다. 민중은 자기 자신의 개성과 주관에 조화가 되는 행복을 요구하여야만 되겠다. 그리고 철두철미 예술에서 살아야만 되겠다. 예술은 결코 민중을 해하지 않는다. 민중은 지금까지 장구한 역사를 두고 정치적으로 사회적으로 학대를 받아왔다. 민중은 공동생활에 의하여 무엇을 얻었는가? 결국은 조야粗野 몽매한 성향뿐이었다. 사회에게 좀더 희생하여만 된다는 도덕력道德力에 이용이 되어 민중은 자기 자신의 이해와 위반되는 일을 하며 자기의 영혼을 속박하는 일을 하며 자신의 열정을 거짓하는 일을 하여왔다. 사회는 민중을 희생하여 권력이란 폭군을 세운다. 국가주의는 행위에 대하여 폭군이었으나 사회주의는 정신에 대하여 폭군이 되었다.

9

만약 민중이 사회와 국가를 버리고 예술에로 향하면 그때야말로 민중은 구제를 얻는 때이다. 예술과 민중은 그때에 비로소 악수할 것이다. 그러면 예술은 무한한 열정과 경이를 가지고 민중에게 나타날 것이다. 새로운 정열과 경이에 황홀한 민중은 여기에 비로소 생의 가치를 분명하게 알 수가 있다.

거기에 생활을 열애熱愛할 동기가 생긴다. 새로운 미에 자극된 민중은 또한 자신의 상상력을 가지고 생활의 양식을 변형시키며 깊은 데 파묻혔던 관능의 신비한 문호를 열어 인간의 생활이 얼마나 위대하고 심각하고 무한한 것을 선풍旋風과 같은 정열 가운데서 감득感得할 터이지. 그래서 민중은 격렬한 생의 전변轉變과 고혹蠱惑 가운데서 구극究極의 미의식을 체험하면서 숨차서 넘어질 것이다. 그러나 인생의 비밀을 깨달은 민중은 다시 무한한 열망과 애석愛惜 가운데서 힘있는 암시를 받아 무슨 의의意義를 얻고 애쓸 터이다.

그리고 일상생활을 경이의 눈동자로 관조하며 사소한 사상事象에도 무슨 의의를 얻고자 애쓸 터이다. 아! 이렇게 된다 하면 개인주의의 사상은 얼마나 아름답게 꽃 필고? 자기의 인격을 존중하는 의미 하에서 타인의 인격을 존경하며 자기의 생명이 무한히 가치 있는 것을 자각하는 동시에 타인의 생명도 가치 있게 보며 또는 권력의 지배를 혐기하는 동시에 일생에 타인에게 권력을 부릴 필요가 없게 될 터이다. 그래서 모든 것에 가치와 의의를 발견하게 되면은 사호些毫도 개인을 더럽히지 않을 것이다. 신개인주의 하에서 살 민중은 절대의 자유와 자각에서 인격의 완성을 실현할 줄 안다.

예술과 개인주의는 서로 분리치 못할 밀접한 관계가 있다.

(5월 장미꽃 피려할 때)

(부언) 사회주의에 관할 말은 전부 현 적노국의 유물적 사회주의를 표준하였다.

—《개벽》(1923년 7월).

예술지상주의의 신자연관

서언緖言

자연에 대한 태도를 어떻게 취할까 함은 예술가의 가장 큰 사명인 줄 안다. 그러므로 근대 예술의 특징은 자연에 대한 오뇌懊惱의 표현이라 하겠다.

인상파의 마네는 자연에 대한 시각의 전습성傳習性을 해방시키기 위하여 새로운 색채 관조의 길을 개척하려고 애썼고 후기 인상파의 세잔느는 공간에 나타난 입체감의 신비를 포착키 위하여 명민한 감응성과 혜지慧智의 종합성을 가지고 새로운 '형形'을 창조하려고 애썼다. 그리고 표현파의 화가 칸딘스키는 자연에 대한 정신적 반응을 조형적으로 표현하기 위하여 자연의 외관을 추상적抽象的의 선과 색과의 해조諧調로써 환원시킬 고심을 하였고, 악마주의의 개조開祖 보들레르는 매혹할 향기를 가지고 평범한 자연을 미궁과 같은 마경魔境에 인도하려고 애썼다. 그들은 자연의 무미건조한 외관을 애써 개조하고 분식粉飾하기에 열중하였다. 그뿐 아니라 육안에 비치는 사상事象의 반응을 전혀 떠나서 개성적의 환영으로써 새로운 자연을 창조하기에 전념하였다.

표현된 작품을 외계의 진리와 상대적으로 비교해서 그 가치를 결정하려는 재래再來의 예술에 대해서 예술지상주의는 절대로 반항하였다. 그들의 분방한 개성의 약동은 심안적心眼的으로 영혼의 생활이 얼마나 광대무변廣大無邊한 것을 자각하는 동시에 외계의 자극을 초월하여 내심에서 우러나오는 경이의 세계를 건설하려고 애썼다. 그들의 심각한 욕망은 부지불식간에 위대한 현실성을 가지고 나타나게 되었다.

예를 들면 표현파는 지금까지 상상치도 못하던 미지의 세계의 풍경을 그렸다. 거기에는 갱생한 인류의 정감을 상징한 듯한 불가해할 선조線條며 색채가 자연력을 압도하기에 능할 만한 힘을 가지고 그려졌다. 인생은 이러한 광경에 황홀하여 예술이 온 우주에 유일한 창조주인 것을 비로소 깨닫고 전 열정을 다 바치게 될 터이다. 나는 그렇게 될 시대가 반드시 올 줄로 믿는다. 아니 벌써 온 것이다. 그러나 인생은 분묘와 같고 예술은 월광月光과 같아서 오직 적적히 비칠 따름이다. 말세요계末世澆季의 진부한 세월이 자연히 흘러가고 새 세월이 올 것 같으면 인류가 분묘에서 다시 소생하여 월광의 미美를 볼 터이지.

그때야말로 예술지상주의의 나라가 되겠다. 그리고 매혹할 만한 새로운 자연은 곳곳에서 우리를 맞을 것이다.

一. 표현파의 개조開祖 포의 자연관

포의 예술은 자연에 대한 수동적 태도에서나 정신적 활동에 의한 적극적 태도로써 새로운 조형의 세계를 창조하려고 하였다. 그래서 자연의 형태를 이상력理想力으로써 조정하여 창조의 무한 자유를 고조하려는 것이 포의 예술을 일관한 주조主調였다. 그러나 거기에는 영원히 사라지지 못할 비통과 알지 못할 공포가 숨어 있었다.

막막한 황야를 향하여 부르짖는 울음소리같이 위로 받지 못할 설움이다. 뭉크의 그린 〈부르짖음〉같이 목청을 다해서 부르짖을 따름이다.

그러나 그 비통은 학대받은 센티멘티칼의 하소연하는 설움이 아니다. 모든 구속을 벗어난 분방한 혼이 신神의 감정인 환락이라든가 포만이라든가 평화라든가 하는 것에게는 전연히 권태가 된 결과 가슴을 울렁거리게 하고 마음을 긴장하게 하는 공포와 비통을 열애한 까닭이다.

이러한 악마적惡魔的의 성정은 예술상 순수한 미로써 표현되었다. 그 미에는 한없는 무서움과 영구히 위로받지 못할 설움이 있으나 우리들에게 박해는 절대로 없다. 환락과 포만은 인정人情과 상대적으로 비교해서 가치를 발휘하는 감정이지만, 공포와 비통은 절대적의 가치를 가졌다. 그러므로 환락과 포만의 생명은 순간적이지만 비통과 공포의 생명은 무한하다. 따라서 혼이 무한한 생활을 향락할 데는 오직 비통과 공포의 감정을 자극시키는 경이의 세계일 것이다.

대리석이 로댕을 대할 때 불불 떤다는 말 같이 자연은 포 앞에서 역시 불불 떨었다. 그의 산문시 〈침묵〉이란 작품을 볼진대 잘 알 것이다.

— 침묵(약역略譯) —

악마가 내 어깨에 손을 얹으며 이야기를 꺼냈다.

"들어라, 내가 말하는 것은 제 일 하河 끝에 있는 리비아의 처참한 곳이다. 거기는 정숙靜肅도 없고 침묵도 없다. 물빛은 병든 것같이 노랗고 붉은 태양 아래서 불불 떠는 듯이 물결치고 있다. 질복한 물가에는 무성한 수련睡蓮이 외로움 가운데서 한숨을 쉬며 핼쑥한 목을 높이 들고 있다. 그러나 어둡고 무서운 키 높은 수풀이 수련들을 둘러싸고 있다. 원시시대의 나무들은 버석하는 소리를 내며 끊임없이 흔들린다. 그리고 나무 맨 꼭대기에서는 이슬이 뚝뚝 떨어지며 나무 밑에서는 독기를 가진 기이한 꽃이 잠에 취하여 어지럽게도 누워있다. 하늘에서는 회색 구름이 새르륵 하는 소리를 내며 길다랗게 서편 하늘로 가다가 지평선 끝에 무서운 낭떠러지에서 폭포가 되어 떨어진다. 그러나 하늘에는 조금도 바람이 없다. 그래서 제 일 하河의 물가는 정숙도 없고 침묵도 없다. 마침 밤이었는데 비가 왔다. 비라고 알았더니 땅에 떨어져서는 피가 되었다. 나는 키 높은 수련 사이에 서 있었다. 그때 돌연히 어스름하고 처량한 대기 속에서 달이 떠올랐다."

이상은 〈침묵〉이란 산문시 가운데 나타난 서경문敍景文이다. 이것만 보아도 그가 얼마나 특수한 자연을 창조하려고 애 썼는지 알 것이다.

다종다양한 초화草花에는 자연미의 활력이 잠재한 것은 누구나 다 긍정하는 바이다. 그러나 예술적 견지에서 볼 것 같으면 허다한 부족과 과잉이 있다. 황량한 뜰의 살풍경한 곳에도 조물주의 기교는 물론 있으나 그러한 기교는 단지 성찰에 의해서만 인식이 될 것이고 결코 정조情調의 힘을 가지고 직접 우리 혼을 움직이지는 못한다. 그러므로 자연 그대로의 미는 예술가의 한 조잡한 재료에 불과하다. 예술가는 자연을 마음대로 개수改修하고 조정하여 외형적 자연을 여러 가지 형식으로 새로운 미의 이상을 표현하는 것이 참된 사명인 줄 안다. 그러면 조잡하던 자연은 예술적으로 순화가 되고 고조가 될 것이다. 그러나 이것을 가리켜 자연을 분식粉飾하는 데 불과한 소극적 이상으로 보아서는 안 된다. 왜 그러냐 하면 포의 산문시 가운데 나타난 풍경은 결코 세상에 존재된 자연이 아니고 그의 정감을 상징한 개성적個性的의 제2차적 자연이라 볼 수 있다. 그는 자연을 묘사한 것이 아니고 자연을 새로이 창조하였다.

단테가 쓴 지옥과 천당이 실제로 존재된 세계인 줄 알아서는 아니 된다. 그리고 고흐가 그린 별과 초생달이라든가 루소의 원시림 같은 풍경이 이 세계 가운데 존재되어 있으리라고는 누구든지 믿지 않을 것이다.

그들은 자기가 그리는 풍경이 이 세상에 있든지 없든지 그것은 도무지 상관없다. 그들은 단지 미美의 신형식을 표현하기에만 전념하고 있다. 포는 이러한 견지에서 상상불가도想像不可到할 특수한 자연을 창조하였다. 그의 작품을 볼진대 곳곳마다 괴이한 풍경이 씌어 있다. 조물주가 창조한 자연보다 일층 아름답고 힘 있는 풍경이 씌어 있다. 능히 조물주를 압도할 만한 구상構想을 가지고 제2차적 자연을 창조하였다.

그의 작품 가운데 나타난 풍경은 전부 그 자신의 정감을 상징한 것이다. 그러므로 그의 서경문은 항상 공포와 비통에 싸여 있다. 공포와 비통은 그의 혼을 한량없는 자유경自由境으로 인도하였다. 거기는 인간적 미련이라고는 전혀 없는 세계였다. 인생에 대한 영원한 절망이 그로 하여금 전 열정을 미지의 나라한테 바치게 하였다. 그는 먼저 인생이 혐오하고 불완전한 것으로 취급하던 공포와 비통의 위대한 미를 미지의 세계에서 발견하였다. 그는 황량한 대공大空과 처참한 폭풍의 공포를 느낄 때 순폭純暴한 정열과 강렬한 의지의 약동을 깨닫고 무연한 뜰에서 울려나오는 수풀의 비명을 들을 때 그는 무한과 신비에 통하는 감관感官의 새 문이 열리는 것같이 생각하였다. 그의 비통은 인류가 아직까지 경험치 못한 것이다. 보통 인정으로는 도저히 위로하지 못할 영속적의 설움이다. 그는 이렇듯이 자기의 정감을 상징한 공포와 비통의 자연을 창조하였다.

二. 악마파 솔로구프의 자연관

솔로구프는 고혹蠱惑의 미를 창조한 예술가다. 그의 작품을 볼진대 곳곳마다 고혹의 향기가 무르익는 듯하다. 그는 현실을 가리켜 허위에 파묻힌 비천한 세계로 생각하였다. 그리고 죽음을 유일한 안주경安住境으로 생각하는 동시에 그 죽음을 미화할 고혹의 경지를 창조하기에 고민하였다. 따라서 그의 작품 가운데 나타난 풍경은 생을 저주하고 사死를 찬미하는 정조情調가 농후하다. 죽음의 감각을 부드럽게 해주는 이상한 향기가 솟는 풍경이다. 독毒 있는 향기로 하여금 의식을 피곤하게 한 후 제 6감의 잠동潛動을 깨우치는 듯한 색채의 풍경이다.

—《독毒의 원園》 가운데서—

들창 바깥 밑에는 장려한 색채를 자랑하며 여러 가지 향기를 내는 꽃들이 무슨 까닭인지 불가사의할 현상으로 보였다. 그리고 의외의 공포가 일종의 암흑한 정조情調로서 마음을 무겁게 할 때에는 꽃들의 향기가 시들어 변하는 듯하게 생각이 되었다.

고혹시키는 동산의 아름다운 광경이 눈앞에 나타났다. 초화草花들은 비상한 주의로 순서 있게 심겨지고 수목은 원추형이며 구형毬形이며 원통형으로 되어 있다. 거기는 몹시 빛나는 큰 꽃이 있다. 그 농후한 색채가 강렬한 초록빛 속에서 불꽃이 되어 타는 듯이 생각이 된다. 열대지방의 뱀 같은 굵은 만생식물蔓生植物*의 새빨간 줄기와 검은 줄기가 부자연하도록 강렬한 색채를 빛 날린다. 그리고 피곤을 재촉하는 듯한 향기가 가벼운 소파小波와 같이 떠돈다.

신니자莘尼刺, 자단편도刺壇扁桃**의 달싸한 듯한 매운 듯한 향내가 서러워하는 듯이 마치 장식葬式 때의 노래같이 흐른다. 이상한 동산의 초목은 자는 듯이 고요하게 되어 나뭇잎 하나 흔들리지 않는다. 초목은 죽은 듯이 생각이 된다. 동시에 음험하고 사납게 사람을 적대하는 것같이도 보인다. 그리고 꽃들에서는 거북하고 노곤한 감각을 재촉하는 향기가 흩어진다. 그 향내는 죽음의 비밀로 사람을 매혹하는 불행한 꽃들의 맵고 알딸

---

* 덩굴식물.
** 편도 : 아몬드.

딸한 주린 호흡이었다.

이상에 실린 풍경을 관찰하면 고혹의 미를 상징한 창조된 자연이다. 그는 마술사와 같이 사람의 안목을 끝까지 현혹시키는 작가다. 그가 이렇듯이 자연을 마법의 환영같이 보이게 한 것은 그의 사생관死生觀이 마술적 의의를 가진 까닭이다. 그는 죽음을 가리켜 신비 불가해할 마법의 현상으로 보았다. 모든 것을 정복하고 호흡하고 매혹하는 아름다운 환영은 오직 죽음이라고 생각하였다. 그래서 그의 자연관도 죽음이란 환영으로써 덮어 쌌다. 풍경에 나타난 색채와 향기는 다 죽음만을 찬미하고 죽음의 나라로 꾀이는 마법이었다. 그의 풍경은 모두 다 생기가 없이 부자연한 기색을 가졌다. 단지 사람의 관념을 황홀케 하는 색채와 정서를 매혹케 하는 향기뿐이 살아있다. 그리고 소생甦生의 무한법열을 깨우쳐 가지고 영생永生의 비밀을 가르쳐 주는 마법이 숨어 있는 풍경이다. 그는 이렇듯이 죽음과 영생을 상징한 자연을 창조하였다.

결론結論

나는 포와 솔로구프의 작품을 해부하여 가지고 예술지상주의의 신자연관을 소개하였다. 그들의 창조의식은 서로 다르다 할 지라도 개성의 무한자유無限自由를 고조하여 육안에 비치는 자연의 반응을 전혀 떠나서 새로운 미의 형식을 가지고 특수한 자연을 창조하겠다는 의지는 서로 동일하다 볼 수 있다.

그러면 그들이 무슨 까닭으로 외계의 사상적事象的 반응을 전혀 떠나서 개성적의 환영으로써만 새로운 자연을 창조하려고 애썼는가 하는데 대해서 그 심적 원인을 성찰해 볼 필요가 있다. 나는 두 가지 관찰을 가졌다. 하나는 유미주의唯美主義의 관찰이고 하나는 표현주의적의 관찰이다. 유미주의는 철두철미 염세적 사상에서 출발하고 표현주의는 영혼의 생활이 무한자유하다는 데서 출발하였다. 그러므로 유미주의는 할 수 있는 대로 평범한 자연을 분식粉飾하고 개수改修하려는 경향이 있고 표현주의는 조잡한 자연을 구태여 분식하고 개수하려는 것보다 전연히 의지의 활동으로써 새로운 자연을 창조하려는 경향이 있다. 그래서 유미주의의 자연 창조는 폐가廢家를 수선한 셈이고 표현주의의 자연 창조는 신축한 집인 셈이다.

그러므로 유미주의는 대자연의 자태가 남아 있으되 표현주의적의 풍경을 볼 것 같으면 지상에서는 절대로 존재되지 않은 기괴한 형태로써 그려졌다. 그러나 유미주의와 표현주의가 지상에서 볼 수 없는 특수한 미의 형식을 창조하겠다는 경향은 둘이 똑같다. 그러므로 그들의 작품을 떠나서는 그러한 풍경이 지상에는 절대로 없다. 그러면 예술지상주의의 신자연 창조는 예술가의 두뇌에서만 떠도는 환영에 불과한가? 그렇게 기이한 풍경은 한갓 몽상夢想에서만 구경하는 저어齟齬한 일인가? 아니다. 나는 반드시 후일에는 예술지상주의가 창조한 자연이 본질적으로 지상에서 과학상 발전에 의하여 나타날 줄 믿는다. 후일에는 과학이 극도로 발달되어 자연력을 마음대로 지배할 기술이 생길 줄 믿는다. 《8천만년 후의 세계》란 책을 볼 것 같으면 누구든지 후일세계가 경탄할 현상을 많이 보여주리라고 생각할 것이다.

졸필拙筆 〈경이의 미〉라는 소논문 가운데도 말하였지만 망원경이 장차 발달하여 별 세계에 있는 풍경을 스케치할 때가 올 줄로 믿는다. 그리고 자연계의 색채를 화학적 변화에 의하여 마음대로 고치며 식물의 양생養生을 기이한 법으로써 그 형태를 마음대로 만들 줄 믿는다. 그러면 예술지상주의는 과학이 경이를 보이기 전에 벌써 기괴한 풍경을 창조하지 않았느냐. 이 점으로 보아서 예술지상주의는 과학보다 훨씬 앞섰다. 과학은 이제 비로소 예술을 모방하려고 한다. 예술은 여러 가지로 경이를 보여준다. 그러면 과학은 그것을 지상에서 연극처럼 실지로 예술가의 위대한 몽상을 실현하려고 애쓴다. 예술지상주의의 창조한 자연은 결코 신기루와 같은 환상뿐 아니다. 가능성과 실재성을 가진 무한한 창조력이 재내在內한 환영이다. 믿어라. 예술지상주의는 우주의 유일한 창주創主요 계시자인 것을. (끝)

—《영대》(1924년 8월).

예술과 인격

1

진실한 인격의 완성은 예술의 상상적想像的 분야에서만 실현이 될 것이다. 왜 그러냐 하면 상상적 분야에서만 우리의 인격이 모든 계단을 초월한 무한한 자유경自由境에서 마음대로 전개가 될 수 있는 까닭이다. 그는 마치 한없이 자유스럽고 광범한 대공大空을 향하여 벗어 올라가며 제 마음대로 아무 구속이 없이 다종다양한 정서를 표현하는 식물의 인격과 같이 자유스러울 것이다. 모든 범주와 편협한 표준을 초월한 진실한 인간성이 나타날 경지境地다. 혼魂의 생활이 무한하다는 것을 깨달은 그 인간성이 자유로 춤추고 창조하고 향락할 세계다.

필자가 여러 번 말한 바이지만 예술가의 인격은 진실로 식물의 인격과 같이 열렬한 자유성自由性이 잠재해서야만 되겠다. 우리의 인격은 도덕이니 부도덕이니 하는 그러한 불쾌한 윤리적 의식에서 멀리 떠날 수 있으리 만치 그만큼 신성하고 완전하여야만 되겠다. 다시 말하면 실행實行 세계에서는 윤리적 의식의 대립이 있음을 따라 그 가운데서 생활하는 우리는 먼저 죄악이니 부덕이니 하는 저주적咀呪的 문구에 더럽힘을 받을 것이다. 따라서 진실한 인격의 완성은 도저히 얻을 수 없다. 또 한번 다시 말하면 시대를 따라 변하고 지방을 따라 달라지는 그렇듯이 변절무쌍한 윤리적 의식이 어떤 표준을 가지고 인격의 완성을 기대한다면 누구나 믿지 못할 일이 아닌가? 그러나 상상세계에서는 윤리적 의식의 대립이 없으므로 우리의 혼이 무한한 자유를 향유할 수가 있다.

2

사람의 본성 가운데 가장 근본적인 동시에 순실하고 천진天眞한 것은 미감美感이다. 그 미감이야말로 인간성 가운데 영구히 사라지지 않을 절대 자유성自由性이다. 그 미감 앞에는 모든 표준관념이 다 사라지는 법이다. 대상물이 도덕의 상징이든지 혹은 부도덕의 상징이든지 그러한 계단을 따라 미감이 줄고 느는 것은 아니다. 그러므로 미美의 법칙은 절대로 도덕을 초월하는 것이다.

다시 말하면 미는 신성한 정서를 창조해 주는 외에 광포狂暴한 정서도 창조해준다. 그 광포한 정서가 신성한 정서보다 훨씬 심각하고 위대한 미를 표백하는 때가 많은 것을 보면 미감은 선천적으로 윤리적 또는 종교적 의식과는 전혀 상관없는 것을 증명하는 것이다.

포의 작품이든가 레오파르디의 작품을 불 것 같으면 누구나 광포한 비통의 정서가 흐르는 것을 느낄 것이다. 그 가운데는 속정주의자俗情主義者들이 악의를 가지고 비난하는 부도덕한 정서가 천박한 도덕적 분노심을 자극시키는 것이 있을지도 모르나 그 광포한 정서 가운데 잠재潛在한 미美는 실로 영원한 나라에 바치는 열정일 것이다. 일반 공중은 그러한 작품에 대하여 부도덕하니 불건실하니 또는 병적이니 하는 이름을 붙인다. 그러나 사실은 그 불건전하고 병적이라고 하는 작품이 심각한 미를 표백하고 건전하다는 작품이 사실은 비열한 정서를 표백하는 법이다.

왜 그러냐 하면 속중俗衆이 불건전하다고 악평하는 작품은 먼저 말한 바와 같이 모든 계단을 초월한 미의 절대성을 허용하는 정서의 표백임으로 따라서 편협한 도덕적 정조情操와 속정적俗情的 흥분을 멀리 떠나서 광대한 무변한 자유의 세계로 들어갈 수 있으리 만큼 그와 같이 완성한 인격과 능력의 소유자라야만 능히 창조할 수 있는 작품인 까닭이다.

일반 공중이 건전하다고 하는 작품은 의외에 비속한 정서를 자극시켜주는 작품이다. 일반이 병적이라고 하는 작품 가운데는 사실 표현하기 어려운 정서가 잠재하고, 일반이 건전하다고 하는 작품은 비속한 세상에서 속정주의자들이 즐기는 정서다. 그러므로 아무 상상력의 구사가 없이 쉽게 표현한 정서다.

3

그러나 미美의 법칙을 알지 못하는 일반공중 가운데 도덕적 혹은 종교적 의의를 찾아내려고 힘쓰다가 만일에 도덕적 분노심을 자극하는 정서가 있을 때는 곧 작가의 인격이 불순하다고 비난한다.

솔로구프가 〈소악마小惡魔〉란 소설을 발표하였을 때 일반공중이 그 소설을 읽고 솔로구프를 비열한 인격자라고 한 것과 알츠 이바세프의 〈사닌〉이란 소설을 발표하였을 때 그를 성욕가性慾家라고 한 것도 그 까닭이다. 이같이 일반 공중은 윤리적 표준을 가지고 작품 가운데 인격을 찾는다. 그 표준에 어그러질 것 같으면 불순한 인격의 표현이라 하여 비난한다.

대개 사람이라고 하는 것은 자기의 허물을 감추려는 경향이 있으므로 불건전한 사람은 건전함을 바라고 불건전한 사람은 도덕을 주창하게 된다. 이와 반대로 건전한 사람은 건전한 가운데 또 무엇을 구하고 바랄 것이 없으니까 자연히 부도덕한 가운데 혹은 병적 상태 가운데 상상력을 구사하여 가지고 무엇을 찾고자 한다. 사실 불건전하고 병적 상태 가운데는 표현하기 어려운 심각한 정서가 잠재되어 있다. 그러나 일반 공중은 그것을 모르고 자기네의 불완성不完成 부도덕不道德한 결점만을 보충하기에 애가 타서 예어적囈語的*으로 도덕을 주창하게 된다. 그러므로 종교를 독신篤信하는 사람 가운데는 흔히 과거에 악행을 많이 한 사람들이 있다.

그리고 범죄학 상으로 보아도 허다한 죄인이 사실은 근본적으로 악인이 아니고 좀더 나은 생활 좀더 아름다운 생활을 동경한 끝에 반항을 일으킨 것이다. 솔로구프의 〈소악마〉 주인공을 예술적 견지에서 볼 것 같으면 그이와 같이 진실한 생활을 절실히 동경하던 사람은 없을 것 같다. 그는 주린 사자와 같이 아름다운 생활을 애써 찾았다. 우리는 그 주인공의 모든 행동과 성격을 비쳐 보아서 인생을 잘 알게 되었다. 그 인생은 우리가 평범한 안목으로 무심히 보던 인생이 아니고 위대한 상상력을 가지고야만 겨우 알아낼 그런 복잡한 인생이다. 물론 〈소악마〉의 주인공은 부도덕한 행동을 많이 하였다. 그러나 그 부도덕한 행위는 도리어 그의 인격을 심각하고 신비한 경지로 끌어들이지 않았느냐?

4

어떤 작품을 가리켜 불건전 또는 병적病的의 인격표현이라 하는 것은 결국 평자評者의 무식함을 폭로하는 천박한 짓이다. 따라서 어떤 예술은 악하고 어떤 예술은 선하다 하는 표준도 없어야 될 것이다. 왜 그러냐 하면 절대불변의 진리가 없는 세상에 어떤 것은 악하다 하고 어떤 것은 선하다고 할 수 없는 것이 아닌가. 만일 예술품을 평하게 되면 이

---

* 잠꼬대.

러한 표준만은 있을 것이다. 즉 그 예술품이 깊은 상상력에서 우러나왔는지 또는 그 반대로 아무 상상력의 구사가 없이 마치 사진사 모양으로 현실을 묘사한데 지나지 못하였는지 이 두 가지 표준을 가지고 예술의 가치를 매길 것이다.

깊은 상상력이라 함은 즉 모든 계단을 초월하여 미美의 절대성을 허용하는 감수성을 이름이다. 이렇게 미의 절대성을 허용하는 정서의 표백으로 위주하는 작품은 자연히 도덕이란 계단을 넘어서고야 비로소 향락할 수 있다.

그러므로 부도덕한 경향이 많이 있을지 모른다. 그러나 그 작품은 광범한 세계에서 자유로 취재된 것인 고로 따라서 위대한 인격이 잠재된 작품이라 하겠다. 식물이 대공大空을 향하여 자유스럽게 표현하는 그 모든 정서 가운데 선악이 없는 것과 같이 예술가의 작품 가운데도 또한 선악이 없어야 될 것이다.

여러 번 말하였거니와 예술가의 인격은 식물의 인격과 같아야 될 것이다. 그렇듯이 모든 계단을 초월해 가지고 상상력을 자유로 구사할 것이다. 부도덕한 대상의 취재일수록 예술미는 더 심각하게 나타날 것이다.

마지막으로 예를 들 것 같으면 문우 유방惟邦 군의 〈삼천오백만三千五萬〉이란 희곡 가운데 택성澤成이란 직공의 살인사건과 동인東仁 군의 〈유서遺書〉 가운데 간통이란 사건이 있었기 때문에 그 작품이 심각한 경지로 들어간 것이다.

이 두 작품을 가리켜 부덕한 인격의 폭로라고 비난하는 이가 많이 있는 모양이다. 그러나 그것은 그들의 천박한 견해이고 우리의 마음은 아니다. 우리는 어떤 범죄 가운데서 능히 불멸의 미를 찾아낼 수 있는 까닭이다. 인격은 범죄심리로 말미암아 더럽힘을 받지는 결코 않는다. 어떠한 것에게나 인격은 결코 더럽힘을 받지 않는 것이 절대불변의 원칙이다. 그렇듯이 우리의 인격은 식물의 인격과 같이 완전무결한 것이다. 완전무결한 인격을 잘 북돋는 데는 모든 계단을 초월하는 데 있다. 원래 인격은 도덕률에게 억제될 것이 아니다. 억제가 된 인격은 잠재 의식계에 깊이 잠복해 가지고 음울한 생활을 하게 된다. 그러나 무한한 자유를 동경하는 우리의 인격은 기회를 타서 폭발할 것이다. 그때에 이러한 행위를 가리켜 속중俗衆은 죄악이라 이름한다. 그러나 그 죄악은 얼마나 아름다운 죄악일고?

—《영대》(1925년 1월).

수필

이단자異端者의 경구警句
도시와 인간미의 고조
정사靜思, 영감靈感, 청신淸新, 해방解放 ―가을의 미감美感

이단자의 경구

생生은 추상적이요 비개성적인 고로 감상키 난難함. 생은 예술가에게 조말粗末한 재료에 불과하다.

생은 고혹蠱惑과 자아의 췌택贅澤을 의미함.

불멸의 찰나를 창조할 자는 오직 정사자情死者뿐이다.

우리의 덕행德行은 전혀 공상空想과 상상想像에 재在한다.

대석大昔 희랍希臘 엘레아 학파의 우주관은 이러하다.

"있는 것은 존재할 뿐 비실재는 있을 수가 없을 뿐더러 또 사유할 수가 없다."

차설此說에 대하여 나는 이렇게 대답한다.

"공상은 사유라. 이 공상을 위해서는 실재가 있을 뿐…… 참 실재는 공상에 의하여 인식할 수가 유有함."

예술가는 모든 것에 공상가가 될지라. 그는 공상뿐이 창조적인 까닭이니라.

서경문敍景文을 떠나서는 또 자연이 없느니라.

자연은 시대지時代遲보다도 차라리 사해死骸니라.

시인의 자연에 대한 탄미적 문구는 자기의 정서가 얼마나 우아하고 섬부贍富하다는 자기칭찬에 불과하다.

자포자기는 미덕이다. 하고何故오 하면 욕慾의 근저根底를 절멸케 하므로.

지금까지 악인이라고 불렸던 사람들은 대개 자기한테 충직忠直을 다한 자다.

희곡은 인생보다도 더 실재성을 가졌다.

인생은 예술을 모방하다가 언제든지 실패한다.

예술가는 모든 것을 미화할 수가 있다.

예술가는 소패小唄와 화구繪具로 역사를 쓰지마는 정치나 군사가는 검劍과 혈血로 역사를 쓰고자 한다.

명예는 무정조無貞操한 창기娼妓와 같다.

성공과 소유에는 후회 권태가 있다.

이 세상에 지금 제일 중대하게 볼 두 시대가 있다. 하나는 예술이 경탄할 만한 기적을 행할 때요, 또 하나는 인생이 예술을 완전히 모방하게 될 때 곧 예술이 현실의 대신으로 전세계를 지배할 것.

예술은 언제든지 인생을 노동에서 구제한다. (끝)

—이상 나의 수기受記에서 발췌.

—《개벽》(1921년 3월).

도시와 인간미의 고조

전원생활은 인간과 자연 사이의 교섭交涉이지만 도시생활은 단지 인간과 인간 사이의 교섭이라 할 수 있다. 따라서 전원에서는 인간이 자연에게 정복이 되어 모든 생활이 자연력의 지배를 받지만 도시에서는 인간이 자연을 정복하여 가지고 문화의 극치를 발휘하려고 한다. 거기에 모든 인간미人間美가 고조되고 인간의 정신이 집중된다.

전원 정조情調는 인간의 감정을 산만시키며 개성을 혼탁케 하지만 도시 정조는 곳곳마다 청신미淸新美와 긴장미가 있다. 그것은 도시의 모든 설비가 직접 간접으로 우리 인간의 정신적 욕구를 상징한 감각적 표현임으로 우리의 모든 상상력을 어떤 초점에 집중할 수가 있는 까닭이다.

그러므로 전원의 인상은 추상적이지만 도시의 인상은 명쾌하다. 얼핏 생각할 것 같으면 열뇨熱鬧와 번잡煩雜에 싸인 도회의 모든 설비가 우리의 관념을 산만케 할 듯 하나 실은 인간의 개성을 일층 정확케 한다. 우리의 언어로 말하면 도시의 언어가 전원의 언어보다 비할 수 없이 시와 음악의 색채를 가지게 되는 경향은 도시의 모든 설비가 나날이 향상하여 가는 문화가 우리의 감정을 세련시키는 까닭이다.

도시생활은 자연과 멀어진 만큼 인간과 인간 사이에 교섭이 농후해간다. 그럴수록 도시인의 감정은 인간미의 고조를 요구하게 된다. 그들은 일반이 감각적 쾌락에 대해서 예민한 감수성을 가지고 있다. 그러므로 도시인의 생활은 관능적 색채를 농후히 가지고 있다. 모든 야회夜會 같은데 모이는 젊은이의 성장盛裝한 자태를 볼 것 같으면 철두철미 우리의 관능을 자극시키는 고혹적 색채를 가졌다. 그들의 언어, 동작이며 복장이 전부 고혹적이다. 그리고 어떤 도시든지 반드시 그때의 유행이 있는데 그 유행이야말로 도시인의 관능적 욕구를 상징한 것이다.

예를 들면 요즘 경성에는 기장 긴 저고리와 짧은 치마가 유행한다. 그리고 치마 빛은 상끗 비치는 흑색黑色이다. 치마단에서 희게 비치는 긴 다리와 검은 치마 속으로 하얗게 비치는 그 모든 것이 현대 도시인의 관능적 욕구를 만족시키는 까닭이다.

그리고 어떠한 야회든지 또는 기타 구경처求景處에 가볼 것 같으면 그들의 군중심리는 회會라는 객체에 집중이 되지 않고 자기와 같은 인간과 서로 접촉하려는 잠재적 욕구가 절실하다. 그러므로 그들의 목적은 회라는 객체를 향락하려는 것이 아니고 사람과 사람 사이에 서로 감응되는 성적性的 황홀미恍惚味를 향락하자는 것이다.

그러한 회에 갈 것 같으면 누구든지 부지불식간에 인간에 대한 살가운 정서가 샘솟는 듯 함을 느낄 것이다. 그래서 여러 사람이 다 자기의 애인, 그렇지 않으면 정다운 반려같이 생각이 될 것이다.

그러므로 회會 자체도 이러한 도시인의 잠재적 욕구를 만족시키기 위하여 모든 장치를 할 수 있는 대로 관능적 쾌감을 주는 색채로 배치해 놓는다.

따라서 도시인의 감정은 충동적이 되고 긴장적이 된다. 그들은 자연 그대로의 조잡한 자태를 혐오하는 동시에 철두철미 인공의 미를 숭상하게 된다. 그러므로 도시인의 언어, 동작은 수사적修辭的이요 기교적이다. 전원인田園人의 관찰로 보면 그러한 생활이 부자연하게 생각이 될지 모르지만 도시인의 감정은 도리어 그러한 생활 방식에서 순응성을 발견하게 된다.

이같이 도시인의 생활은 자연력을 정복하여 가지고 끝까지 인간미를 고조하려고 한다. 위대한 인간미를 발휘하는 데는 우리의 모든 자태를 기교적으로 세련시킬 필요가 있는 것은 다언多言을 불요不要할 것이다.

전원의 정거장停車場 정조情調와 도시의 정거장 정조를 비교하여 볼 것 같으면 잘 알 것이다. 도시의 정거장 정조야 말로 세련된 인간미가 발휘되는 곳이다. 도시 정거장의 정조는 번만繁蔓한 듯 하면서도 일종의 정적미靜寂味가 있는 곳이다. 여러 사람이 다 각각 다른 분장扮裝을 하고 여행에 나아가려 할 때 견송見送하는 사람과 출퇴出退하는 사람을 주의해서 볼 것 같으면 정답고 살가운 듯한 세련된 표정이 누구한테나 다 넘친다. 그네들의 표정이야말로 다른데서 볼 수 없는 세련된 인간미라고 생각한다. 수사修辭에 익숙한 그네의 자태며 고상한 기교를 가진 예의, 그 모든 것이 인간미를 고조시킨다.

이렇듯이 도시 정조는 철두철미 인간미를 고조하는 곳이다. 나와 같이 도시 현자賢者들은 반드시 그렇게 믿더라. 그리고 환락에 넘치는 모든 야회를 향락하는 것은 도회인의 특권인줄 알아라. 더구나 요즘에는 도시생활의 재미를 맛볼 시즌이다. 서늘한 밤에는 미의 권화權化같이 보이는 젊은이들의 화려한 염태艶態가 고혹蠱惑의 황홀미를 넘치게 줄 것이 아니냐.

—《동아일보》(1924년 7월 7일).

정사, 영감, 청신, 해방 – 가을의 미감

때는 흘러간다. 고요한 때가 살갑게 내 마음을 있는 대로 다 앗으며 흘러간다. 그것이 아득하게도 내 청춘을 안아보면서 흘러간다. 나는 태백太白의 포월익사抱月溺死 모양으로 그 때를 붙잡으려고 온갖 정성을 다 던진다. 그리하여 상긋하고 정情 많은 때는 나를 부르며 흘러간다. 나는 때와 함께 한없이 흐른다. 오, 때여! 그 중에도 가장 아름다운 가을 때여!

나는 가을에 아름다운 것을 몇 가지 적어보련다. 가을을 사랑하는 나는 이때를 당할 때마다 넘치는 감흥이 생긴다.

1. 가을 빛

가을빛으로 말하면 파란빛, 누른빛, 붉은빛, 세 가지로 대별할 수가 있다.

드높은 가을 하늘의 파란빛을 볼 때 나는 고상한 철학적 성정性情과 경건한 마음이 생긴다. 거의 투명체에 가깝게 보이는 파란 하늘을 쳐다볼 때마다 마음이 환하게 열리는 것 같다. 무한과 영원에 대한 의식의 흥분이 드높은 하늘을 꿰뚫어서 알지 못하는 나라의 신비경神秘境을 보여주는 능력을 새로이 창조해 주는 것 같다. 그리하여 내 마음은 드높은 하늘을 향하여 무엇을 찾게 된다. 침정沈靜한 가을 하늘의 파란빛은 내 마음을 쉽지 않게 위로해준다. 그 파란 빛 속에는 한없이 고요하고 심각한 미美가 숨어 있는 것 같다. 그 미美는 일찍부터 허다한 철인哲人과 시인詩人이 서로 다투어 가면서 찾던 미였다. 종교가는 그 미를 해탈의 빛이라 이름하고 철학가는 영원의 빛이라 이름하고 시인은 숭고한 비애의 빛이라 이름했다.

그 다음은 붉은 빛이다. 파란 하늘 밑에 비치는 홍엽紅葉의 우미優美한 광경이야말로 가을 정조를 긴장하게 표현한다 하겠다. 더구나 고산식물의 타는 듯한 빛을 바라볼 때는 처비凄悲한 정열이 끓어 올라옴을 느낄 것이다.

그러나 가을의 붉은빛으로 말하면 단순한 적색이 아니고 등색橙色을 가미한 붉은 빛인 고로 비장한 정서를 일으킨다. 왜 그러냐 하면 가을의 붉은 빛은 황당한 열정을 통과하여 침정한 정조세계로 유도시키는 요소가 내재한 빛인 고로 우리의 관념을 비장한 상상세계로 이끈다.

그 다음은 누른빛이다. 이 빛은 가을 빛 가운데 그 중 많이 섞여 있는 빛이다. 나의 본 바로는 누른빛이 허무감을 일으키는 것 같다. 무연한 뜰의 황엽黃葉을 바라볼 때는 허무감이 절실히 느껴진다. 그러나 허무 속에는 영원에 대한 애탄이 일종의 황홀미를 가지고 있는 것 같다. 이상에 말한 가을빛을 총괄적으로 말할 것 같으면 영원과 허무와 비애를 융합시키는 매력을 가진 빛이라 하겠다.

2. 선미線美

가을의 특색은 무엇보다도 선미에 있다고 하겠다. 식물계를 자세히 관찰할 것 같으면 가을마다 가느다란 곡선이 가지마다 나타난다. 동양화에 나타난 가을 풍경을 볼 것 같으면 더욱이 곡선이 잘 나타나 있는 것을 깨닫겠다. 그러한 곡선은 식물계에서만 볼 것이 아니라 사람에게까지 나타난다.

여자의 머리털은 가을이 될 것 같으면 형용키 어려운 델리케이트한 곡선이 나타난다. 그리고 가을별에도 곡선이 나타난다. 여름 별은 확 퍼지지만 가을별은 이상스럽게도 가물가물하게 마치 황금 실이 엉켜 있는 것 같이 보인다. 그와 같이 가을에는 모든 물상物像이 아름다운 곡선을 가지게 된다. 지평선 같은 것도 가을에는 분명한 선을 나타낸다.

3. 월야月夜

달밤은 현실을 유리遊離한 아름다운 환영幻影이라 할 수 있다. 모든 물상物象이 영影으로 표현되기 때문에 영에 대한 특수한 정조가 있다. 더구나 가을의 달밤으로 말하면 흐리트분한 여름밤과 달라서 모든 영이 분명하게 보인다. 달빛의 광채가 맑음을 따라 대지에 비치는 나뭇잎 그림자가 똑똑하게 보인다.

그리고 바람이 스칠 때마다 나뭇잎 그림자가 이리저리 날아다닌다. 날아다니던 그림자가 땅에 떨어질 때는 새르락 하는 소리가 비명같이 들린다.

그 낙엽을 밟으면서 밤하늘을 나무 틈으로 쳐다볼 것 같으면 억만의 별이 벌떼같이 달을 향하여 모여드는 것 같다. 달은 마치 노란 꿀을 가득히 담은 벌집같이 보인다. 그러나 달에는 황금빛 외에 은빛과 파란빛이 있다.

가을에는 파란빛이 그 중 많이 보인다. 그래서 가을달을 사랑하는 사람에게는 침정沈靜한 비애의 정서를 일으킨다.

그러나 그 비애는 속세에서 가슴 아프게 하던 정서가 아니고 청신미

淸新味를 가진 고결한 비애다. 그리고 미美를 위하여 미를 사랑하는 마음과 —미는 반드시 비애 가운데서만 최고의 매력을 발휘한다는 진리와 영원한 미에 비치는 열정은 반드시 비속세적非俗世的이라는—그러한 예술적 성정性情을 충동시키는 빛이 드높은 하늘에 매달린 달한테서 흘러 내려온다.

사람들은 그 달빛을 마시면서 신비한 영影의 세계를 헤매게 된다. 그리하여 달빛에 황홀한 사람들은 서로 다투어 가면서 달밤을 음미하게 될 것이다. 오! 신비한 그림자를 안은 고요한 가을 달밤이여.

나는 달밤을 대할 때마다 애정이 넘쳐 나오는 것 같다. 누구를 사랑하지 않고는 견디지 못할 열정이 샘솟는 것 같다. 아니다. 사람을 사랑하게 하는 달밤은 공연히 사람의 마음을 매혹하는 일이 많다. 단지 달밤만을 사랑하여라.

4. 노변蘆邊

가을 정조가 농후하기는 노변이라 할 수 있다. 갈밭을 사랑하는 나는 때때로 무연한 뜰에 하얗게 핀 갈꽃밭을 상상한다. 갈은 북도北道의 특산인 고로 나는 어렸을 때부터 갈에 대한 느낌을 많이 가졌다. 으스스하는 갈잎소리를 들을 때마다 북방 사람의 비수悲愁를 연상하게 된다.

우리 북방 사람들이 갈을 보고 느끼는 것은 인생에 대한 영탄과 환멸이다. 하얀 갈꽃이 넓은 강뜰을 펴 있을 때—그 갈꽃이 마치 바람에 쏠리는 구름떼 모양으로 좌우로 흔들리는 것을 산에서 바라볼 것 같으면 인생에 대한 영원한 실망과 공허를 느끼게 된다. 그 때에 노래가 생긴다. 그 노래야말로 인생에 대한 단념斷念과 비수悲愁를 고조高調한 것이다.

나는 평양 수심가愁心歌를 들을 때마다 갈(蘆) 경치를 생각하게 된다. 더구나 옛말 가운데 갈밭에 들어가서 죽는다는 전설이 많은 것을 생각해 볼 것 같으면 갈과 우리 북도 사람의 감정 사이에 무슨 연결이 있는 것 같다.

어렸을 때 기억에 동무들이 갈 피리를 불며 갈잎으로 배를 만들어 놀던 생각을 할 것 같으면 지나친 노월蘆月이 쉶은 음악 같아서 아름답게도 잊혀지지 않는다. 오! 갈꽃 피는 이때 수 없는 노월을 두고 우리의 설움과 기쁨을 잘 알아주던 저 북방 처녀들이 사랑하는 갈꽃이여.

× × × ×

나는 이것으로 가을 정조를 대강 적어 보았다. 한 가지 잊은 것은 가을이 사람의 마음한테 어떻게 영향을 주는 것과 우리가 가을을 만나서 무슨 생각을 하게 되는지 그것을 좀 적어보련다.

가을은 사람의 마음을 침정沈靜하게 만드는 때다. 그러므로 가을이 될 것 같으면 누구든지 철학적 성정을 가지게 된다. 우리로 하여금 고요히 인생과 자연을 관조하게 한다.

고독한 가운데서 신비적 색채를 얻고자 하는 우울한 염세가厭世家든가 인간고人間苦에 대한 애탄을 무엇으로 위로할 수가 없어서 애타는 시인한테는 가을이 무한한 위안이라 할 수 있다.

그리고 모든 생각이 자유로 해방되는 때다. 봄 생각은 아득하고 여름 생각은 무겁고 겨울 생각은 기한飢寒이 되되 오직 가을 생각은 환하게 열리는 것 같다. 우선 드높은 하늘을 쳐다볼 때에 우리는 자유스럽다는 것을 느끼게 된다. 그리고 공간이 청징清澄해 보이기 때문에 밤이 항상 맑아지는 것 같다. 그럼으로 봄과 여름의 연애는 대개 성욕적으로 되지마는 가을의 연애는 영감적 색채가 많이 있다.

이같이 가을은 정사, 영감, 청신, 해방, 그 모든 혜덕惠德을 내리는 때다.

우리는 이때를 당하여 무한히 고조된 자유경自由境을 향유할 수가 있다. 오! 느낌이 많은 가을이다.

—《개벽》(1924년 10월).

낭만적 연애의 종말과 유미주의 정치학

5년간의 문학적 삶

노월蘆月 임장화林長和는 거의 알려지지 않은 작가이다. 1920년 초반에는 유미주의 시인이자 악마주의 평론가로 문인들 사이에 꽤 알려졌지만, 지금은 시를 전공하는 사람이나 소설, 평론을 전공하는 사람들에게 그 이름조차 생소한 존재가 되어 버렸다. 그의 이름이 거론될 때는 당대 최고의 여류 문사였던 김명순과 김원주와의 스캔들을 소개할 때뿐이었다. 최근에는 유미주의 수용사나 극적 대화 장르, 혹은 환상 소설을 논하는 자리에 그의 이름과 작품명이 언급되는 것이 고작이다.

1920년부터 1925년까지 시 23편, 소설 7편, 대화 형식의 글 4편, 평론 5편, 수필 2편의 적지 않은 작품을 발표했음에도 지금까지 한 편의 독자적인 연구 논문도 나오지 않은 것은 정확한 생몰연대는 물론 25년 이후의 행적이 전혀 알려지지 않은 탓도 있지만, 몇몇 이름난 작가와 리얼리즘에 한정된 연구 풍토 탓도 크다.

노월 임장화는 평안도 진남포에서 태어났다. 수필 〈월광〉에는 평안도의 가을 정취가 섬세하게 묘사되어 있는데, 그의 호 '노월'도 '동무들과 갈 피리를 불며 갈잎으로 배를 만들어 놀' 때 본 '노월'의 기억에서 붙여진 것이다.

아버지는 기독교 장로였던 것으로 얘기되며 정확한 연도는 알 수 없지만 최소한 1920년 당시에는 와세다 대학 영문과*에서 오스카 와일드의 유미주의 예술론과 현대 미술사를 공부했다. 그가 문단에 등장한 것은 《매일신보》 1920년 1월 24일자에 소설 〈춘희〉를 발표하면서였다. 이후 20년 3월 21일까지 거의 매일 유미주의 색채의 시를 연재했다. 그 때문에 '유미주의 시인'으로 알려져 21년 3월에 《창조》 동인이 될 수 있었다. 《창조》 9호 김환의 후기나 김동인의 회고**에 제시된 것처럼 《창조》에서 그를 필요로 한 것은 '오스카 와일드의 학설을 소개하기 위하여서'였다.

그러나 《창조》는 임노월의 이름을 동인으로 올린 제9호(1921. 6)로 종간되고, 대신 그는 《개벽》 지면에 세기말의 유미주의, 악마주의, 표현주의 예술론을 소개하였다. 이 평론들의 전문성은 그가 일본에서 유미주의 예술론을 제대로 공부했음을 증명한다.

1922년에는 동경에서 연인 관계였던 김명순과 함께 '토월회'에 객원으로 참가했다는 말도 있는데*** 《개벽》에 실린 '대화체' 글들의 희곡적 구성으로부터 보아 신빙성이 있다. 《개벽》이 점차 사회주의적 색채를 짙게 띨 무렵인 1923년 7월에 〈사회주의와 예술 : 신개인주의의 건설을 창함〉이라는 도발적인 평론을 발표하고 나서는 다음 호(8월호)에 실린 이종기의 반박글 〈사회주의와 예술을 말하신 임노월 씨에게 묻고저〉에 대한 응답도 없이 《영대》로 지면을 옮긴다. 유미주의 예술 진지 속으로 들어간 것이다.

1924년 8월 창간호부터 24년 12월 4호까지 《영대》의 편집인 겸 발행인을 맡으면서 유미주의 예술론을 소개하는 한편, 빼어난 악마주의 소설들을 쏟아냈다.

그 무렵 그는 김원주와 동거 생활을 하고 있었는데, 그 일과 함께 《영

---

* 와세다 대학에 문의해 봤지만 와세다 대학 문과 출신의 문인들 명단에 그의 이름은 없었다고 한다. 졸업을 하지 않아서 학적 기록이 남아 있지 않을 수도 있다.

** 《매일신보》 1931년 8월 28일.

*** 박명진, 〈김명순 희곡연구〉, 《한국희곡의 근대성과 탈식민성》, 연극과 인간, 2001.

대》 판매대금을 생활비로 쓴 것이 김동인에게 포착되고 만다.* 그 때 문인지 《영대》 25년 1월호의 편집과 발행 책임은 고경상에게 넘어갔고 《영대》 1월호의 〈예술과 인격〉을 마지막으로 문단에서 종적을 감추었다.

1920년대 개조의 도가니 속에서

임노월이 문학적 열정을 불태웠던 1920년부터 1925년간의 시간은 무수한 가능성들이 용광로처럼 들끓던 시간이었다. 3·1운동을 전후로 하여 식민지 조선은 1차 대전 이후 전 세계를 휩쓴 '개조'의 열풍에 휩싸였다. 그 개조 열풍 속에는 자본주의적 물질문명에 대한 전면적인 부정의 정신도 있었고 자유, 평등, 인류애라는 못다 이룬 부르주아 혁명의 정신도 있었다.

정치 사상적으로는 러시아발 사회주의와 미국발 민주주의, 독일, 이탈리아, 기타 제 3세계의 민족주의가 새로운 세계 질서의 모델을 두고 경쟁하고 있었으며, 문화 예술사적으로는 세기 말의 상징주의에 이은 프랑스의 데카당, 영국의 예술을 위한 예술, 독일의 표현주의, 러시아의 미래파가 모더니즘의 발흥을 예고하고 있었다.

1919년의 민족적 외침을 통해 전근대의 군주에 대한 애도를 마친 조선 역시 이 세계사적 개조의 흐름 속으로 빨려 들어갔다. 그 무렵 창간된 모든 잡지 창간사에는 '개조'라는 말이 빠지지 않았고, 인격개조, 사회개조, 학교문제, 이혼문제, 부인문제, 노동문제, 민족문제, 연애, 청년회, 강연회 같은 단어들로 채워졌다.

크게 보아 《창조》를 위시한 동인지는 예술을 통한 인격개조의 흐름을 탔고 《개벽》을 위시한 사상지는 계몽을 통한 사회개조의 흐름을 이

* 김동인, 《문단 30년의 자취》, 44쪽.

끌어갔다. 근대 국민국가 만들기에 실패한 식민지 조선으로서는 근대적 질서가 일단락 된 이후에 불어 닥친 근대 '개조'의 요청을 비동시성의 동시성 속에서 받아들일 수밖에 없었다. 만세열풍, 연애열풍 학교열풍이 전근대적 질서를 개조하여 근대적 질서를 수립하고자 하는 열망의 표현이었다면, 계급문제의 해결과 물질문명의 극복, 계몽적 이성에 의해 억압된 정념의 해방을 향한 열망은 탈근대적인 지향성을 내포하고 있었다. 아직 오지도 않은 근대를 넘어서야 한다는 이 아포리한 시대적 상황의 한 가운데서 임노월은 유미주의와 신개인주의의 깃발을 펄럭이다 조용히 스러졌다.

연애의 미학과 유미주의의 사회학

유미주의 역시 이런 1차 대전 이후 세계적인 '개조'의 흐름 속에서 태어났다. 그것은 예술의 자기목적성을 주장한 유파였지만, 그 주장 속에는 근대 계몽주의의 부정이라는 역사철학적 주장이 내포되어 있다. 단적으로, 임노월의 정신적 지주, 오스카 와일드만 하더라도 스스로를 사회주의자로 공언하며 부르주아적 도덕에 대한 미적 전쟁을 선포했다.

임노월의 유미주의 역시 20년대 초반 식민지 조선의 미시적, 사회적 욕망 속에서 이해되어야 한다. 임노월의 이름을 세상에 알린 소설 〈춘희〉, 논설 〈중성주의〉, 시 〈생활生活의 화花〉는 20년대 초반 조선 사회를 휩쓸었던 자유연애의 욕망을 미적 감각의 찬미 속에서 표현하고 있다.

먼저, 〈생활의 화花〉는 가을의 자연 정취 속에서 '청춘의 연애'로 대표되는 색채 있는 삶의 미학을 발견한다는 내용이다. 이 작품 이후 1920년 3월 21일의 같은 제목 〈생활의 화〉까지 거의 매일 연재된 시편들은 문명적 현실을 초월한 자연의 신비, 연애 욕망과 자연미의 일치를 노래하고 있다.

그러나 이 시편들은 유미주의의 핵심인 현대미를 제대로 표현하지 못했다. 여기서 그려지는 자연의 미는 전통 한시나 시조의 강호한정과 별반 다르지 않다. 그런 의고적인 자연에서 경이, 환락, 비애, 악마적 미와 같은 유미주의적 정서를 느낀다는 것은 설득력이 없다. 어색하게 조합된 한자어휘의 남발과 생경한 개념어와 잦은 영탄적 표현은 작가의 머리 속에 있는 상징주의, 혹은 유미주의 미학의 풍경들이 현실 감각으로 안착되지 못했음을 증명한다.

임노월의 데뷔작 〈춘희〉는 '연애' 라는 새로운 감각과 사회적 현실간의 적대성을 비극적으로 표현하고 있다. 이 소설은 '비애의 물결은 공간적 시간적으로 인생이란 대하에 부질없이 흐른다' 는 센티멘탈한 문장으로 시작한다.

이 첫 문장만으로도 남녀 주인공의 연애가 비극으로 끝나리라는 것을 능히 짐작할 수 있다. 이어 남자 주인공 '병선' 이 며칠 전 잠깐 만난 '춘희' 를 떠올리는 장면이 나오는데, 그는 춘희를 '전설이나 혹은 비통한 소설에서 사는 한 사람은 아닐까' 하며 만나기도 전에 그녀를 비극적인 연애 소설의 여주인공과 동일화한다. 현실의 연애 이전에 소설 속의 연애가 감정을 지배하고, 만남의 기쁨 이전에 실연의 비애가 사랑의 정조를 주조하는 것이 20년대 연애 문화의 특징이다.

뒤 이어 《매일신보》에 발표된 소설 〈위선자〉나 〈예술가의 둔세〉 역시 이상화된 연애 욕망과 사회 현실과의 대립을 중심 축으로 전개된다. 이 소설들의 남자 주인공은 모두 조혼한 처가 있는 유학생이며 여자 주인공은 미혼의 신여성이다. 이들은 미술이나 음악, 혹은 문학을 전공했으며 개념도 생소한 미학의 독립성을 개인의 자유, 혹은 자유 연애와 결합시킨다.

특히 남자 주인공은 유미주의 내 일파인 악마주의 미학을 신봉하는 자로, 가족관계를 미와 연애의 영원한 적대자로 생각한다. 이에 반해 여자 주인공은 자유의지를 배반하는 조혼은 거부하지만 자유로운 의사와 정념으로 결합된 결혼은 신성한 것으로 여긴다. 그래서 〈위선자〉에서처럼 이 둘 간에는 화해할 수 없는 갈등이 내재한다.

부르주아적 부부 가족까지 포함하여 연애는 일체의 가족체계를 벗어나야 한다는 남자 주인공의 주장은 프랑스의 데카당트, 영국의 오스카 와일드, 독일의 성과학자들의 그것처럼 부르주아적 근대 질서를 넘어선 주장이다. 그러나 그들의 미시적인 욕망과 감각은 전혀 그렇지 못하다. 그들은 가족을 넘어선 자유 연애를 주장하면서도 여성에 대해서는 '순결' 을 요구하는 이중적인 성도덕을 갖고 있다. 기독교적 가치관이 이런 순결 이데올로기를 더욱 강화했다. 그들 자신은 전근대적인 조혼조차 과감히 무시할 용기도 능력도 없으면서 여자 파트너에게는 결혼에 얽매인다고 비난하고 다른 남자와의 관계를 죄악시 한다. 이런 자기 모순적인 욕망은 당연히 현실을 변혁시킬 수 없다. 그래서 소설은 항상 엉뚱하게 찾아든 병마에 의해 여자주인공이 죽거나, 여자주인공의 배반을 증오하며 애꿎은 사회 현실에 책임을 돌리거나, 현실로부터의 관념적 도피를 기획하는 결말을 낳는다. 문제는 이런 실패를 반성하지 않고 오히려 미화 한다는 것이다.

이들 소설에서 악마주의 신봉자인 남자 주인공은 악惡의 정서를 '비애' 로 받아들여, 가장 지극한 미는 비애의 미라고 믿는다. 가장 미학적인 연애는 비극, 궁극적으로는 죽음(情死)으로 끝나야 한다는 강박은 핼쓱한 안색과 신경질적인 성격이야말로 지식인의 표상이며 우유부단함과 무책임한 도피 속에서 예술가적 취향을 발견하는 것과 함께 20년대 초반 지식인 사회에 전염병처럼 퍼져갔고 오늘날까지 유전되고 있다.

《매일신보》 1920년 1월 30일에 발표된 〈중성주의〉는 매우 획기적인 논설이다. 오스카 와일드의 동성애와 독일 성과학자들의 동성애 권리 주장을 환기시키는 이 논설에서 임노월은 이전까지 전혀 문제시되지 않았던 남성과 여성의 성 정체성을 문제삼는다.

중성자中性者란 여성적인 남성, 남성적인 여성으로, 이들은 범죄자도 변태도 아닌 새로운 문화 창조의 주체라는 것이다. 직접적으로 동성애자의 권리를 옹호한 건 아니지만, 이 트랜스 섹슈얼리티의 주장은 분명 당시 유럽의 동성애 운동과 연관되어 있다. 프랑스의 데카당트들과 독일의 성개혁자들, 그리고 영국의 오스카와일드는 동성애의 시민권을 옹호할 뿐 아니라 동성애자들의 트랜스 섹슈얼리티를 대안적인 인격적 특징이라고 주장하였다.

당시 조선에도 이와 유사한 동성애 담론이 형성되고 있었다. 이광수의 〈사랑인가〉, 〈윤광호〉에서 제시된 동성애나 당시 잡지에 자주 실린 편지글과 단편소설에서 보여지는 남성 지식인들 간의 동성애적 유대감, 《신여성》에서 보고되고 있는 여학생들간의 동성애 등 막 분출되기 시작한 연애 감정의 일부로서 동성애적 감정 역시 용인되고 있었다. 그러나 당시의 동성애 문화는 이성애와 가족질서에 대한 근본적인 부정을 내포하고 있지는 않다. 독일처럼 동성애는 동지애, 남성결사, 병영–민족 공동체의 문화적 원리라는 민족주의적 가치에 흡수될 여지도 있었다.

임노월의 〈중성주의〉 역시 이성애적 관계를 문제삼기는 커녕 중성자들이야말로 이성애적 연애에 적합한 감수성과 미적 취향을 가지고 있다고 주장한다. 이처럼 임노월의 유미주의는 그 발원지에서의 탈근대적 요소가 식민지 반봉건의 조건 속에서 낭만적 이성애와 연애 결혼이라는 근대적인 욕망으로 굴절되어 수용되고 있다.

대화체 양식의 대화성

임노월은 1921년과 22년 《개벽》에 네 편의 '대화' 형식의 글을 발표한다. 인물, 상황, 대화의 희곡적 설정을 통해 악마주의 예술론을 설파하는 글들인데, 어떤 주의 주장을 대화와 토론의 장 속에서 표출하는 이런 기법은 계몽기의 단형 서사나 가사 양식 속에서 자주 발견되던 것과 크게 다르지 않아 보인다. 다만 그 주의 주장이 계몽주의와 정면으로 대립된 내용이라는 것과 희곡적 상황성이 좀더 두드러진다는 점만 다를 뿐이다.

기실, 당시 문화운동의 수단으로 각광받던 연극 중에는 이보다 크게 낫다고 말할 수 없는 것도 많다. 같은 《개벽》 지면에 실린 방정환의 〈은파리〉 연작도 이와 유사한 대화체 형식으로 사회풍자극의 효과를 거두고 있는데, 이미 소설 장르가 안정된 형태를 갖춘 20년대의 대화 장르는 계몽기의 대화, 토론체 단형서사와는 변별적인 성격을 지니고 있다. 분명 20년대의 대화체는 연극 장르가 문학으로 전환된 측면이 강하다.

문제의 핵심은 이 대화체 양식에 대화적 목소리가 담겨 있느냐 하는 점이다. 아무리 연극적 의장을 갖추더라도 특정 인물의 직설적이고 단성적인 발화에만 기댈 때 진정한 '대화적' 양식이라 말하기는 어렵기 때문이다.

〈미지의 세계〉와 〈경이와 비애에서〉는 두 세 명의 인물이 등장하는데, 그 중 한 명은 악마주의 예술을 신봉하는 남자로서 작가의 목소리를 대변하고, 또 다른 남자는 악마주의에 의심을 품고 있는 평범한 독자의 목소리를 대변하고, 나머지 한 명은 지식인 남성들의 연애 대상인 신여성을 대표한다. 물론 악마주의 예술가가 일방적으로 자신의 유미주의를 설파지만, 독자의 목소리를 대변하는 인물의 반론이나 날카로운 질문은 이들의 대화에 긴장감을 조성한다.

이런 대화 장치는 궁극적으로 작가의 유미주의를 독자에게 전파하기 위한 것이지만, 작가 자신 외부의 반박과 현실성 검사를 통과하기 위한 장치로서 썩 유효한 기능을 한다. 〈불멸의 상징〉과 〈월광〉은 시인·마녀·신, 몽녀夢女·망령亡靈·해골을 등장 인물로 설정하여 표현주의 연극

같은 분위기를 연출하였는데 말만 번잡하고 극적인 효과를 거두는 데는 실패했다.

낭만적 욕망의 악마성

1924년과 25년 《영대》에 실린 세 편의 소설은 그의 악마주의가 보여줄 수 있는 최대치를 보여준다.

김동인은 이들 소설에 대해 '신기하지 못한 소설'라고 평가했지만* 오늘날의 관점에서 봤을 때 〈악마의 사랑〉〈악몽〉〈처염〉은 소설형식의 새로움이나 문학정신의 농도에 있어서 당대성을 뛰어 넘는 성취를 보여준다. 《영대》 1924년 8월호에 발표된 〈악마의 사랑〉은 오스카 와일드의 《도리언 그레이의 초상》에서 영향을 받은 작품이다.

물론 〈예술가의 둔세〉에서 여자 주인공이 세월이 흘러감에 따라 늙어갈 자기 얼굴과 애인이 그린 초상화가 비교될까 두려워 초상화를 태워버리려는 장면에서 《도리언 그레이의 초상》의 영향을 직접적으로 확인할 수 있지만, 그건 소재적 차원의 모방에 불과하고, 〈악마의 사랑〉이야말로 유미주의적 쾌락을 추구하는 주인공의 반인륜적 범죄와 비극적 최후를 그리고 있다는 점에서 《도리언 그레이의 초상》을 구성적으로 소화한 작품이라 할 만한다.

일단, 이 소설은 착한 아내와 매력적인 애인 사이에서 방황하는 지식인 남성의 신경증적인 심리묘사에서 탁월한 성과를 거뒀다. 특히 애인의 매력과 대조해서 아내의 귀밑에 난 주근깨가 점점 추악해 보여 나중에는 적의를 품은 눈처럼 보이는 대목은 《도리언 그레이의 초상》의 환상기법을 심리묘사로 적절히 활용한 부분이다. 아내에 대한 연민과 애인과의 일탈 욕망 사이에서 분열된 일인칭 화자의 심리가 조변석개하

* 〈문단회고〉, 《매일신보》 1931. 8. 29.

는 장면이나 이 중 플레이가 들통나 아내와 애인 둘 다 떠나 버렸을 때 각각에게 상대방을 비방하는 편지를 쓰는 장면, '다종다양한 사랑' 을 주장하던 그가 자신은 한 사람만이라도 가질 권리가 있다고 스스로를 정당화하는 대목, 애인과 새살림을 차리자마자 돌아온 아내를 보고 자기 통제력을 상실하여 아내를 발로 차 죽이는 장면은 이전 소설에서는 거리감을 두지 못한 채 서술되던 남자 주인공의 분열된 욕망과 신경증적인 심리를 적나라하게 보여준다.

이런 차이는 낭만주의와 악마주의의 분리에서 비롯된 것이다. 초기의 소설에서는 악마주의가 정념의 해방과 자유연애라는 낭만주의적 요구로 굴절되어 나타났다면, 이 소설은 그런 낭만적 욕망의 악마성을 드러내고 있다. 초기의 소설들과 달리 이 소설은 속악한 사회를 적대자(가해자)로 내세우지도 않고, 순수한 사랑과 세속적 욕망을 대립시키지도 않는다. 무엇보다 현실에서의 패배를 예술적 승리로 전도시키는 낭만적 아이러니를 강변하지도 않는다. 대신 이 소설은 쾌락주의로 발현된 낭만적 영혼의 병리성과 악마성을 정신분석적으로 해부한다. 이런 철저한 욕망의 분석 속에서 낭만적 사랑이라는 부르주아적 환상은 산산이 해체되고 만다.

《영대》 1924년 10월호에 발표된 〈악몽〉은 에드가 엘런 포의 영향이 감지되는 소설이다. 후기 낭만주의의 범죄 소설 형식을 20년대 조선의 연애 풍속에 접목시킨 이 소설은 자유 연애의 욕망이 소유욕과 접속될 때 발생할 필연적 파국을 설득력 있게 보여준다.

우선, 이 소설은 기법적 측면에서 중요한 성과를 거두고 있는데, '믿지 못할 서술자' 의 설정이 그것이다. 연적관계에 있는 친구를 독살한 혐의를 받고 있는 자를 일인칭 화자로 설정함으로써 그의 고백과 진술에 대해 독자는 일인칭 서술의 신뢰성과 인물 초점화자의 비신뢰성 사이에서 주저하게 된다. 그래서 "나는 이 세상이 하루바삐 부서져서 누가 누군지 알지 못하게 되기를 바란다. 죄도 없고 죄를 벌하는 일도 없는 그러한 세상이 되기를 바란다"는 악마주의적인 독백은 독자를 설득시키는 단성적 발화가 아니라 내포 작가 스스로 거리를 두고 있는 대화적 언술이 된다. 형사의 추리를 액자 형식으로 설정한 것도 흥미로운 기법이다. 추리 소설의 기법을 활용하여 일인칭 화자를 객관화시킬 수 있는 거점을 확보한 것이다. 이런 대화적 서사 기법은 임노월의 악마주의가 직설적인 반도덕론이 아니라 대화적 상상력을 내재한 예술론임을 증명한다.

〈악몽〉에서 주목할 만한 또 다른 점은 팜므파탈femme fatale형 인물이다. 지식인 남성들의 신경증적인 욕망을 유혹하여 결국 한 사람은 살해당하고 또 한 사람은 범죄의 수렁으로 빠져들게 만든 이 여성의 치명적 매혹은 이전 소설에서는 찾아보기 힘든 것이었다.

〈처염〉은 모더니즘의 핵심 모티프의 하나인 이 팜므파탈형 인물을 본격적으로 다룬 소설이다. 예민한 미적 감수성을 자랑하는 남성 지식인이 "입에다 키스를 할 것 같으면 독이 묻을 것 같은" 여성에게 매혹되어 지적 우월함은 물론 자존심과 자기 통제력까지 상실하고 마는 이야기이다. 신문기자, 부호, 교육자, 문사 등으로 이뤄진 사교집단의 여왕벌 같은 이 여성은 어느 누구에게도 특권적인 애정을 주지 않으면서 수벌들의 욕망을 불태우기만 한다. 그럴 수 있는 그녀의 매력은 별다른 게 없다. 백치 같은 시선과 행동으로 지적 박래품에 허세를 떠는 남성들의 욕망을 반사하는 텅빈 스크린으로 자처하기만 하면 된다. 그러면 남성 지식인들은 그 텅빈 스크린에 '신비'와 '경이'의 색채를 부여한다.

이 소설에는 낭만적 사랑의 미화도 없고 악마주의적 정사情死의 예찬도 없다. 낭만적 정념은 있지만 그것은 '자유'의 표상이 아니라 지적 허세와 욕망의 노예화로 이끌고, 악마적인 매혹은 있지만 그것은 쾌락의 실현이 아니라 쾌락의 장애물로 기능한다. 결국, 임노월에게 악마주의는 낭만주의의 궁극적 실현이 아니라 오히려 그것의 불가능성, 낭만적 정념의 병리성과 악마성에 이르는 통로로 기능한다. 그렇다고 임노월이 낭만적 정념을 도덕적으로 단죄하고 있다는 건 아니다. 시종여일 그의 윤리적 태도는 도덕과 선이 아니라 유미주의에 근거하고 있기 때문이다. 그에게 문학 예술은 근대인의 욕망이 지닌 악마성을 끈질기게 탐구하는 통로이자 그 악마적 욕망으로부터 해방된 현실을 창조하기 위한 입구이다.

유미주의 정치학 : 신개인주의

임노월이 유미주의를 통과하여 실현하고자 하는 세계의 상은 아나키즘적 개인주의로 설명된다. 그의 유미주의가 지닌 정치적 성격이 가장 선명하게 드러난 글은 〈사회주의와 예술〉이다. 이 글에서 그는 전제화된 러시아 사회주의를 정면으로 공격한다. 그가 러시아 사회주의를 비판하는 근거는 두 가지이다.

첫째, 현 러시아 사회주의는 "모든 산업을 노동 정부의 지배 하에 두고 정부는 마치 대자본가와 같고 국민은 노동자의 자격을 가지고 나날의 임금을 가지고 생활"하는 국가자본주의이지 진정한 노동해방 —노동으로부터의 해방— 이 실현된 사회가 아니라는 것이다.

이에 대해 임노월은 장래의 사회는 '일체 임의적 협동' 으로 이뤄져야 하며 노동가치에 속박된 삶이 아니라 각 개인의 삶이 '아름다운 것을 창조' 하기에 바쳐지는 사회여야 한다고 주장한다. 유미주의의 모토 '예술을 모방한 삶' 은 현실과 동떨어진 삶이 아니라, 평균적으로 획일화된 가치에 종속된 삶을 예술적 가치를 창조하는 삶으로 바꿔야 한다는 주장이다.

둘째, 권력화된 사회주의는 개성과 정서를 억압함으로써 인격의 완성을 저해한다는 것이다. 이 말을 상투적인 부르주아적 개인주의와 혼동해서는 안 된다. 임노월은 분명히 "우리는 인격의 완성을 소유관념에서 구하여서는 아니 되겠다"고 말한다. 사적 소유관계로부터 자유로울 때 예술적 인격은 싹튼다는 것이다. 인격의 완성을 위해서는 무엇보다 정서를 해방해야한다. 그가 '불건전' 하고 '부도덕' 한 '병적상태' 에 집착하는 이유가 여기에 있다.

예술은 인간의 내면에 잠재된 병적이고 악마적인 정서를 해방시키기 때문이다. 따라서, 악마주의는 부도덕하고 불건강한 삶을 찬미하는 것이 아니라 억압된 욕망과 정서를 예술로써 해방시키자는 것이다. 악마주의, 그것은 건강과 도덕의 위선 속에 억압된 악마적 욕망과 병적 정념을 해방시켜 건강한 인격을 되찾자는 건강선언이며, 권력과 노동가치론으로부터의 자유를 향한 해방선언이다.

작가 연보

* 김원주의 회고록 《청춘을 불사르고》(인창서관, 1970)와 김동인의 《문단 30년의 자취》를 기초로 추정한 것이라 연도나 세부 사실이 정확하지 않을 수 있다.

1893년 출생연도 미상. 유방 김찬영과 절친한 사이였다는 사실로 미루어 1893년 생이 아닐까 짐작. 고향은 평안도 진남포. 아버지는 기독교 장로였으며, 형은 진남포에서 병원을 운영하였다. 어릴 때 절에 있다가 향학열 때문에 절에서 나와 고학으로 일본 와세다 대학 영문과를 다녔다.

1920년 《매일신보》에 소설 〈춘희〉를 비롯하여, 일련의 유미주의적 시를 발표하면서 문단에 등장했다.

1921년 3월에 《창조》 동인이 되었다. 여전히 동경에 거주하였다. 3월에 〈이단자의 경구〉를 발표한 이래 《개벽》지에 유미주의와 표현주의, 악마주의 예술론을 소개하였다.

1922년 동경에서 연인 관계였던 김명순과 함께 토월회에 객원으로 참가. 김명순과 헤어지고 김원주와 사귀기 시작했다.

1924년 《영대》 편집 겸 발행. 《영대》 창간호에 〈예술지상주의의 신자연관〉을 발표한 이래 악마주의적 경향의 소설들을 실었다. 그 무렵 일본에서 나와 김원주와 동거 생활을 시작하며 교사 생활을 했다.

1926년 김원주와 헤어지고 동덕여학교 출신 양○순과 결혼, 3남매를 두었다.

1932년 이질로 사망한 것으로 추정. 사십구재는 견성암에서 만공스님이 지내주었다고 함.

소설

〈춘희春姬〉, 《매일신보》, 1920. 1. 24~29.
〈위선자僞善者〉, 《매일신보》, 1920. 3. 2,3,4,5,6,8.
〈예술가藝術家의 둔세遁世〉, 《매일신보》 1920. 3. 13~18.
〈지옥찬미地獄讚美〉, 《동아일보》, 1924. 5. 19,26.
〈악마惡魔의 사랑〉, 〈영대〉, 1924. 8.
〈악몽惡夢〉, 《영대》, 1924. 10.
〈처염悽艶〉, 《영대》, 1924. 12.

시

〈생활生活의 화花〉, 《매일신보》, 1920. 2. 18.
〈미美의 왕생往生〉, 《매일신보》, 1920. 2. 19.
〈미美의 생활生活〉, 《매일 신보》, 1920.2. 20~21.
〈여우생활女優生活〉, 《매일신보》, 1920. 2. 22.
〈감미세계感美世界〉, 《매일신보》, 1920. 2. 23,24,26.
〈비애환락悲哀歡樂〉, 《매일신보》, 1920. 2. 27,28. 3. 2.
〈생활生活의 화花〉, 《매일신보》, 1920. 3. 9,10,13.
〈생활의 화〉, 《매일신보》, 1920. 3. 19~21.

대화

〈미지未知의 세계世界〉, 《개벽》, 1921. 6.
〈경이驚異와 비애悲哀에서〉, 《개벽》, 1922. 3.
〈불멸不滅의 상징象徵〉, 《개벽》, 1922. 9.
〈월광月光 〉, 《개벽》, 1922. 12.

평론

〈중성주의中性主義〉, 《매일신보》, 1920. 1. 30.
〈최근最近의 예술운동藝術運動 : 표현파表現派와 악마파惡魔派〉, 《개벽》, 1922. 10.
〈사회주의社會主義와 예술藝術: 신개인주의新個人主義의 건설을 창唱함〉, 《개벽》,

1923. 7.
〈예술지상주의藝術至上主義의 신자연관新自然觀〉,《영대》, 1924. 8.
〈예술藝術과 인격人格〉,《영대》, 1925. 1.

수필
〈이단자異端者의 경구警句〉,《개벽》, 1921. 3.
〈도시와 인간미의 고조〉,《동아일보》, 1924. 7. 7.
〈가을의 미감美感〉,《개벽》, 1924. 10.

책임편집 박정수

1970년 경북예천 출생.
서강대 국문과 대학원 졸업.
현재 서강대 강사.
저서 : 《현대소설과 환상》(새미, 2002).
공저 : 서강여성문학회 편 《한국문학과 환상성》(예림기획, 2001).
번역서 : 슬라보예 지젝 《그들은 자기가 하는 일을 알지 못하나이다》(인간사랑, 2004).
토니 마이어스 《누가 슬아보예 지젝을 미워하는가》(앨피, 2005).
공역 : 로즈메리 잭슨 《환상성 - 전복의 문학》(문학동네, 2001).
조지 모스 《민족주의와 섹슈얼리티》(2004).

범우비평판 한국문학·31-❶

춘희(외)

초판 1쇄 발행 2005년 12월 15일

지은이 임노월
책임편집 박정수
펴낸이 윤형두
펴낸데 종합출판 범우(주)
기 획 임헌영 오창은
편 집 장현규
디자인 왕지현
등 록 2004. 1. 6. 제406-2004-000012
주 소 413-756 경기도 파주시 교하읍 문발리 525-2 출판도시
전 화 (031) 955-6900~4
팩 스 (031) 955-6905
홈페이지 http://www.bumwoosa.co.kr
이메일 bumwoosa@chol.com
ISBN 89-91167-21-7 04810
89-954861-0-4 (세트)

* 책값은 뒷 표지에 있습니다.
* 잘못된 책은 바꾸어 드립니다.